途经生命里的风景

10 years
太阳鸟十年精选

王蒙 主编

辽宁人民出版社

© 王蒙　2017

图书在版编目（CIP）数据

途经生命里的风景 / 王蒙主编 . —沈阳：辽宁人
民出版社，2018.1
　ISBN 978-7-205-09143-9

　Ⅰ . ①途… Ⅱ . ①王… Ⅲ . ①散文集—中国—当
代 Ⅳ . ①I267

中国版本图书馆CIP数据核字（2017）第273964号

出版发行：辽宁人民出版社
　　　　　地址：沈阳市和平区十一纬路25号　邮编：110003
　　　　　电话：024-23284321（邮　购）　024-23284324（发行部）
　　　　　传真：024-23284191（发行部）　024-23284304（办公室）
　　　　　http://www.lnpph.com.cn
印　　刷：朝阳铁路印务有限公司
幅面尺寸：160mm×230mm
印　　张：15.75
字　　数：247千字
出版时间：2018年1月第1版
印刷时间：2018年1月第1次印刷
责任编辑：赵维宁　艾明秋
装帧设计：丁末末
责任校对：张　帆
书　　号：ISBN 978-7-205-09143-9
定　　价：48.00元

总

PREFACE

序

　　这套"太阳鸟十年精选"所收录的文章均选自过去十年我为辽宁人民出版社主编的太阳鸟文学年选。太阳鸟文学年选作为每年国内出版的多种文学年选中的一种，已经坚持了近二十年。它说明辽宁人民出版社的这套太阳鸟文学年选具有相当的历史性，表现了辽宁人民出版社编辑们的坚持不懈，这也是年选权威性的一个方面。

　　太阳鸟文学年选近二十年来，纳入其编选范围的文体大致六种，即中篇小说、短篇小说、诗歌、散文、随笔和杂文，这一次编辑将选文的体裁限定在了"美文"，杂文记忆中也只选了三四篇。整套书共十三种，包括《途经生命里的风景》《异乡，这么慢那么美》《故乡，是一抹淡淡的轻愁》《这世上的"目送"之爱》《历史深处有忧伤》《愿陪你在暮色里闲坐，一直到老》《你所有的时光中最温暖的一段》《那个心存梦想的纯真年代》《一生相思为此物》《掩于岁月深处的青葱记忆》《在文学里，我们都是孤独的孩子》《艺术，孤独的绝唱》《那个时代的痛与爱》，除《那个时代的痛与爱》主题相对分散，其他内容包括国内国外、故乡亲人、历史人物、童年校园、怀人状物、读书谈艺，可以说涵盖了人生的方方面面，可供阅读群体广泛。集中国十年美文创作于一书，这个书系的作者也涵盖了中国当代文学写作，尤其是散文写作的大量作家，杨绛、史铁生、袁鹰、余光中、梁衡、王巨才、王充闾、周涛、陈四益、肖复兴、李辉、王剑冰、祝勇、张晓枫、刘亮程、毛尖、李舫、宗璞、蒋子龙、陈建功、李国文、刘心武、李存葆、陈世旭、梁晓声、陈忠实、贾平凹、铁凝、张承志、张炜、余华、韩少功、王安忆、苏童、周大新、格非、迟子建、刘醒龙、刘庆邦、池莉、范小青、叶兆言、阿来、刘震云、赵玫、麦家、徐坤等。还有黄永玉、范曾、韩美林、谢冕、雷达、阎纲、孙绍振、温儒敏、南帆、陈平原、孙郁、李敬泽、闫晶明、彭程、刘琼等艺术家和评论家。他们的阵容，令人想起改革开放以来中国当代文学的版图。

为了"优中选优"，我重新翻阅了近十年的太阳鸟文学年选散文卷和随笔卷，并生出一些感慨。文学应该予人以美，包括语言之美、结构之美、韵律之美，更包括思想之美、情感之美、叙事之美，言之有思，言之有情，言之有恍若天成的启示与灵性。美好的东西总是让人念念不忘，文章也是如此。重读这些当年选过的文章，依然让人或心潮澎湃，或黯然神伤，或感同身受，或心向往之，一句话，也就是我最入迷的文学品性：令人感动。

大概十年前，为了继承和发扬赵家璧先生在良友图书公司主持"中国新文学大系"的传统，我曾为出版社主编过"中国新文学大系"第五辑，我在序言中曾说，文学是我们的最生动、最刻骨铭心的记忆，是我们的"心灵史"。我希望这套选本，也能不辜负读者与历史的期待。

2017年9月

目录

CONTENTS

米穷日寺

于 坚

———————

　　我并不知道米穷日寺，汽车在拉萨街头行驶的时候，司机罗布忽然指着城外的一处山说，那儿有个尼姑寺。我模糊地看到远方没有植物的暗黄色山岗上有一块白色的云或者石头，我们就往那儿去了。大地与城市的界限日益模糊，我们经常穿越城市，进入郊区，但依然看不出大地的迹象。而拉萨依然是荒野与城市界限分明。汽车很快就越过水泥新城区，穿过一些空旷的单位、采石场来到了不毛之地，中间没有过渡地带，只是几公里，我们已经置身于古代的荒野，公路消失，世界空无一人，几只老鹰在天空中盘旋。山脚某些坑凹处出现了一个白色的牌子，蓝色的箭头上面写了一行字"米穷日寺"。罗布一拐方向盘，忽然闪出一条便道，我心里立即毛起来，那便道似乎准备垂直地爬上山去，左转右绕，我们的车子已经悬挂在悬崖的边上了。突然间跳出一头摇晃着脑袋的黑牦牛，戴着白色的面具，挡住了去路，审视了一阵，才放我们入境了。这是什么山啊，恐怖万状，几乎不长植物，无数巨石露出半个头，像是魔鬼们的脑袋，有的挣扎出半截身子，随时就要滚下来。整个山就像大地震荡刚刚完结，造物主一抖麻袋，石头滚滚，一堆一堆，土质还是松的。汽车战战兢兢地穿过硝烟刚息的山坡，这便道也就是一辆越野车那么宽，许多转弯处是直角的，车子要停下来，后退一些，才可以转过去。罗布是个一流的司机，他说这个路现在还不算难走，因为季节的关系，如果结上冰或者下雨，就没办法走了。汽车盘旋了二十多分钟，到了那白色的巨石面前，它是一座用石头砌起来的藏式城堡，有几个黑色的窗子，像幽深的眼睛，也出现了一点微不足道的植物。这是一个上不沾天下不着地的地方，没有村庄，没有粮食，没有春天的迹象，阳光明媚的五月，大地的无数地区正在花枝招展，此地却没有响应，就像一个流放地。巨石如野兽环绕着寺院，虎视眈眈，随时就要一滚而下，将一切吞没。有些最大的石头上刻了经文，缠着彩色的经幡，正在相爱的鸟侣在其间悠然散步。听到我们的动静，四条杂种的小藏獒吼起来了。

寺院的主管丹珍和几个尼姑飘飘若仙地出现于石头后面，丹珍说，我们正在种花。她们在山腰某处开了一块地，刚刚把从拉萨买来的花种播下，也不知道会不会开，丹珍小声地说。这是阳光灿烂的白色下午，城堡与僧尼，恍惚间我觉得这是在希腊。石灰色的米穷日寺建在一个大约三亩的平台上，历史记载说，这个平台其实是一块巨大的黑色石块，但现在看不出来了。平台下面就是山谷。高山如幕布拉开，垂向两旁，中间就是拉萨平原，在天空下闪着灰色的光。这是一个伟大的观景台，风吹着，布达拉宫的金顶旋转于大地的核心，淡蓝色的拉萨河在最远的山脚下流过，巨大的云块飞速地集合又散去，阳光明灭，密密麻麻的拉萨城隐隐地传来芸芸众生在人间挣扎的低语，凡尘滚滚于下界。进入寺院的门很矮，门框几乎要撞到头，这是进入寺院唯一的门，夜晚，把这个门一锁上，寺院就固若金汤。门旁边有口凿于岩石上的井，石灰色的井壁上挂着一把铜瓢，井水已经到底了，丹珍说，这个井最近出的水越来越少了，水源消失，树木倒塌，在信仰神灵的世界里都是迹象，意味着什么呢？但她们还知道另一个水源，就在附近。我们低头上了几级石梯，进了寺院，这是一个长方形的空间，三面是尼姑们修行的扎仓。楼有三层，一间间小屋都是十平方米左右，都挂着门帘，不知道里面的门是否开着。大小房间共有五十四个。房间外面是走廊，摆着大大小小的花盘，晾着衣物。第一层有厨房、仓库和一个小卖部，里面有方便面、公用电话、啤酒、百事可乐、电池、棒棒糖、肥皂等等。院子正中，是一栋两层的经堂，一层是念经的地方，被红色和金色的有各种花纹和图案的布匹包裹着。经堂中间供着千手万眼观音菩萨，还有宗喀巴等祖师的像，二层供着各种神位。屋顶是连通的平台，可以活动，顺着楼梯爬上去，城堡的一面可以远眺拉萨，另一面则是山坡上的磊磊怪石，仿佛包厢里的观众。

丹珍卓玛三十岁，来自墨脱县的贡卡。她认真地说，她从小的愿望就是想当个尼姑。在西藏，出家是一个家庭的喜悦和光荣。1991年她如愿以偿，来到米穷日寺出家，目前是寺院的负责人。丹珍是寺院里唯一会说较多的汉语的人，她同时也在学习英语。她问我会不会说英语，她觉得用英语表达她的意思更准确些。这个寺院曾经有过一百多个尼姑，目前有五十多个尼姑，这是政府核定的，如果要收入新的出家人的话必须经过批准。目前寺院刚刚放假，假期是七天，僧尼们大多下山去了，寺院里只有十位僧尼在家。"我们还有一个分店，在布达拉宫旁边。"她用了分店这个词。我立即知道她说的是哪里，我进去过，一个小小的经堂，依附在红山的一处岩壁上，一半是经堂一半是僧尼的红色卧室，有一个僧尼正在念经。这是缘分，我那时候并不知道米穷日寺，我是跟着香客环绕布达拉宫转行的时候偶然进去的，然后司机罗布说，那山上有个尼姑寺。丹珍说，僧尼们每天六点起床。一般是自然醒来，也有用闹钟的，然后打扫卫生，洗脸穿戴什么的，把供着佛像的柜子打开透气，点酥油灯，换小钵里的供水，然后坐在自己的房间里念经。各种各样的经文念诵若干，才吃早饭。上午一般跟着老师学习经文。大约十二点吃午饭，然后再学习思考经文，下午休息一个小时，种花啊，闲聊啊，洗洗衣服什么的，大约六点半到七点吃晚饭。晚饭后背诵经书。到十点左右睡觉。集体在经堂念经每个月大约五次。差不多吧，佛教有"无住"的思想，并没有学校的上课那么枯燥。自有她们自己会心一笑的作息时间。寺院里有一台电视机，但很少打开，僧尼们关心的是经书的研习。尼姑寺就是僧尼们研习经书自我修行的学校，但它与学校不同的是，这是永远不会毕业的学校，研习经文，修行得道以期未来能够转世成佛是终其一生的事情。米穷日是色拉寺的属寺。讲习经文的喇嘛主要来自色拉寺，他们讲完经文又沿着山路走回去。重大的宗教事务也会请教哲蚌寺的高僧。除了喇嘛讲习经文，尼姑也可以讲习经文，尼姑们无论年龄大小，出家的时间长短，只要她对经文有高妙的领悟，就可以当老师。我曾经听到某种说法，僧尼们的修行只是为了来世转世为男子，或者家里贫穷才出来当尼姑。但丹珍坚定地告诉我：尼姑们出家绝不是希望来世转世为男子，也不是因为家里面没有钱，当和尚和当尼姑都是为了来世成佛。僧尼们很少回家，但家里的人经常会来看望她们。在西藏，家是在寺院这个方向。

女子要成为尼姑。要经过学习，请寺院里具备资格的尼姑做自己的老师，以获得最基本的知识，具备成为尼姑的条件。先学藏文，然后学"噶洛玛"经（文殊颂），再学"卓玛堆巴"经（度姆颂）。此外，还要读"喇嘛曲巴""莫龙朗吉""乔瓦久珠"和"卓玛朗当玛尼"等佛经著作，至少要可以背诵五百页以上的经文。最后还要通过关于经文的考试。再请著名的活佛替她剃度，活佛祈祷念经后，剪去她头上最后一绺头发，表明她已经六根清净，无牵无挂。然后立誓皈依佛，皈依佛法，皈依僧，皈依三宝，必须身体健康，笃信宗教，坚守戒律，一心学经，才可以剃度入寺。在西藏的历史中，尼姑就是女性中的知识分子，她们从很小的时候就开始识字读经，而经书包括宗教、哲学、文学，还有历算、绘画、建筑、医学、历史、艺术等等，佛教知识是一个综合的体系，并非只是枯燥的教条。有些尼姑经过多年修炼，已经具有高僧大德的智慧，但不为人知。因为世俗世界对女性的轻视同样影响着人们对尼姑的看法。尼姑就是修炼有了大成就，也往往被视为奇迹。据说著名的尼姑寺乃炯寺有个女活佛，名叫仁增·曲尼旺姆（又称吉尊仁波齐），经过长期修炼，精通瑜伽功，传说她活到120岁无疾而终。被视为奇迹。过去西藏女性的社会地位一直很低，通行了几百年的《十三法典》和《十六法典》中，人的偿命价律中规定："人有等级之分，因此命价也有高低，上等上级的人如王子、大活佛等，其命价为尸体等重的黄金；而下等下级的人如妇女、屠夫、猎户、匠人等，其命价为草绳一根。"随着社会的进步，妇女的地位提高了很多，但传统的影响并没有完全消除，从尼姑寺院和喇嘛寺的建制就可以看出来，同样献身于佛，后者的生活境况和建制规模显然是前者不可同日而语的。

米穷日寺建立于12世纪初，建立寺院的是绕加曲吉大活佛。15世纪时宗喀巴在色拉寺上面的山顶修行，他预言米穷日寺将要搬迁。当时寺院的住持是吉尊卡曲白姆，她是绕加曲吉大活佛的转世灵童，活佛的转世灵童是一个女身。搬迁的时候喇嘛们开始念经，不久，一只"乃勒"鸟飞来，衔起一个法器飞去，落到了米穷日山半山腰的一块巨大的黑石头上，这是显灵的迹象，米穷日寺因此建立在鸟指示的地址。从宗喀巴大师的弟子孔如坚村·桑布当色拉寺的住持时开始，米穷日寺就成为色拉寺的属寺。外面知道米穷日寺的人不多，它是西藏无数普通的寺院之一。但本地人都知道它，藏历六月十日前来朝拜的人最多，寺里还要请人来演藏剧。演戏就在寺院外面的巨石平台上，下面就是大峡谷，可以想象那些戴着面具的人们如何在白色的城堡旁边跳舞，吹响森严的法号，而拉萨平原仰头凝望。这个曾经有三百多尼姑的寺院，在持续了近一千年后，于1966年的"文革"中被摧毁为灰烬。1987年，八个老尼用化缘得来的钱修复了寺院。

寺院的正式名称是"拉萨市城关区纳金米乡米穷日寺民管会"。僧尼们平常不是靠化缘维持生活，而是靠家里供养，每个人要自己负责自己的日常杂项和伙食的开销。寺院的管理是由五十多个僧尼投票推选的七人小组负责。寺院的重大事情先征求全体僧尼的意见，然后由七人小组决定，最后提交全体僧尼再讨论一次。每个僧尼有什么新的想法都可以向七人小组反映。丹珍说，在决定做什么事情上面，众僧尼几乎没有什么不同的意见。这种管理制度是班禅大师教导的，丹珍说。那条通向米穷日寺的便道就是七人小组决定修建的，为了加强与外面的联系，让更多的人能够来米穷日寺朝拜，她们用几次集体化缘得来的经费于2004年修建了这条长四五公里的便道。很大的工程，用了许多炸药，我们干不了，是包给工程队干的，工程队为了表示心愿，只收了一半的工程款，丹珍说。过去，前来寺院只可以步行，从拉萨城到米穷日山脚有十一公里，然后还要在几乎是垂直的崎岖的山路走两个多小时，海拔上升得很快，到米穷日寺时，已经从三千八百米上升到四千七百米。对于外来人，几乎走几步就要休息一下，又不是名刹大寺，所以来的人很少。现在寺院要做的大事是把那条路再修整得平一些，如果有可能还要把寺院扩建一些，丹珍说。丹珍住在一间进屋得低头的小屋里，里面两个床铺，一个书架，书架上摆着几本书，其中有汉语读本、英语词典和佛经；看起来像一个清净的女生宿舍。

米穷日寺的尼姑们有练习瑜伽的传统，据说有一年大昭寺举行的传召大法会期间，尼姑们下山参加法会，其中的一名尼姑长得很美，就有几个男子调戏她，忍让到极限的时候，美丽的阿尼终于动了手脚，把几个大汉摔倒在地，然后默默离去。这件事成了那年拉萨的一个新闻，至今还作为传奇在坊间流传。

天色渐晚，风大起来。把放在外面的狗收进来，门一关，城堡里就安静了。灰暗的院落，青石块铺就的天井深陷在暮色中，炉子和大锅就支在走廊旁，炊烟在升腾，三个穿着暗红色袍子的僧尼忙着做晚餐，提水，熬茶，打酥油什么的。她们动作缓慢，没有任何时间在催促她们。弥漫着某种中世纪的氛围，仿佛伯格曼电影中的某个镜头。我拿着照相机，旁观着，就像一个即将犯罪的人，与这个环境格格不入。日常杂事是全体僧尼轮流当值，三个月一换。厨房有两个窗子向着拉萨平原，白色的光芒被窗户上的油腻改变成淡黄色的，犹如灯笼，窗子边插着一个小灵通手机。电话响的时候，接听的阿尼就把窗子开一个缝，似乎这样声音就可以清晰一些。厨房里支着已经被熏黑的大高压锅，西藏的沸点很低，因此普遍使用高压锅。她们用某种古典的方式使用着这些现代器皿，她们并没有因为这是现代之物而对其刮目相看，顶礼膜拜。锅子的盖被擦拭得很亮，茶壶的盖擦得很亮，厨房里可以擦拭的一切：酥油桶、耙巴盒、勺子、热水瓶、碗筷……（都是已经被这个时代视为落后的器皿）都被擦拭得发亮，使这个厨房看起来像一幅19世纪的油画。晚餐开始的时候天已经暗了，虽然点着电灯，但瓦数很低，只是比酥油灯稍亮，厨房的许多角落隐藏在黑暗了，世界被一种外祖母般的温暖包围着。脸膛黑红的老阿尼用勺子把一些糊状的东西舀到碗里，是面疙瘩煮牦牛肉块以及一些蔬菜，味道非常好，我确定是我这一生吃过的永不会忘记的食物。晚餐后老阿尼抬水来请我洗脚，然后带我穿过院落。爬上楼梯，进入一个被布匹包裹起来的房间，这是寺院里最大的一个房间，里面支着四张可以兼为座席的床，平常作为座位，有客人时也可以睡觉。老阿尼为我们铺床，指点厕所的位置，送上一壶开水，把连接电灯开关的线交到我手中，才摇晃着缓缓关门离去。我们言语不通，只是微笑着，像原始人那样比画着手势，心心相印，仿佛我是她的儿子，而我来到此地不过才四个小时。房间的外墙下面就是峡谷的陡坡，来自拉萨的风吹打着城堡。由于海拔高，我在此地的每一个行动都非常困难。总是气喘吁吁，就是翻身也要尽量避免，完全无法入睡。半夜起来去小解，看见月光照着山岗，那些巨石一个个魔相毕露，非常恐怖，而城堡安然宁静，月光下，那四只灰蒙蒙的狗卧在经堂的石头台阶上，听见动静，立即竖立起身子，但没有吠。想起十多年前我第一次到拉萨，抵达时已是黄昏。我穿过满街乱走的狗和低头缓行的香客，来到大昭寺前面的广场，忽然听见某种天国的音乐传来，香烟萦绕，环绕大昭寺步行的人们仿佛飘着，有一些人盘腿坐在地上，穿着暗红色的僧袍，闭着眼睛，摇晃着手中的转经筒，拨弄着乐器，敲打着羊皮鼓，仿佛风在摇晃春天的灌木，虽然剃了顶，依然看得出她们是女性，她们是拉萨附近群山中前来化缘的尼姑，风尘仆仆，美丽庄严而不妖媚，天真淳朴如石头。我被深深感动，仿佛时间后退了千年，我回到过去时代的世界里，成为从遥远云南来朝拜伟大拉萨的香客之一，我上路的时候可没有想到这一点。围观的人群里有几个头上缠着红带子的康巴人，我忽然想起仓央嘉措，黄昏渐紫，黑暗之舞从大昭寺的门洞漫出来，那个伟大的情种恐怕已经溜出布达拉宫，混迹于人群了吧。后来，尼姑们结队而去，消失于黑暗，听得见她们边走边响起姑娘们的小声说笑。现在她们睡着了。

黎明时阿尼们已经起床漱洗，洒扫庭院，然后坐在经堂里诵读经文。她们背诵一段，喝一会儿酥油茶，说几句小话。念经的阿尼只有四人，其他人忙着做各种杂事。一个僧尼在为酥油灯添油，她用个小铲子把油路疏通，换上灯芯，让每一盏灯的光都重新焕发起来，这简单的工作令她内心光明，充满喜悦，这个光头的园丁一直在无意识地微笑着。就是这个只可以容纳二十多人念经的小经堂，里面的灯也有近百盏，把它们都添加一遍也要个把小时呢。到八点左右，一个僧尼提来一小桶奶渣粥，弓腰低头舀到各人的木碗里面。这就是早餐。她们喝茶吃粥的动作像一群优雅的鸟，指头在暗红色的羊毛织物和杯盏之间环绕、飞翔，与这轻微的领取比起来，我们的动作无论如何都太快而且粗野。念经的声音再次响起，犹如一堆银铃被风碰上发出了笑声。昨天还阳光灿烂，今天已经下雪，山头白了。

下山的时候有个僧尼搭我们的车一起走，她要去拉萨城里为寺院买些物品，我们的车子像滑雪板那样飞快驶下，令人提心吊胆。顷刻，已经回到拉萨，十年前拉萨街头到处是被放生的狗，现在一只也看不见了。在一家新近开业的超级市场门前，阿尼下了车，走进花花绿绿的人流里去，她的暗红色僧衣与周围对比鲜明，她走得很慢。

原载《西部华语文学》2007年第7期

笛鸣香港

韩少功

———

进入香港后的第一印象，就是不少高楼瘦长如棍，一根根戳在那里顶着天，让观望者悬心。

在全世界都少见这种棍子，这种用房屋叠出来的高空杂技。它们扛得住地震和狂风吗？那棍子里的灯火万家，那些蛀入了棍子的微小生物，就不曾惊恐自己的四面临虚和飘飘欲坠？

我这次住九楼，想一想，才爬到棍子的膝部以下，似乎还有几分安稳。套间四十多平方米，据说市值已过百万。家居设施一应俱全，连厨房里的小电视和小花盆也不缺。但卧房只容下一床，书房只容下一桌一椅，厨房更是单人掩体，狭窄得站不下第二人。我洗完澡时吓一大跳，发现客厅里竟冒出陌生汉子。细看之后才松了口气，发现对方不是强盗，不过是站在对角阳台上的邻居，透过没挂上窗帘的玻璃门，赫然闯入我的隐私。

他不在客厅里，但几乎就在客厅里，朝我笑了笑，说了句什么，在玻璃门外继续浇洒自家的盆花。

他是叫海伦还是汤姆?

我不知该如何招呼。

港人多有英文名字——多族裔机构里的职员更是如此。这些海伦或者汤姆在惜地如金的香港,如果没有祖传老宅或千万身家,一般都只能钻入这种小户型,成天活得蹑手蹑脚和小心翼翼,在邻居近如家人的空间里,享受着微型的幸福与自由。也许正是这一原因,港人们擅长螺蛳壳里唱大戏,精细作风举世闻名。在这里,哪怕是一条破旧的小街,也常常被修补和打扫得整洁如新。哪怕是廉价的一碗车仔面或艇仔饭,也总是烹制得可口实惠。哪怕是一件不太重要的文件副本,也会被某位秘书当成大事,精心地打印、核对、装订、折叠、入袋、封口……所有动作都是一丝不苟按部就班,直至最后双手捧送向前,如呈交庄严的国书。

正因为如此,香港缺地皮,有世界上最大的人口密度、高楼密度、汽车密度,却仍是很多人留恋的居家福地。海伦们和汤姆们,即自家族谱里的阿珍们和阿雄们,哪怕在弹丸之地也能用一种生活微雕艺术,雕出了强大的现代服务业,雕出了曾经强大的现代制造业,雕出了或新潮或老派的各种整洁、便利、丰富、尊严以及透出滋补老汤味的生活满足感。毫无疑问,细活出精品,细活出高人,各种能工巧匠应运而生,一直得到外来人的信任。有时候,他们并不依靠高昂成本和先进设备,只是凭借一种专业精神与工艺传统的顽强优势,也能打造无可挑剔的名牌产品——这与内地某些地方豪阔之风下常见的马虎、潦草以及缺三少四,总是形成了鲜明的对照。

一些称之为mall的商城同样有港式风格。它们是巨大的迷宫,有点像传统骑楼和现代超市的结合,集商铺、酒店、影院、街道、车站、学校、机关以及公园于一体,钩心斗角,盘根错节,四通八达,千回百转,让初来者总是晕头转向。它们似乎把整个城市压缩在恒温室内,压缩成五光十色的集大成。于是人们稍不留心，就会错觉自己在酒店里上地铁，在商铺里进学堂，在官府里选购皮鞋。想想看，这种时空压缩技术谁能想得出来？这种公私交集、雅俗连体、五味俱全、八宝荟萃、各业之间彼此融合、昼夜和季节的界限消失无痕的建筑文化，这种省地、节材、便民、促销的建筑奇观，在其他地方可有他例？

一代代移民来到这里打拼，用影碟机里快进2或快进4的速度，在茫茫人海里奔走，交际，打工或者消费，哪怕问候老母的电话也可能是快板，哪怕喝杯奶茶或拍张风景照也可能处于紧急状态。"你做什么？""你还做什么？""你除了这些还做什么？"……熟人们经常一见面就劈头三问，不相信对方没有兼职和再兼职，不相信时间可以不是金钱。显然，这种忙碌而拥挤的社会需要管理，近乎狂热的逐利人潮需要各种规则，否则就会乱成一团。19世纪末的英国人肯定看到了这一点。他们面对维多利亚港湾两侧乱哄哄黑压压的殖民地，面对缺地、缺水、缺能源但独独不缺梦想的香港，不会掏出太多的民主，却不能不厉行法治。他们把香港当做一个破公司来治理。米字旗下的建章立制、严刑峻法、科层分明、令行禁止，成了英伦文化在香港最需要也最成功的移植。"政府忠告市民：不要鼓励行乞！"这种富有基督新教色彩的警示牌，也从欧洲舶来香港街头。

一次很不起眼的招待会，可能几个月前就开始预约和规划了。电话来又电话去，传真来又传真去，快递来又快递去，参与者必须接受各种有关时间、地点、议题、程序、身份、服装、座位、交通工具、注意事项之类的敲定。意向申明以后还得再次确认，传真告知以后还得书函告知，签了一次字以后还得再签两次字，一大堆文牍来往得轰轰烈烈。不仅如此，一次主要时间只是用于交换名片、介绍来宾、排队合影再加几句客套话的空洞活动结束之后，精美的文牍可能还会尾随而至：关于回顾或者致谢。

不难想象，应付这种繁重的文牍压力，很多人都需要秘书。香港的秘书队伍无比庞大当然事出有因。

也不难想象，港人在擅长土地节约之余，却习惯了秘书台上日复一日的巨量纸张耗费，让环保人士愤愤不满。

但没有文牍会怎么样？

口说无凭，以字为据。没有关于招待、合同、动议、决策、审计、清盘、核查、国际商法等方面的周到字据，出了差错谁负责？事后如何调查和追究？追究的尺度和权利又从何而来？……从这种意义来说，法治就是契约之治，就是必须不断产生契约的文牍之治——虽然文牍癖也有闹过头的时候，比方说秘书们为某些小事累得莫名其妙。

车载斗量的文牍，使香港人几乎都成了契约人，成了一个个精确的条款生物和责任活体。考虑到这一点，在庞大秘书行业之后再出现庞大的律师队伍之类，出现数不胜数的检控之类，大概也不难理解了。

有一位老港人向我抱怨，称这里最大的缺点是缺乏人情，缺乏深交的朋友。光是称呼就得循规蹈矩不得造次：mister，先生就是先生；doctor，博士就是博士；professor，教授就是教授——大学里的这三个称呼等级森严，不可漏叫更不可乱叫，以至只要你今天退休，你的"×教授"称呼明天立马消失，相关的待遇和服务准时撤除，相处多年的秘书或工友也忽如路人，其表情口气大幅度调整。这种情况——包括不至于这般极端的情况——当然都让很多大陆人和台湾人深感不适，免不了摇头一叹：人走茶凉啊。

但人走茶凉不也是法治所在吗？倘若事情变成这样：人走了茶还不凉，人不在位还干其政，还要来看文件，写条子，打电话，参加会议，消费公款，甚至接受前呼后拥，有关契约还有何严肃性和威慑力？倘若人没走茶已凉，人来了茶不热，有些茶总是热，有些茶总是凉……那么谁还愿意把契约太当回事？

契约人就不再是自然人，须尽可能把感情与行为一刀两断，用条款和责任来约束行为。这样，缺乏人情是人生之憾，却不失为公法之幸，能使社会组织的机器低摩擦运转。面子不管用了，条子不管用了，亲切回忆什么的不管用了，虽然隐形关系网难以完全绝迹，但朋友的经济意义大减，徇私犯科的风险成本增高。香港由此避免了很多乱象，包括省掉了大批街头的电子眼，市政秩序却井井有条，少见司机乱闯红灯，摊贩擅占行道，路政工人粗野作业，行人随地吐痰、乱丢纸屑、违规抽烟，遛狗留下粪便……官家的各种"公仔（干部）"和"差佬（警察）"也怯于乱来。哪怕是面对一个最无理的"钉子户"，只要法院还未终结诉讼，再牛的公共工程也奈何它不得。政府只能忍受巨大预算损失，耐心等上一年半载，甚至最终改道易辙。

因为他们都知道，法治治民也治吏。违规必罚，犯禁必惩，一旦出了什么事，就有重罚或严刑在等着，没有哥们儿或姐们儿能来摆平，也难有活菩萨网开一面。那么，哪个鸡蛋敢碰石头？

无情法治的稍加扩展就是无情人生——或者这句话也可反过来说。

这样，我们对人情与秩序能否兼得？在难以兼得之时又如何痛苦地选择？

这当然是一个问题。说起来，香港人并非冷血，每日茶楼酒馆里流动着的不全是社交虚礼，其中很大一部分仍是友情。特别是节假日里，家庭成了人性取暖的最佳去处，合家饮茶或合家出游比比皆是，全家福的图景随处可见，显现出香港特别有中华文化味道的一面。父慈子孝，夫敬妇贤，其情殷殷，其乐融融，构成了百姓市井的亲情底色。

这些人不习惯西服革履，更喜欢休闲便装；不习惯道貌岸然，更愿意小节不拘自居庸常——包括挂着小腰包光顾赛马场和彩票。与之相联系的是，他们的阅读大多绕开高深，指向报上的地方新闻和娱乐八卦，还有情爱和武侠的小说。他们使用着最新款的随身听、数码相机、

mp4、便携宽频多媒体，但大多热心于情场恩仇和商界沉浮一类个人故事——这是通俗歌曲和通俗电影里的常见内容。内地文化人对此最容易耸耸肩，摇摇头，讥之为"文化沙漠"，其实这里图书、音乐、书画、电影的同比产出量绝不在内地之下，大量人才藏龙卧虎。稍有区别的是，他们的文化主题常常是"儿女情"而非"天下事"，价值焦点常常落在"家人"而不是"家国"，多了一些就近务实的态度，与内地文化确实难以全面接轨。黄子平教授在北京大学作报告的时候，强调香港文学从总体上说最少国家意识形态，是一个特别品种，值得研究者关注。据他说，学子们对这个话题曾不以为然。

学子们也许不知道，他们与大多港人并没有共享的单数历史。在百年殖民史中，港英当局管理着这一块身份暧昧的东方飞地，既不会把黄肤黑发的港人视为不列颠高等同胞，也不愿意他们时常惦记自己的种族和文化之根，那么让他们非中非英最好，忘记"国家"这一码事最好——这与一个人贩子对待他人儿女的态度，大体相似。这种刻意空缺"国家"的教育，一种大力培养打工仔和执行者而非堂堂"国民"的百年教育，也许足以影响几代人的知识与心理。

再往前看，香港自古以来就是天高皇帝远，"帝力于我何有哉？"这里的先辈们难享国家之惠，也少受国家之害，遥远的朝廷在他们眼里实在模糊。当中原族群反复受到北方集团侵略或统治，那里的国家安危与个人的生死荣辱息息相通，国与家关系密切，忧国、亡国、思国、报国之情自然成了文化要件，"修齐"通向"治平"的古训便有了更多日常感受的支持，有了更强的逻辑力量。与此不同，香港偏安岭南一角，面对大海朝前望去，前面只有平和甚至虚弱的东南亚，一片来去自由、国界含混、治权零乱的南洋。在这样的地缘条件下，如果不是后来的鸦片战争、抗日战争以及九七回归，他们的心目中那个抽象的"国家"在哪里？"国家"对于老百姓的衣食住行有多少意义？

大多数港人也修身，也齐家，但如果国家若有若无，那么"治国平天下"当然就不如"治业赚天下"更为可靠实用了。这样，他们精于商道，生意做遍全球，但不会像京城出租车司机们那样乐于议政，不会像中原农民们那样乐于说古。内地文化热点中那些宫廷秘史、朝代兴衰、报国志士、警世宏论、卫国或革命战争的伟业，在这里一般也票房冷落。国家政治对于很多港人来说是一个生疏而无趣的话题。更进一步说，如果国家的偶尔到场，不过是用外交条约把香港划来划去，使之今天东家，明天西家，今天姓张，明天姓李，一种流浪儿的孤独感也不会毫无根由。

殖民地都是精神和文化的流浪儿——香港不过他们中比较有钱的一个。想一想，这个流浪儿是应该责难还是应该抚慰？他们的文化在经受批评之前是否应该先得到几分理解？

1997年，很多港人在五星红旗下大喊一声"回家啦——"但这个家，对于他们来说还是比较陌生，比如有相对的贫穷，有较多的混乱和污染，有文化传统中炽热的国家观和天下观。但无论人们是珍爱这个家还是厌恶这个家，"国家"终于日渐逼近，不可回避了。

世界上并非所有人都有国家意识，都需要国籍的尊严感和自豪感。诗人北岛说，他曾经遇到一个保加利亚人。那人说保加利亚乏善可陈，从无名人，连革命家季米特洛夫还是北岛后来帮对方想起来的。但那人觉得这样正好，更方便他忘记自己的国族身份，从而能以世界文化为家。出于类似的道理，多年来几无国家可言的港人，是否一定需要国家这个权力结构？他们下有家庭，上有世界，是否就已经足够？他们国土视野和国史缅怀的缺失，诚然收窄了某种文化的纵深，但是否也能带来对狭隘国家主义的避免？……

无可选择的是，国家是现代共同体的基本形式。历史上的国家功罪俱在，却从来不是抽象之物，不全是旗帜、帽徽、雕像、诗词、交响乐、博物馆、哲学家们的虚构。对于1997以后的很多港人来说，即使抗英、抗日的伤痛记忆已经淡薄，但国家也不仅仅意味着电影里的"内战"和书刊里的"文革"，而有了电影与书刊以外的更多现实内容。国家是化解金融危机时的巨额资金托市，是对数千种产品的零关税接纳，是越来越值钱的人民币，是越来越有用的普通话，是各种惠及特区的人才输入、观光客输入、股市资金输入、高校生源输入、廉价资源产品输入……一句话，国家是这里日常生活的一部分，正在成为真切可触的利益，正在散发出血温。

即便有些人对这一切不以为然，即便他们还是贬多褒少，但无论褒贬都透出更多北向的关切，与往日的两不相干大相异趣了。即便有些港人还不时上街呛声某些中央政策，但这种呛声同样标示出关切的强度。

汶川大地震后，我立在香港某公寓楼的一扇窗前，听到维多利亚港湾里一片笛声低回，林立高楼下填满街道的笛声尖啸，哀恸之潮扑面而来。各个政党和社团的募捐广告布满大街，各大媒体的激情图文和痛切呼吁引人注目，学生们含着眼泪在广场上高喊"四川坚强"和"中国坚强"，而高楼电子屏幕上的赈灾款项总数纪录，正以每秒数十万的速度不断跳翻……这一刻，我知道香港正在悄悄改变，一块殖民地的心灵流浪大概行将结束。

我隔着宽阔海面遥望港岛，那一片似乎无人区的千楼竟起，那一片形状各异的几何体，如神话中寂静而荒凉的巨石阵。

我知道那里有很多人，很多陌生而熟悉的人，只是眼下远得看不见而已。

原载《海燕》2008年第9期

月夜三清山

陈世旭

————————

　　多年前到三清山的第一个夜晚，我是被月光惊醒的。

　　是一家野店。茅草棚屋结在爬满藤萝的岩石下面。应该是在半夜以后。挂在床头的铁丝扭的烛台，一小截烛头的微光不知什么时候已经熄灭。月光从四面八方倾泻进来，满屋子光影斑驳陆离。屋后岩下的流泉格外地响亮，似乎是对月光的呼应。

　　竹片搭的睡床，乡下粗硬的土布被子，用米汁浆过，散发出阳光的气息，隔绝了山里深重的寒气，温暖而舒适。但是，这样的月夜，岂可安卧？

　　轻轻移开支撑在门后的树棍，我悄然走出。

　　下午徒步上山时，大山被烟雨吞没。而现在，晴空如洗。一轮满月，以一种生命本源的洁白与素净，盈盈地浮在山峦上深邃的天宇，带着九天风露，遍洒如海苍山。几乎感觉不到的夜风，在满山浓密的树林上滑过，树林似乎凝然不动，而峡谷却悠悠蒸腾起淡淡的雾岚，曼妙而轻柔的波动，给壁立万仞的连绵山岭带来如许轻灵。月色洗涤了山上的天空，也洗涤了地上的群峰。

千百斯年，咏月的诗人无以计其数，中国人之钟情于月亮，因其澄澈而不炫目、宁谧而不沉寂。秦风汉韵，唐诗宋词，都溶在如练的月华中。古人咏月，让人看见的不是月亮，而是千年诗赋的烂漫华章。不知道是月亮让诗歌光芒万丈，还是诗歌让月亮直入魂魄。月亮温馨怡人的风致，飘逸脱尘的气韵，晶莹剔透的品质，慰藉了多少悲苦幽怨的心灵，孤寂飘零的生涯。月亮就是诗心，举头一望，便涌起强烈的归宿情怀。

峰巅之上，天离得很近，月离得很近，星离得很近，皆似举手可触。除我之外，再不见人影在地，与我仰见明月，顾而乐之，行歌相答。也无人叹息："月白风清，如此良夜何？"

月夜不只是诗人的世界，也是哲人的世界。

三清山地质变化凡14亿年，乃是世界独一无二的花岗岩峰林。海拔近两千米的玉京、玉华、玉虚三山列坐群山之巅，俨然道家玉清、上清、太清三帝。最瑰玮绝特的是女神峰：一个栩栩如生的美丽女性倚天而坐。其前不远的峡谷，一柱万丈巨石形同巨蟒，拔地而起，一如坚挺雄性。

在清冷的无边月色大气磅礴的笼罩中，惟妙惟肖的三清帝和女神，一派神圣安详。

自晋朝葛洪开山，三清山被历代道家视作圣境，素所谓"天下第一仙峰，世上无双福地"。古来置景缀点，摩崖刻石，皆按先天八卦布局，遂成道教人文之大观。现存的三清道观遗迹，巨石罗列，浑朴端庄，不难想见当年规模，不难想见有过多少虔信者终生盘桓于此，形体御风而独立，精神飘然而飞行，抛弃"物化"而融于自然。

道家之宗庄子在《逍遥游》中这样描绘了他哲学理想的最高境界："藐姑射之山，有神人居焉，肌肤若冰雪，绰约若处子。不食五谷，吸风饮露，乘云气，御飞龙，而游乎四海之外。其神凝，使物不疵疠而年谷熟。"

这与造化在三清山留下的杰作真是出奇惊人的契合。真不知是《庄子》图解了三清山女神峰与，还是三清山女神峰预兆了《庄子》与！

大鹏从"北溟"起飞，欲至"南溟"，亦即庄子学说的起点"无何有之乡"，其抵达的终点"南溟"，便是"藐姑射之山"。

姑射之山在何处？庄子说是"汾水之阳"，今山西境。而《山海经·东山经》说的是"又南三百八十里，曰姑射之山，无草木，多水。又南水行三百里，流沙百里，曰北姑射之山，无草木，多石"。依此说，姑射山应该在东南一带。《山海经·海内北经》又说："列姑射在海河洲中。射姑国在海中，属列姑射。西南，山环之。"《黄帝篇》也说："列姑射山在海河洲中。山上有神人焉，吸风饮露，不食五谷，心如渊泉，形如处女。不偎不爱，仙圣为之臣。"今人据此而推测"列姑射山"似在日本或菲律宾。

事实上《庄子》，寓言而已，亦幻亦真，幻者其形，真者其神。以我观之，若将三清山万丈直立的蟒形巨岩作世俗欲望的联想，则三清山女神便无妨视作射姑山真人的化身！人之所谓修炼，便是在这两者之间徘徊。

射姑山真人，无所谓男女，不过是一个"绰约若处子"的精神载体。其腾云气，饮甘露，不食人间烟火，来无影，去无踪，入火出水。庄子以"至人""神人"名之。世人自应作形而上理解：超越现实，在任何状况下都让自己不受任何羁绊，做真正的自己。这方是庄子主张的本来面目。

至人并非神仙。卸下神秘的外衣，至人其实是通晓万物本性、顺应自然变化的达道之人。所需的只是忘怀世俗利害得失荣辱毁誉，褒贬由人，俯仰随我。至人并不远离尘世，而是生活在人群当中，唯其精神游离于俗世，在高妙玄远的境界徜徉。内心恬淡，虚怀登明，不但精神自由，处世也游刃有余，不为物役。任何人只要摆脱了功名利禄的束缚，超越一己的生死界限，胸怀自会变得宽广，心灵自会变得澄明，精神也自能获得超然物外，怡然自适的逍遥。

庄子的逍遥理论是一种伟大哲学的起点。作为一个睿智的东方哲人，他以走向逍遥超越人生的痛苦。当人超越了个体，将小我融入宇宙，当人从9万里的高度俯视人间，人生的苦难也就如尘埃消融在茫茫宇宙之中。

庄子的人生哲学源于对人生悲情的体验和由此而来的孤绝，这孤绝是其对精神尊严的固执。这使他无法与世俗妥协。

庄子，一个哀伤而高傲的精神贵族！承担着俗世的全部悲哀，独与天地精神往来。

庄子之所以一直能引起深广而持久的激动，就是因为他以独特的力量穿透现实的重重屏障，告诉人们在内心深处守护最后的尊严。

所有这些，便是我从三清山女神峰读到的全部意义。

可惜的是即便欣赏庄子文采的人，也未必都理解庄子的痛苦。

三清山有升天石。游人多热衷其台阶的"连升三级"，以为摄取权力与财富的象征。殊不知"升天"的最大意义恰恰是世俗缧绁的解脱。

三清山又有仙人指路石，高耸在森然葳蕤的古木丛中：一位饱经沧桑的老人面对人生的忧患指点精神超越之路，在现实物质世界辟出一个大光明的精神领域。

三清山，堪称中国经典哲学的一本图文并茂、形神兼备的完美教科书。

三清山是坦荡的，没有半点浮华；三清山是明澈的，没有丝毫尘埃；三清山的明月和坚岩，透着人世本来的意义。总会有人懂得那淡淡的朦胧。朗月之清清，清我心。三清山那一片峰峦绵延如云，在起伏俯仰之间，送我到精神辉煌的顶点。

此夜为我而晴，此月为我而明。青黛色的天空下面，广阔与悠远，静美与神秘，深邃与博大，令心灵震颤。放眼极目，月下峰无数，没有绚丽斑斓的色彩，只有简约持重的线条。纷繁的思绪变得简单而清晰，封闭的心里所有的滞重烟消云散。时间就此停止，记忆从此封存。

这该是涤荡心灵的地方，是一生想停留的地方。啜饮三清月色，凝望三清奇峰，凡俗的心，交付在天地之间，一任逍遥，翩然飞扬，还我天真，恍如遁入另一方世界，冥冥中知"我"是谁？

一个渺小卑微的俗物，能为明月与高山一样的哲思所浸染，不至在卑琐、庸俗的泥淖中挣扎而不能自拔，果真如此，何须奢求更多？我一无长物，能面对挚友般的三清山月色与峰影，已够满足——哪怕这是我唯一的财富。

夜气渐凛冽。风虽寒但不致侵骨，人虽孤独并不萧瑟。在充满隐喻的三清山月色波动的夜晚，踏着月光的去路，便是踏上大自在的坦途。无须回首来路，无须强求遗忘，逝去的日子，无须再被忆起。三清山此夜的昭示，便该是我理解人生的唯一方式。

四顾寂寥。想象中有一羽化之士，飘然而过我，惊而视之，不见其所终。

"天地有大美而不言，四时有明法而不议，万物有成理而不说。"（庄子《知北游》）月不语，自有光辉；山不语，自有巍峨；天不语，自有高远；地不语，自有广博；人不语，自有境界。

三清山，让我在苍茫的大千世界，获得一分清醒和超然。

原载《江南》2008 年第 6 期

从北京到北京的距离

陈启文

———————

一

我到北京的距离是一个晚上。通常我都是在头一天夜里从我居住的那个城市坐上一趟特快，睡一觉，睁开眼睛时，到处都亮了，透过远郊越来越茂密的树林，可以看见辽阔天际的云霞，一个远在天边近在眼前的伟大而神秘的城堡，呈现在天地旷野的正中央，浑身闪烁出圣洁的光环。这就是我对北京的感觉。此时，我完全被唤醒了。

北京永远都让你以一种庄严的眼光去打量。这其实与天安门无关，与故宫无关。即便你去看街边上一个卖纸烟的北京大爷，也能通过他，可看到他背后隐含着的某种尊严。很少听见北京人吆喝。大爷戴着皮帽子，穿一件褪了色的老式军棉大衣，两只翻毛皮靴四平八稳地踏在地上，走近了，便看见一张威严里堆满了皱褶的脸。我用手指着一包烟，大爷说五块。我说四块五，大爷说上别的地儿买去。我佯作要走，大爷端坐不动，我走到很远的地方，又看见一位大爷，怎么看还觉得就是刚才那位大爷。北京就在这些一模一样的大爷背后，你要跟他砍价，没门儿。北京不是个可以讨价还价的地方。

北京之大，是一种"海纳百川，有容乃大"之大。北京包容一切，亦可消化一切。北京很傲慢，但没有偏见，他把所有的人都视作自己的子民。坐着板儿爷的洋包车在老胡同里逛着时，板儿爷问你，哪儿来的啊？你告诉他，湖南来的。唔，板儿爷唔一声，湖南好啊，湖南出了个毛泽东啊。如果你告诉他是广东来的，唔，板儿爷同样唔一声，广东好啊，广东有钱啊。板儿爷这样唔着，夸奖着，像个长辈在夸奖自己有出息的儿子，你下意识地就会觉得，北京的确像是一个严厉而慈祥的父亲。

北京让你感受到那种首善之区的宽容，也总给你一种无所不在的强势的逼迫，甚至有些霸道，总要把自己的意志强加于你。北京无所不在地强调着自己的意志，主流的意志，不可改变的意志。你只能服从。制度化的城市是刻板的，也是强大的。那种行政命令的口吻有时并非是由行政机关发出的，坐在出租车上，那位的哥随时会命令你把保险带系上，没有一点商量的余地。但你并不觉特别刺耳，你一到北京就奇怪地习惯服从各种命令了。不到北京不晓得官小。这不是一句玩笑话。一个在当地骄横跋扈权力膨胀得跟小皇帝似的县长或处长大人，一到北京就泄气了，他不可能在这里前呼后拥颐指气使了，他们开始变得谦卑，开始咬紧牙关，生怕说错了话，说出了他那个小地方的古怪方言。兴许，那气也该有个地方来泄一泄的，回去后至少可以清醒几天，知道天有多高地有多厚了。

北京之大，更多的还是体现在距离上。从北京的一个地方到北京的另一个地方有多远？这距离是以时间的方式存在着，而不是以道里计。我算过，从东土城到北京西站，差不多要一个小时。这在我们那儿，差不多是两座城市之间的距离。这还要看顺不顺利，总在你尚未精确地计算出这个数字之前，你可能已经遇到了——堵车。我时常感到奇怪，这样大的一座城市却感觉不到任何混乱，哪怕拥挤也是排着队的拥挤。一切都已仿佛置于某种无名的意志下，被堵住的车辆不会像别的地方那样四处泛滥。它们依然秩序井然地排着队。没有人想要超车，没有人骂娘，更没有旁门左道可走。在北京想找到捷径很困难。这种异常缓慢的等待，仿佛一切都处在缓慢的进化过程中而不是行进中。不着急是不可能的，尤其在急着赶火车时或急着去办一件什么事情时，哪怕坐着，你也会急得跺起脚。你急，但开车人不急。我怀疑在他们背后隐藏着某种哲学上的理智或信念，就像尼采所说的，一切都是顺序，包括堵车，包括等待。你看着那位的哥时，他两眼就会露出无比坚毅的目光来。我还从未看见过这样信心百倍的等待。他们在拥堵中表现出良好的教养也是别的城市所没有的。——我说的是现在。现在，许多人可能都注意到了，北京人脾气小了，脏话少了，反而更大气。这需要磨炼，需要阅历，他们肯定比我更明白，除了等待，你别无选择。但奇迹般的，我又总能在最后一刻赶上那趟车，或办完一件什么事。

现在我理解了，我北京的朋友们为什么很少互相往来。他们住在同一座城市里，大多数时间却只能像在两座相隔遥远的城市里那样互相思念。我也时常会按照自己的想法去为北京担忧，我不知道如此漫长的等待会让北京的脚步该怎样疲惫拖沓。然而我的担心好像又总是多余的，就在这样的等待中，这座城市已经发生了变化，你突然发现哪里又冒出了一座楼，猛一看，一棵树又长高了不少。

我朋友有一辆很高档的轿车，揭开顶棚你就可以站起来"检阅"了。某年国庆，天安门广场人山人海，我朋友驾着轿车绕广场缓慢而庄严地行驶着，他突然把手一挥，命令我"检阅"一下广大革命群众，我缓慢而激动地站了起来，用我浓重的拉长了的湖南口音缓慢而激动地喊，同志们——好！话音刚落，立刻响起了一片欢呼声，首长好！首长辛苦了！我突然感到害怕起来，我的恐惧并非来自广场的欢呼声，而是吃惊于一股巨大的暗藏的力量。我惊呆了，好半天一动不动地呆立在那儿，只觉得脊背上流下一股股冷汗。直到我朋友开着车驶离广场之后，我低沉地呻吟了一声，然后机械地拉下了头上的顶棚。我都不知道自己刚才都干了些什么。

那一刻，我确信，我是一个外人。

二

在北京，我住得最多的一个地方，是菜市口。那里有一家很适合我这种小地方来的人居住的旅馆。我孤身一人在这里住着时，从来没有漂泊异乡的孤独感，傍晚时我喜欢在这里闲散地踱步，黎明时，我喜欢听燕子和鸽子的呢喃，北京一下变得充满了生活的味道。这让我时常会有一种错觉，我已不是从外地来的一个匆匆过客，我一直就住在这里，生活在这里。我喜欢这里的干净，有风也有阳光，人也不太拥挤，而且非常方便，它离很多我想去的地方都很近，陶然亭，天坛，大观园，琉璃厂文化街……

走几分钟就到了邮局，可在第一时间买到全国出版的最新报纸和杂志。紧挨着邮局就是地铁口，想去哪儿就去哪儿。想看看书，一条路上就有两三家书店，都不大，但书很上档次，商务，三联，中华书局，在这样的书店可以"泡"，就是泡上一整天也没有人撵你。饭馆也多，而且便宜实惠，手擀的鲜汤饺子，3块钱可管你吃饱，还送上一份酽酽的热汤。你真是觉得什么也不缺了，连你没想到的，也都有人给你想到了。每次我在小饭馆里吃了晚饭出来，回到住处，就有一位姑娘，站在那儿，一种楚楚动人的风情，她问，大哥，闷不？千万别误会，这姑娘并没有别的意思，在她身后，是一家小小的钢琴酒吧，在那里可以听到肖邦的小夜曲。

在夕阳的余晖中与一条老胡同相随而行，墙壁上挂满了各种花草爬藤。我沉浸在浓郁的老北京的文化氛围里，走进这样的地方，你才感觉到胡同和四合院是结伴而生的，乍一看，一幢幢灰色旧楼就像刻出来的版画，木刻画，它与江南那些田园诗或水墨画般的老建筑是完全不同的风格。我喜欢在这里悠然自得逛着。每一条胡同，也可能是另一条胡同，它穿过一个朝代，又一个朝代，从元明清延续到现在，很多东西混杂在一起，让我感到迷茫，难以分辨。这是北京离北京很远的另一个原因，现实与岁月交织在一起。夜里从路灯昏暗的胡同里穿过，感觉就像穿过福尔摩斯的小说情节，除了其间隐藏的复杂，还有一种强烈不安的预感。看见对面走来的人，一个个神情恍惚如梦游一般，似乎一不留神就突然看见了另一个世界上的东西。偶尔也会想起来，这里是谭嗣同被杀的地方，但早已闻不到一点血腥味了。无数脚步匆匆踩踏过死亡的地方。一百年了。我在这里回望那早已消逝的一切，一段黑白年代的记忆。

但在四合院最多的地方，要想看见一座四合院是不容易的。我是说，现在的北半截胡同那间四合院，谭嗣同的故居莽苍苍斋。我其实没想过要去那里，我甚至压根儿就没想起过那里还有这样一座四合院。但我还是不知不觉地走近了，要说其实不难找，也不远，沿菜市口大街西边往南走几十步远，人行道边上的一个土坡之上，就是。这让我感到意外，这种无意中的发现总让人觉得意外，而更令我感到意外的是，一个人的出生地与他的就死处，竟会这样近，很难想象一个人从人生的另一头走到这一头，竟然走了整整36年。这是多远的一条路？我感觉我已经走进了一个世纪之前的某个傍晚。这是我第一次走得离北京这样近，以无意的方式。这院子里现在居然还住着人，我看见了煤炉里冒出的黑烟。我吃惊地看着烟雾后面那个生炉子的大爷，他走过来了，蹒跚着，仿佛是从历史的幕后走过来的。从他苍老的脸上的神情可以看到和我同样的迷惘。

像这样的四合院，这样的来历，北京还有很多，也大都处于一种被遗忘的状态。但我很庆幸它们被保存下来了，哪怕是保存在一种遗忘的状态。从里边出来，我看见门口有一棵树，不知是什么树，是那种可以一边落叶一边又同时长出树叶的树。我还像刚才那样慢慢溜达着，此时，老胡同里真是静极了，夜色突然变得很深。脚底下有了一点闷闷的回声。这才觉得，北京很大，也很深。

隐居于这些老房子里的不仅只有老北京的记忆，还有生活，老北京的生活。譬如说，去老舍茶馆喝盅茶，吃点京味儿小吃，看看戏。老舍茶馆的风格也是叫我喜欢的，红色的门廊，眼睛被一盏一盏的红灯笼照着，满眼红彤彤的喜气色彩，连影子也红透了，一派的朱红，中国红，那八仙桌，那靠背椅，却是别出心裁的黑，黑得耀眼发亮，这样的红与黑，深厚，恒久，大俗中的大雅，适合平民，也适合文人，二三好友围坐一席，嘴里有吃的，耳里有听的，眼里有看的，一个个幽静细长的女子，穿着旗袍，仿佛正从清朝走来，脸儿润白，俊俏，含着一点儿笑，在满座的宾客中来回斟茶，而你往这椅子上一坐，便不可避免地陷入了一种生活方式。这是一个可以忘掉时间的地方，一个连你自己也要忘掉的地方。丝毫没有察觉，你也成了这里的一种布置和效果。叫板的痛快，品茶的悠闲，真可谓是完完全全的老北京的风韵，只有茶是不老的，如花般鲜嫩的，清纯的，每注一缕热水，从根一直漫向芽尖，——我感到了一种重生般的生长的力量。轻轻啜饮一口，仿佛吸了一口春天的气息。杯中香气缭绕，台上余音绕梁，这座上闲情，这缓慢悠闲地打发时光的方式，在这疲于奔命的年头，已不是消遣，已经是一种忘我的境界，您哪，已是一位地地道道的老北京了。

三

从北京到北京，还有一种距离，在一个人的仰望中。每次我这样仰望时，似乎是在观察一个距离更远的北京。太多的蓝图。太多的建筑工地，太多的轰轰烈烈的挖掘机和脚手架，脚手架上的小旗子，太阳在头顶上威严地移动，一群寂静地飞过的鸽子……

北京的心脏部位，被一块一块地掏空了。

那里原来都是老房子，四合院。北京的四合院和胡同以老城区最多，也就是城市的心脏部位。奇怪的是，偌大的北京，无数的四合院，但从未变成过迷魂阵，我也从未在这里迷失过方向。天长日久，这些老胡同老房子，它们就那么默默地和时间较着劲。许多老房子也实在太老了，都已十分破旧，但这些老房子破而不败，骨子里有一种属于北方的硬朗而强悍，不会像潮湿的南方那样糜烂。看了这样的老房子你会想到一个词，坚守。坚守到最末一刻。这样的房子不会被时间打败，而是被人类打败。新中国成立之初梁思诚先生痛哭流涕地上书，希望能把北京古城完整地至少是成片地保存下来，结果他的意见却只有很小的一部分被采纳了。北京拆了牌楼，又开始拆团城，拆团城是为了方便中南海车辆的出入。为此林徽因大骂主管文化文物的副市长吴晗。林徽因是淑女，吴晗是历史学家，可骂他又有什么用，那时谁都想要把一座古城的命运就像一张白纸那样翻过来。到现在，尽管故宫还在，天安门还在，但你站在天安门广场上四下一望，到处弥漫的现代气息已经明显占了上风。

我不禁感慨起来，又觉得这感慨有点多余。

从理性的视角去看，保存是必要的，拆也是必要的，有些东西，或许原本就更适合在更深处的记忆里待着，更适合在版画或木刻里存在。一座永恒的经典性城市，每一个时代都该有属于自己的表达价值。你让现在的北京人生活在一百年几百年的老房子里，那种时代的错位感，那种四下里都破着的生活，又太不近人性了，他们有权利享受更高层的现代生活方式。北京既是元明清的古都，更是一座现代化的国际大都会。它也不能老那样匍匐着，尽管许多人对新中国成立后北京大拆老房子几乎一致地持否定态度，但有一个事实又是谁都看得见的，在大规模拆迁的同时，北京的腰杆子迅速地硬了起来，它站起来了，它以最快的速度超越一个又一个的距离。尤其现在，北京正在获得它前所未有的世界性高度。

我觉得最关键的还不是拆与不拆，建呢，最重要的也不是城市的海拔高度，而是如何让那些被拆掉的地方不被真的掏空了，还能继续保存一座古老城市的那种元气，让它在血脉中继续绵延。我很害怕那些像变形金刚一样的城市。具体到四合院，保存它，无疑是为了强化城市古老的记忆，可拆了一片留一片，先就把那些气息给毁掉了。我不是城建专家，岂敢妄自评论，但哪怕纯粹以我一个外行人的眼光来看，当你看见两幢相邻的房子中间隔着千百年的岁月，是很刺眼的。它们的四周已建起了一幢幢趾高气扬的高大建筑，四合院被欺负得很厉害，就是不拆，四合院处在这样的夹缝里，挤也被挤死了。我相信一个卖小菜的农民也有对城市的基本诉求，有舒服不舒服的感觉。

北京西客站已是一个最有争议性的建筑标本，在现代建筑的头顶上扣了一顶古典的帽子，也实在有点不伦不类，然而不能说设计者没有煞费苦心，他是诚心诚意地想给北京留下一点世代相传的东西。可见，城市建设走不得中庸主义的路子，旧的要旧，新的要新，反倒显得有层次，有来历，有时间意义上的纵深之感。我觉得，与其把现代建筑苦心孤诣地弄成仿古建筑，那还不如像鸟巢那样干脆。许多人都觉得鸟巢是个奇妙的景致，我不这样看。我觉得北京没有奇妙的景致，无论长城，还是天安门，还是鸟巢，都与某种重大的使命联系在一起。

去看鸟巢的那个季节，日光更温暖了。我是说秋天，一些残叶正在凋零，更多的树叶则在等待被季节染红。很远我就看见了，我没有看到它建成的样子，但我看见了它的内部结构，它的骨骼。赫尔佐格，德梅隆，这些接近上帝的建筑大师，他们与中国最有想象力的建筑师一起，把一幢建筑建造成了——我觉得它不像鸟巢，更像宇宙世界的缩影。而在亲眼看到它之前，它是让我非常担心的一个悬念，北京同世界有多远？一座古老的东方帝都同21世纪有多远？那一刻我没觉得我是一个外人，我感觉是在为我家里的一件事操心。只看了一眼，我一下放心了，大气，舒服！我看到了那些坦率地暴露在外的结构，那相互支撑的网络状的构架与中国传统的镂空手法完美地融会在一起，这里没有我想象中的那种尖锐的美学对抗，我感到它和这座城市的和谐，东方与西方的大美被天衣无缝地铆接在一起。当我知道它被《泰晤士报》评为了全球在建的最强悍工程时，我更加深信，美是无国界的，这样的强悍和王者之气不仅与北京最深刻的文化精神是高度一致的，而且已经完全超越了东西方的文化差异，有力地拉近了北京同世界的距离，达到了具有普世性的审美期待，这是人类的建筑，人类的艺术。它也的确采用了大量的人性化元素。在这里，人，真正被赋予中心的地位。

偶尔，我会抬头瞅瞅天空，看见的是突兀的钢铁巨臂，还有半天云里的脚手架，那是我到达不了的一个高度。我有恐高症。我没有胆量也没有本事站在那样一个高度，只能把眼光收低，从天上，到最深的地底下，都有一股激越的力量在汹涌，而我只能眼睁睁地看着，一个正在血汗与泥浆中分娩的新北京，仿佛只属于另一类咬紧牙关的生命和那些很大的很粗糙的手，属于那些把衣服一扒就能露出脊梁的人，属于那些有着粗壮的身坯、浑身充满了力气也愿意为之竭尽全力的人。这是我在北京看见的另一种支撑这个城市的真正骨骼。只在此时，我才知道自己是多余的，甚至成了一个障碍，胸口刚被谁的胳膊肘撞了一下，肩膀又不知道被谁猛拍了一下。快！闪开！没有一个多余的字，每一个字都是从嘴里冲出来的，这是属于一个时代的语言，很冲，充满了对速度和效率的渴望。

我这样左顾右盼地走着时，第一次清晰地发现了自己的位置。我是走在最后的一个人，是被这个时代和这座城市落下的一个人。

四

北京的大不仅是城市的大，而且是时空的大，巨大的、空旷深远的城市空间和渺小的个人之间形成了极大的反差，人在这里更能感觉到，你作为个体生命的渺小以及占有时空的局限和短暂，那一种悲凉与虚空，也让你更能找回一个人的谦卑。一个人在北京生活，你会比在任何一座城市生活都要清醒，都要有宿命感。

北京造就了自己最有代表性的作家——史铁生。我去地坛看过。如果不是因为这样一个人，我甚至不知道有这样一个地方的存在。我是说真实的存在。一座曾经荒芜冷落得如同一片野地的古园，它曾经是一个象征，是那些把天下苍生像草芥一样踩在王靴下的历代帝王在这里拜祭地神的祭坛。他们渴望占有无边的土地，占有整个世界，占有这世界上生长出的一切。他们可能没有想到，数百年之后会有一颗高贵的灵魂在这里生根，发芽，他以自己坚定的立场和纯粹的内心，成为这座城市的另一个标志，另一个象征。这时你再去看史铁生，那个高位截瘫苍白孱弱一身重病的智者，他静静地坐在这里，你不会再觉得他是个病人，他亲切而仁慈地微笑着，明亮纯净的眼睛里显示着一种让人难以企及的深度。"我常觉得这中间有着宿命的味道，仿佛这古园就是为了等我，而历尽沧桑在那儿等待了四百多年。"史铁生无疑是中国极少的几个有宿命意识的作家之一，宿命不是悲观，而是对自我生命的一次重新确认。或许，我们都可以找到一个古园作为自己的背景，中国太多了这种废弃的古园。但不是每个人都能坐到那把轮椅上的。那不是一个假设。那也不是你设身处地想一想就能感同身受的。你没有坐到那把轮椅上，你就永远体会不到一个高位截瘫的民族渴望站立起来，渴望用自己的双腿去行走的那种悲壮。你感觉他是个静观或者沉思的王者，他统摄着生命以及一切善与高贵、爱与受难的精神。

此时地坛安静得令人感动，我躁动不安的心也渐渐平静下来。现在，史铁生已经很少到地坛来了，每年春节，这里都在举办北京最大的文化庙会，世俗的热闹代替了寂静的沉思。我想，他一定又找到了属于自己的另一个角落。

北京有很多这样的角落。北京很大，但每一个北京人其实都活在某一个属于自己的角落里。每天早晨，我都会看见那些花园草坪上健身的人们，被阳光照着，被晨风吹着，在清新的空气里吐故纳新。树和其他植物都在生长。你边走边欣赏那四时开放的鲜花，花瓣间的光斑和露珠恬静而明朗，头顶上的鸟唱清脆而嘹亮，一种欢畅的心情油然而生了。通过人，你感受到了这座城市的健康和阳光。这才是我喜欢的城市。即使是北京，我觉得它强大的骨骼系统里面，也不可缺少这样的血肉。城市不可缺少记忆，但也不能把自己封闭在过去的记忆里无法走出来，它毕竟是供人们来居住生活的。以人为本，应该是支持一切城市的最基本的价值体系。这样的城市才不会给你一种无形的威压，人也有了可以多维游走的空间。我知道，这里曾经也是北京的老城区，但四合院已全部拆除了，街道胡同能拉直的也都拉直了，尽管这是人们非常不愿意看到的，可生活在一片现代化的城区里，你会觉得它同人们的现实生活拉得更近了，生活得更真实。

在北京，在任何一个角落里，只要你安静地凝望，时间长了，你会感觉这里潜伏隐蔽着的一种无形的力量，每一个人都与这座城市有着微妙的对应关系，那种生死不渝的维系以及坚守下去的那份信心，是我这样一个匆匆过客难以理喻的。从我二十出头第一次上北京，到现在，这是我命里往返得最多的一条路，而北京仿佛永远是一个我行将抵达的却又仿佛一直没有的城市。每来一回北京，就像一个轮回，但我是一个不能超生的灵魂，更多的时候，我都在围着它转。它就在旁边，也在心里，但我总是踩不到北京的节拍，找不到自己的精神来路，我一直运行于这座城市的外部世界。天才的卡夫卡早已替我描述出了那种最真切也最虚幻的感觉，北京是我远远就看得见的城堡，我一直没有找到进入它的方式。最后，我只能选择——离去。

每次离开北京时，我都会下意识地深深凝望，我看见过的，我还没有看见过的，从一些日子，到另一些日子，在我的视野里不断涌现，又渐渐退向城市一侧，直至城市的背后。火车已经飞奔了很久，但仍未跑出北京。回头，我看见的是一个北京，再回头，我看见的是另一个北京。

原载《北京文学》2008年第8期

丙中洛素描

丹　增

————————

　　有这么一块神奇美丽的地方：它仅有800多平方公里，聚居着十来个民族，大家和睦；它只有6000多人口，教堂寺院图腾神迹遍布村寨，不同宗教和平相处；它是中国最小的行政级别，丰富多彩的原生态文化五彩缤纷，不同文化各美其美；它只是两座大山一条大江构成的地貌，可这里一山分四季，十里不同天，不同生态争奇斗艳。最美的女子养在深闺，最美的风景藏在边陲。这里就是云南怒江峡谷深处还没有被现代文明侵蚀的净土丙中洛，藏语"有寨子的地方"。在本地人心目中它是盛开在八瓣莲花花蕊上的家乡，是人神共居之地；而在外地游客眼里，这里是人间最后的乐土和天堂。

　　一个樱花怒放的时节，我行走在丙中洛的小街上。小街是丙中洛的唯一，而夹道盛开的樱花却不是。丙中洛自己的花有油桐花、桃花。油桐花洁白如玉，在每一座神山的心上幽然吐芳；桃花艳如朝霞，在怒江一个个温柔的转身处灼灼闪烁。丙中洛还有栗子花、核桃花、缅桂花、杜鹃花……花开花落，雪山默默，江水滔滔。

唯有这铺满了一条小街的樱花，是从遥远的日本引进来的。来自异域的樱花，一树树地站在那儿，美目盼兮，巧笑倩兮，对陌生的丙中洛不疏离，不拒绝；恰如我这个异乡游子，踏上丙中洛便有宾至如归的感觉。

而这一刻，我忽然听见一片笑声，似樱花瓣漫天飞舞、摇曳生辉。

我一时愣住了：难道树会笑？

当然，在有十座神山相拥、被十道神瀑洗涤的丙中洛，如果有一棵会笑的树，也许并不新奇！可我这个被科学异化了的人啊，偏有疑惑；循声而去，走进一家小商店，"嘻嘻嘻嘻——"一阵舒怀的笑声又扑面而来。五个女孩，围坐在一张矮矮的方桌前，正在叮叮当当地干杯，笑得前仰后合。

我也无法判断这些女孩子是藏族、怒族，还是傈僳族、汉族。我的目光扫去，看见小方桌上有红有白有黄——不折不扣地放着五瓶酒。

"姑娘们，你们有什么喜事啊？太阳还没有露脸，就喝起酒来了？"

"嘻嘻，喝早餐酒嘛！"分不清楚是谁回答的，只见一个个又花枝乱颤地笑作了一堆。

"你们店铺……几点开门营业？"

"随便！"一个女孩豪爽地一挥手，一副指挥千军万马的派头。我被惊住，踌躇了一下，又问："一个月能赚多少钱？"

"随便。"回答得利索。

我瞪着她们暗暗在想：这么做生意，能赚钱才怪呢。

"哈哈哈哈！"笑声冲天而起，似在释我心中疑窦。"大哥，你也来喝一杯嘛！"又一个爽快的女子竟殷殷地倒了一杯酒端起来，拍拍身边的小板凳，要我坐下来，"大哥是从很远的地方来的吧？一定辛苦了，喝杯酒解解乏，心里高兴就不累了。"

我见女孩子们个个都笑靥如花地望着我，眼里流露的是一脉纯纯的暖意，我的心被深深地撼动了。我似乎已经嗅到了长久以来一直梦里依稀的乡情。

怀揣这样的暖意和乡情，我又来到了丁大妈家。

丁大妈是开旅馆的。那一排石片盖顶、圆木为墙的房子跟前，远山起伏尽收眼底。

丁大妈开的是丙中洛的第一家旅店。她开旅店的初衷，跟那几个喝酒的女孩子开商店一样，是跟着感觉走，"随便"开的。那时候，丙中洛是怒江边上高黎贡山和碧罗雪山拥抱着的娇女儿，还藏在深闺人未识。改革开放了，这雄奇、神秘和美丽得让人失语的地方便来了游人。游人要问路，丁大妈便带着他们走；走一圈累了，要住宿，丁大妈又将他们带回了自己的家里。

丁大妈对那些身背行囊、又疲惫又高兴的游人充满了同情。住下了，要吃喝，丁大妈也招待。可想喝啤酒，没有！但我家有咕嘟酒。什么是咕嘟酒？丁大妈告诉我，咕嘟酒是苞谷发酵做出来的，有点甜，有点酸，好喝。烤了石板粑粑，宰了大公鸡，做了琵琶肉，一样一样端上来，咕嘟酒就一杯接一杯"咕嘟"到客人的肚子里去了。咕嘟醉了的人，围着火塘跳舞，跳得七荤八素倒下，丁大妈夫妇俩就把他们一个个弄到床上去。

客人一觉醒来，梦里不知身是客，朝丁大妈笑笑，洗把脸又上路了。

一拨儿走了，一拨儿又来了。丁大妈觉得，这些行色匆匆的人们好可怜啊，就想干脆办个旅馆吧，让他们来了有地方住，有东西吃，吃好睡好才能出去尽兴地玩嘛。

旅馆办起来了，住过的人喜欢丁大妈，就在网上发布了消息。

来的人就更多了。人多住不下，丁大妈只好把女儿女婿赶到仓房里去睡。可总不能让儿女天天睡仓房，丁大妈决定扩建。现在这长长的一排石片房就这么建起来的。房子跟前还有院子，院子不似城里人的别墅那样，用砖块围起的巴掌大一小块，而是连着山，连着水，有菜地，有果园，好在土地政府不拍卖，不收税。丁大妈院里的果子，客人来了随便摘。吃不完就落地上，烂了，种子会在泥土里发芽。

丁大妈一年要接待数百名的游客，这其中，还有高鼻子黄头发的洋人。丁大妈不管你鼻子高不高，头发黄不黄，来了，一视同仁，都当做自己的孩子招待。洋人走了，也丢下点钱。丁大妈收钱，也是丙中洛风格，比较"随便"。可洋人的钱怎么跟人民币不同？心里便有些疙瘩，会不会是假币啊？疙瘩归疙瘩，到底抹不下脸去问。可收得多了，终于沉不住气，便给在庐水县当副县长的大女儿打电话，说外国人不地道，给我的都是假币。

女儿匆匆回家，看着妈妈捧出花花绿绿的"假币"，哈哈大笑："妈妈，这不是假币，这是美元、欧元、日元，还有英镑。"

丁大妈是藏族，汉名俞秀兰，老伴是怒族，汉名丁四方。于是人们便按汉族习惯叫她丁大妈了。丁大妈夫妇养育了五个子女，子女自然都随父亲姓丁。而五个子女已各自婚嫁，对象也是不同民族。一个家里便有了藏、怒、白、汉、独龙、纳西六个民族。

有六个民族的大家庭，过年时聚在一起，对外，一致讲汉语；关起门来，便是"百花齐放"。谁在家主事，便讲谁的语言，而不管哪种语言，彼此都能沟通，彼此都团结和睦。

丁大妈的子女也各有信仰。大女儿是领导干部共产党员；可另有两个女儿信天主教，丁大妈自己也是虔诚的天主教徒，而她的老伴则信仰藏传佛教。

丁大妈家旁边有座天主教堂，钥匙就在丁大妈手里。教堂里的活动，丁大妈都要去操心。离她家几公里，便是藏传佛教普化寺，丁四方逢五、十六，都要去烧香点灯。

这天，丁大妈兴冲冲地带我去参观重丁天主教堂，还在圣母玛丽亚的神坛前唱起了圣诗。丁大妈歌喉嘹亮，神态虔诚，圣经是藏文，唱的是藏语。丁大妈的藏语圣诗，如一条高贵洁白的哈达，在怒江峡谷间飘荡。

我问丁四方："为什么你们生活得如此快乐满足？"他说因为他和老伴都有信仰。他还对我说，信仰是人的灵魂安放的地方，人有了信仰就有了主心骨。没信仰的人是可怕的，就像我们家的花豹（狗名）：它嫌贫爱富，看见穿得漂亮的游客摇尾巴，看见穿得破烂的人汪汪叫；现在它竟也与时俱进了，看见丰田小车里出来的人就上去摇尾乞怜，见开手扶拖拉机的就上去叫……

丙中洛的"随便"，客栈房价、餐馆饭菜不标价格，商店里也看不到几件商品名码标价，本地人相互合作、交换、借贷，没有协议，没有契约、借条之类的商用凭据，只凭一种诚信的默契——"随便"。在我住的客栈门口，有个早餐店，卖的是大饼、米粥之类，我早晨路过门口，人头攒动，老板摇勺加粥，烧火切肉，忙得不可开交，钱箱是一个纸盒子，放在没人守的柜台上，客人吃完就自己往里扔钱，票面大的，扔进后自己找补，老板看都不看一眼。我旁观了好久，终于发现一个喝完粥就走的人，于是我像逮到小偷似的向店主揭发："刚才那人吃饭没给钱。"谁知老板头也不抬，丢了一句："人家没带钱，明天会补上的。"反而弄得我这个都市文化人有些无地自容，惭愧地离开了。返回途中，我看见一个小药店，正好想买点药，可店里没人，我站了一会儿，旁边一个店主走过来问我想买什么，我说创可贴，他说："主人不在，你先拿去用，回头再来交钱。"我也就很自然地"随便"了一次，打开药柜取了一包走人。第二天抽空过来还钱，标价2.6元，我递上5元，老板找了我3元，我认真地说："你找多了。"老板不假思索地回答："我们都不算零钱的。"弄得我又一次面红耳赤。

游丙中洛，原为观景，却写起了人。其实，丙中洛的景色雄奇美丽，刚柔相间；从山间坝子到巍巍山巅，自然景观跨越四季，植被从亚热带直至寒带，蔚为壮观。春天，梨花似雪，桃花灿烂；夏天绿水青山，一尘不染；秋天层林尽染，稻谷飘香；冬日银装素裹，雾锁怒江，高黎贡山和碧罗雪山在这里挺直了陡峭伟岸的身躯，紧紧相偎形成了一条世界著名的大峡谷。它们似要联手将自己的野蛮女友怒江截住，可怒江却轻盈地从它们的夹缝里钻了出去，还不忘留下一串清脆透明的哗哗笑声。接着，这位可爱的姑娘又一屁股坐了下来，俏皮地向企图堵截她的两座大山回望了一会儿，然后再扭动着优雅的身姿，拍着手，快快乐乐地向南奔去。它就这样走走停停，每一次回望，就在坐下歇息的地方，留下了一个弯曲的大回旋，这就是现今人们乐而忘返的桃花岛、怒江第一湾……而前面两座雪山联手堵截怒江的地方，则形成了一个十分险峻的关隘，据说这里才是"一夫当关万夫莫开"、连神仙也难通过的地方。

　　事实上，在丙中洛观景，只要随随便便那么一走，凝神一发呆，马上就会看到一幅极美的山水画：或巉岩峭壁，鬼斧神工；或索桥横空，水光映雪；或山花烂漫，姹紫嫣红……即便是雨中，那奔来眼底的山水泼墨，也是大师级的国画杰作。

　　此行之际，正值云贵高原天干地坼，草黄水枯，大旱百年未遇，人们盼水望眼欲穿。可在丙中洛，春水碧于天，春雨细如丝，空气清新而湿润。我去藏传佛教普化寺参观，便是光着脚板，蹚过溪水冒雨前行。沿青石板铺就的山路拾级而上，淙淙清泉就在路边的沟壑里"随便"流淌，清纯明净，方圆八百里的丙中洛，山林间成排的瀑布汇成水帘，田园上网状的溪流自由流动，高坡上成群的泉眼喷薄欲出，这里是水的世界，这里的水全是原汁原味。

　　丙中洛年轻的大山血脉通畅，碧罗雪山靠近怒江的这一边，郁郁葱葱，毛茸茸的植被像富有质感的漂亮的怒族织毯，覆盖在群山之上；而向西靠近澜沧江的那一边则就只见光秃秃的山峰了，据说那是文明过度侵入的结果。

丙中洛人还告诉我，在他们的心里，一滴水、一棵树、一块石头、一个山洞……全都是神圣而有灵性的。原先，在丙中洛南面的贡当神山上，有一个神奇的接水洞。每年三月十五，这里的各族民众都要到洞里接圣水。接水洞里平时并不流水，可接水的人来了，水便汩汩而出，迎接接水的人；人走了，水还会潺潺地流一阵，作为相送。人来水流当然是吉祥的好兆头。接水仪式十分隆重，从三月十四日起，喇嘛就在洞口烧香祈颂，千余名群众只在对面山上磕头礼拜，不焦不躁地等到第二天，才七八个人一组，有序地分批慢慢进洞接水。就连信天主教或基督教的群众，这一天也会来接水。

神洞上的石头，据说是一种昂贵的羊脂玉石。玉石引来了贪婪的外乡人。一个外省商人，不知打通了什么关节，跑到丙中洛来，不顾当地乡民的反对，就在接水洞埋了18吨炸药，要开采玉石。

丙中洛人心痛得彻夜难眠。一日傍晚，他们遥望接水洞，忽见洞口亮光一闪，从洞里飞出一匹马、一条龙。它们在夜空中一直向北，飞到了石门关旁边的仙女洞里。

人们痛惜的心总算有了一些安慰——天马和神龙知道有劫难，终于飞走躲开了。

爆炸声起，石块四散飞溅，可贪婪的开矿者没有找到任何有用的玉石。结果老板宣布破产，相关领导也下了台。丙中洛的群众倒是心中释然：本来嘛，神山就是不能动的。宝贝早已随天马神龙飞走了！

从此以后，每年的三月十五，人们就自觉自愿地都到石门关那边的仙女洞去接圣水了。为了验证丙中洛人的说法，离三月十五还有一个来星期，我就迫不及待地邀朋友们陪伴来到了仙女洞。

仙女洞里干燥闷热，我把路上采来的野花恭敬地放在洞里的石板上，献给仙女。

献了花，洞里没见水。到了三月十五，就会有水流出来吗？我心中暗暗存疑。

陪我来的当地朋友异口同声地说：要祈求、要称颂、要诚心就会有水出来了。

我笑了，你们谁会念颂词？

大家纷纷摇头，说普化寺里的喇嘛才会念呢。

我说，我来吧。

他们不信。

如果说，在怒江激流的呼啸声中，丙中洛是一朵酣梦不醒的睡莲，那么我的故乡，则是怒江上游的另一朵莲花；从丙中洛溯流而上，翻过梅里雪山，越过乃塘草原，蓝天下有一处出淤泥而不染的圣洁清净之处，那就是我从小生长的地方，我生命的维系之根。在那海拔4000多米的那拉神山下，在四季不凋的苍茫林海里，5岁，我就披上僧衣，走进家庙，成了一名学佛的僧童。自此，母亲温柔的怀抱，林中飞奔的马鹿，草原上活泼的羊群，都远离了我；而属于我的，是青灯古佛、难懂的经文，还有就是人生在世的苦难生活的体验——

那时，我经常滑过牛皮溜索，在寺院与住家间穿梭。这牛皮溜索是用竹筏载送过江的办法拉起来的，我经常被悬在奔腾不息的怒江上，看江水打着漩涡，闪着波光，不停地朝前流去；或抬头看两岸的青山，青山伸出双臂似要挽留住我，我好像还听见怒江对青山说："你是守不住我的。"

终于，我也像怒江里的一滴水，随着时代的激流奔腾而去了。时光如大漠风烟，曼舞飞扬，我在俗世已经奔波了一个甲子。羁鸟恋旧林，池鱼思故渊……如今我已到了倦鸟知返的时候，家乡的雪山草原和童年生活的情景，常常忽然奔来心中眼底……于是我禁不住操着我亲切的藏族母语诵起儿时记忆中的企求大自然恩赐的《甘露颂》。在我的面前，一些钟乳石从洞顶上垂挂下来，犹如女性丰满的乳房。忽然，有人发出惊叫："水来了，水来了！"

在钟乳石的下方，在那酷似乳房的乳头部位，一滴清水开始渗了出来！

同行中早有人拿着矿泉水瓶的瓶盖去接，接住便毫不犹豫地倒进了嘴里。

我继续祈求。我说，星星会陨落，钻石会粉碎，人生也譬如朝露，但人的善意和爱心是无限的。人类文明在不断进步，就像怒江水一样奔腾向前，什么力量也阻挡不住——不仅山阻挡不住，人为的力量也阻挡不住；哪怕人在上面筑了大坝，将它堵住了，它最终也要奔腾向前——大自然给了人类生存与生命的摇篮，人若昧着良知与道德，以无情可耻的物欲破坏生态，必将会受到大自然无情的惩罚……

水，流得更多了，一滴一滴，几乎所有的钟乳石都开始滴水，像母亲丰沛的乳汁，止也止不住。水是血脉，水是生命，大家欢呼雀跃，争相接水，一饮而尽。人类还想生存千年万年，唯有对大自然爱之如父母，仰之如日月，敬之如神明，畏之如雷霆才行。

泪水从我的眼中溢出。我从洞口向北眺望，翻过这个山口，翻过前面海拔6000多米的大雪山，那里就是我的故乡，我亲爱的爷爷奶奶、父亲母亲及其他亲人生生不息的地方。我不由自主地用自己的母语祈颂：巍巍的雪山，奔腾不息的怒江啊，我的家乡，我的草原，我已经感受到你温暖的怀抱了；您的孩子没有忘记您对我的养育之恩……

水，一滴又一滴，纷纷滴下，越滴越快，渐渐地连成了线，流成了瀑，哗哗而下。我的心跳得更加激烈起来；我似乎觉得自己也变成了一滴水，融进了这哗哗的水流之中，随着怒江滚滚的激流，汇入萨尔温江，然后注入大海，一起奔向宇宙、生命、物质和自然的轮回流转之中……在丙中洛，你若是行走在茂密的森林中，满耳听到的是哗哗的松涛声；若是行走在纵横的田野里，满耳听到的是叽叽的鸟鸣声；若是行走在翠绿的山谷中，满耳听到的是潺潺的流水声；若是行走在村寨的小路上，满耳听到的是此起彼伏的牛羊声。这里充满荒情野趣，全无雕琢痕迹，这里空气清新甜美，全无浮尘雾霭，这里天空蔚蓝如拭，全无碳酸污染，这里充盈着质朴的美，粗犷的美，宁静的美。

有一个发生在这里的故事让我深为感慨。两年前一个瑞士游客住进了丙中洛乡一个叫秋那桶的藏族村庄，客人走时将一块手表遗忘在客栈里，过了几天清扫房间时才被发现。这纯朴的藏族农民怎么知道这个瑞士人从哪里来、又去了哪里。好在客栈里，人们喜欢在木墙上"发表"自己的感言，有的还表明自己的身份、地址。那个瑞士人刚好也有留言，写了他通过哪家旅行社到的丙中洛等等的字句。客栈主人于是在网上查到了这家旅行社在州上的办事处。他连夜赶路找到了导游，索要了瑞士游客的地址，再通过邮局将那块手表寄往瑞士。厚道的藏族农民哪里知道，这只不过是一块普通的电子表而已，其价值还不抵他寄到瑞士的邮费。那瑞士游客收到这表时，被深深地感动了，立即写来一封热情洋溢的回信，还专门买了一块瑞士名表，赠送给这个藏族农民。

丙中洛的人们，就是以自己的这种朴实无华的言行，感动着一拨儿又一拨儿的外地游客，让他们在这个多民族聚居的地方，真切地领略到"路不拾遗，夜不闭户""一人有难，八方来帮"的优良文化传统，还真实地感受到这里人们的纯朴、善良，以及现代人已经久违了的甚至不可思议的高贵人格和优良品质。

有一段爱情故事也许更能说明丙中洛的魅力和它的包容。有4个浙江女孩子结伴来到丙中洛秋那桶旅游，住在一户藏族人家，主人叫余新民，他的儿子余贵权毕业于一所师专的体育专业，在一家发电厂打零工，是个英武俊朗的康巴帅小伙。周末，余贵权帮家里接待游客，他便为她们当导游。白天领着她们看险要的峡谷沙滩，幽静的草原牧场，秀丽的高山花甸，独特的民俗风情，晚上绕着篝火跳舞，围着火塘唱歌，看着月亮碰杯。

她们尽兴而归以后，其中一个女孩忽然从昆明机场打来电话，说她不想走了，她爱上了丙中洛，更爱上了余贵权。余贵权怎敢轻易接受这飞来的爱情，好言相劝，好不容易让那女孩子回到了浙江。但对一个被爱情击中了心扉的现代女孩来说，一旦爱上了，就不管不顾了。她三天两头地给余贵权打电话，邀请他去浙江看看，最后甚至把飞机票都买好寄来了。余贵权实在感到盛情难却，只好去了浙江。到了女孩家一看，他傻了眼，原来人家是一家私营企业老板的千金，家里开了几个工厂和养殖场，连别墅都有两栋，更不用说那几辆豪华车。

余贵权更不敢接受女孩子的爱了，他只请求给他一份工作，因为他想通过自己的劳动挣到钱，好还女孩子给他买的机票钱，然后挣一笔回家的路费。女孩子的父母开始也许并不十分接纳这个来自云南偏远山村的小伙子，但碍于女儿的死缠软磨，也就给了余贵权一份在工厂里打考勤的工作，月薪5000元。余贵权知恩图报，除了上班，家里的所有杂活都抢着去做。3个月下来，余贵权挣足了路费，先拿出2000元还女孩子的机票钱，再拿出5000元交房租，然后向女孩告辞。

他对她说，我在丙中洛的全部家产加起来，还不足我这几个月挣来的工钱，因此我是不配娶你的。余贵权可能有所不知的是，在这个不缺钱的富裕家庭，缺的正是他这金子一般纯粹、山泉一样清澈透明的心，或许看淡了流水般的繁华，更向往一方心灵的净土，或许这平凡的举动感动了上苍，女孩父母不仅挽留了他，而且答应了这门亲事。

这个千里结姻缘的爱情故事终于修成正果。两年后，余贵权领着美丽的妻子，带着女方父母给的50万元，回到丙中洛，在家乡开了一家砖瓦厂，又一个汉藏结合的家庭在丙中洛生了根。有人说余贵权大赚了，不仅娶了人，还得了一笔建厂的钱。余贵权则说我才赔了呢，我现在的责任和压力重得像背上了一座山。我在余家看到他们的结婚照时，惊讶于那照片上的一对人儿，就像电影明星一样光彩照人。

我从丙中洛最边远的号称"美女村"的地方坐着汽车返回，忽然又一个身材苗条，金发碧眼的外国姑娘在路边行走，身旁跟随着一对中年男女，我便停车让他们搭车随行。这姑娘说："我从爱丙中洛，到爱上了中国，回去念完大学后，还打算来中国做事。"我看见这一家子那幸福满足的笑脸，深为丙中洛自豪，我开玩笑地问她："你将来找对象会选择丙中洛人吗？"她毫不犹豫地回答："这种可能性是完全存在的。"我问为什么，她又回答："这里的人不说假话。"

晚上，丙中洛并不宽敞的街道上有一家酒吧，虽然条件有些简陋，但可能比许多大都市里的酒吧更为热闹和地道。当地朋友们告诉我说，在这家酒吧里有一种舞蹈在全世界绝无仅有，名为"藏迪"，也就是藏式迪斯科的简称。那天晚上我和一些朋友在这家酒吧里首次领略到了"藏迪"的风情，酒吧里中外游客和本地人济济一堂，当人们酒酣耳热、情绪达到某个沸腾点时，强劲的音乐响起，几乎所有的人都涌到一个不大的舞台上跳舞，在动感十足的音乐节奏下，有跳迪斯科的、有跳藏族踢踏舞的、有跳霹雳的、有跳傈僳舞蹈"阿尺目刮"的、有跳摇摆舞的、有跳纳西族的"阿哩哩"的，甚至还有在上面跳健美操的，反正人们怎么高兴怎么跳、怎么痛快释放自己的激情就怎么来。没有统一规范的舞步，只有多元纷繁的风格，没有拘谨矜持的姿态，只有豪放挥洒的激情。

这就是丙中洛的"藏迪"，一种将西洋元素、都市风情融合到本地民族舞蹈、民间文化之中的全民狂欢。"土洋结合"在这个层面上，已进入到一种水乳交融的佳境。此时已没有民族与民族、文化与文化、信仰与信仰之间的差异，更没有中国人与外国人、城里人与乡下人之间的距离，大家都是快乐的人，都是丙中洛的主人，都是这个地球村的村民。一个瑞士人舞到高兴处，忽然找来一只话筒大声宣布，今晚他乐意为所有的人买单，请大家尽情地喝酒、尽兴地跳舞。但一个深圳人抢过了话筒，说，应该由他来买单，因为他太高兴了。又一个康巴汉子夺过话筒说，他是这里的主人，今晚应该由他来请所有的朋友们喝酒、跳舞。瑞士人和深圳人还在和康巴人争辩时，一个傈僳小伙子兀自找到酒吧的小姑娘交钱去了，于是这几个人都涌到那小姑娘面前，将大把的钞票塞过去。小姑娘都被挤到墙角了，她就像受到伤害那样双手捂着头，尖声说："你们都不要争了，今晚我请客，随便喝、随便跳，不收钱！"这样一"随便"，四个人就都把钱放在小姑娘面前的吧柜上，继续回去跳舞喝酒。

在丙中洛，人们总是很容易被感动，不是被大自然天堂一样的美景，就是被它朴实无华的人们；在丙中洛，人们也总是很容易返璞归真，找到遗失许久的某些情感——单纯、自然、善良、仁爱、宽容以及朴素的信仰；在丙中洛，人们也很容易学到许多在书本中学不到的东西，人和人如何平等相处，文化和文化如何和睦相融，民族和民族如何共同发展，信仰和信仰如何相互尊重。这些到现在还困扰着我们这个星球的重大课题，社会学家、人类学家、宗教学家、历史学家已经撰写了汗牛充栋的学术论述，但依然没有解决地球上的贫富歧视、宗教争端、民族冲突、文化纷争以及战争的阴霾和烽烟。而丙中洛的人们，用他们最普通的生活，用他们最平凡的智慧，用他们最善良的内心，用他们最真诚的笑脸，无言地告诉我们很多、很多。

原载《当代》2010年第5期

雁山瓯水

余光中

一

去年年底，温州市龙湾区的文联为成立十周年纪念邀请我去访问。正值隆冬，尽管地球正患暖化，但大陆各地却冷得失常；温州虽在江南之南，却并不很温，常会降到10℃以下。高雄的朋友都不赞成，说太冷了，何必这时候去。结果我还是去了，因为一幅瓯绣正挂在我家的壁上，绣的是我自书的《乡愁》一诗，颇能逼真我的手稿。更因为温州古称永嘉，常令人联想到古代的名士，例如山水诗鼻祖谢灵运，就做过永嘉太守；又如王十朋、叶适、高明，当然还有号称"永嘉四灵"的徐照、徐玑、翁卷、赵师秀，都是永嘉人。更因温州还一再出现在有名的游记和题诗之中，作者包括沈括、徐霞客、袁枚、王思任、康有为、潘天寿、张大千。

天公也很作美。1月11日和我存、季珊母女抵达温州的永强机场，刚刚下过冷雨，迎面一片阴寒，至少比高雄骤低10摄氏度；接机的主人说，近日的天气一直如此。但是从第二天起，一直到18日我们离开，却都冬阳高照，晴冷之中洋溢着暖意，真不愧为温州。我们走后次日，竟又下起雨来，实在幸运。不仅如此，5日黄昏我们还巧睹了日食。

另一幸事则是，在我演讲之后，原本安排导游是先去北雁荡，再去南雁荡，但为摆脱媒体紧跟，临时改为先去南雁荡。原先的"反高潮"倒过来，变成"顺高潮"，终于渐入佳境。

二

雁荡山是一个笼统的名词，其实包括北雁荡、中雁荡、南雁荡，从温州市所辖的乐清市北境一路向西南蟠蜿，直到平阳县西境，延伸了120多公里。它也可以专指北雁荡山，因为北雁荡"开辟"最久，题咏最多，游客也最热衷。

我们先去拜山的，是南雁荡。入了平阳县境，往西进发，最后在路边一家"农家小院美食村"午餐。从楼上回栏尽头，赫然已见突兀的山颜石貌，头角峥嵘地顶住西天。情况显然有异了。不再是谦逊的缓缓起伏，而是有意地拔起，崛起。

在粗砾横陈的沙滩上待渡片刻，大家颤巍巍地分批上了长竹筏，由渡夫撑着竹篙送到对岸。仰对玉屏峰高傲的轮廓，想必不轻易让人过关，我们不禁深深吐纳，把巉岩峻坡交给有限的肺活量去应付。同来的主人似乎猜到吾意，含蓄地说，上面是有一险处叫"云关"。

3个台客，却有9个主人陪同：他们是浙江大学骆寒超教授与夫人，作家旸叶坪，文联的女作家杨旸、董秀红、翁美玲，摄影记者江国荣、余日迁，还有导游吴玲珍。后面六位都是温州的金童玉女，深恐长者登高失足，一路不断争来搀扶，有时更左右掖助，偶尔还在险处将我们"架空"，几乎不让我们自逞"健步"。就这么"三人行，必有二人防焉"，一行人攀上了洞景区。

雁荡山的身世历经火劫与水劫，可以追溯到二亿三千万年前。先是火山爆发，然后崩陷、复活再隆起，终于呈现今日所见的叠嶂、方山、石门、柱峰、岩洞、天桥与峡谷，地质上称为"白垩纪流纹质破火山"。另一方面，此一山系位于东南沿海，承受了浙江省最丰沛的雨量，尤其是夏季的台风，所以火劫亿载之后又有流水急湍来刻画，形成了生动的飞瀑流泉和一汪汪的清潭。

我们一路攀坡穿洞，早过了山麓的村舍、菜圃、浅溪、枯涧。隔着时稀时密的杉柏与枫林，山颜石貌蚀刻可观，陡峭的山坡甚至绝壁，露出大斧劈、小斧劈的皴法，但山顶却常见黛绿掩蔽，又变成雨点皴法了。有些山颜石纹没有那么刚正平削，皴得又浅又密，就很像传统的披麻皴。这种种肌理，不知塞尚见了会有什么启发？

除非转弯太急或太陡，脚下的青石板级都平直宽坦，并不难登。南雁荡海拔 1257 米，不算很高，但峰峦回旋之势，景随步移，变幻多端，仍令人仰瞻俯瞰，一瞥难尽其妙。云关过了是仙姑洞，忽闻铁石交叩，铿铿有声。原来是骡队自天而降，瘦蹄嘚嘚，一共 7 匹，就在我们身边转弯路过，背篓里全是累累的石块。骡子的眼睛狭长而温驯，我每次见到都会心动，但那天所见的几匹，长颈上的鬃毛全是白色，倒没见过。

骡队过后，见有一位算命的手相师在坡道转角设有摊位，众人便怂恿我不妨一试，并且围过来听他有何说法。那手相师向我摊开的掌心，诠释我的什么生命线啦，事业线啦，感情线啦都如何如何，大概都是拣正面的说，而结论是我会长寿云云。众人都笑了，我更笑说："我已经长寿了。"众人意犹未尽，问他可看得出我是何许人物。他含糊以答："位阶应该不低。"众人大笑。我告诉大家，有一次在北京故宫，一位公安曾叫我"老同志"，还有一次在乡下，有个村妇叫我"老领导"。

过了九曲岭，曲折的木栏一路引我们上坡，直到西洞。岩貌高古突兀，以丑为美，反怪为奇，九仞悬崖勾结上岌岌绝壁，搭成一道不规则的竖桥，只许透进挤扁的天光，叫做洞天，是天机么还是危机。我们步步为营，跨着碇步过溪。隆冬水浅，却清澈流畅。不料刚才的骡队又迎面而来，这次不再是在陡坡上，而是在平地的溪边，却是一条杂石窄径。骡子两侧都驮着石袋，众人仓皇闪避，一时大乱，美玲和秀红等要紧贴岩壁才得幸免。

终于出得山来，再度登筏回渡，日色已斜。砾滩满是卵石，水光诱人，我忍不住，便捡了一块，俯身作势，漂起水花来。众人纷纷加入，捡到够扁的卵石，就供我挥旋。可惜石块虽多，真够扁圆的却难找。我努力投石问路，只能激起三两浪花。其他人童心未泯，也来竞投，但顽石不肯点头，寒水也吝于展笑。扫兴之余，众人匆匆上车，向两小时半车程终点的北雁荡山火速驶去。

三

当晚投宿响岭头的银鹰山庄。抵达时已近7点，匆匆晚餐过后，导游的小吴便迫不及待带我们去灵峰窥探有名的夜景。气温降得很快，幸好无风，但可以感觉，摄氏温度当在近零的低个位数。我存和我都戴了帽子，穿上大衣，我裹的还是羽毛厚装，并加上围巾，益以口罩。暖气从口罩内呼出，和寒气在眼镜片上相遇，变成碍眼的雾气。前后虽有两支手电筒交叉照路，仍然看不分明，只好跟跄而行。

终于摸索到别有洞天的奇峰怪岩之间，反衬在尚未暗透的夜色之上，小吴为我们指点四周峰头的暧昧轮廓、巧合形态，说那是情侣相拥，这是犀牛望月，那是双乳倒悬，这是牛背牧童，而势如压顶的危岩则是雄鹰展翅。大家仰窥得颈肩酸痛，恍惚迷离，像是在集体梦游。忽然我直觉，透过杉丛的叶隙，有什么东西在更高更远处，以神秘的灿烂似乎向我们在打暗号，不，亮号。这时整个灵峰园区万籁岑寂，地面的光线几乎零度，只有远处的观音洞狭缝里，欲含欲吐，氤氲着一线微红。但是浩瀚的夜空被四围的近峰远嶂遮去了大半，要观星象只能伸颈仰面，向当顶的天心，而且是树影疏处，去决眦辨认。哪，东南方仰度70附近，三星朗朗由上而下等距地排列，正是星空不移的纵标，猎户座易认的腰带。"你们的目光要投向更高处"，我回头招呼望石生情、编织故事的小吴和她的听众，并为她们指点希腊人编组的更加古老的故事，也是古代天文学家和船长海客的传说。"猎户的腰带找到了吧？对，就是那3颗的一排。再向左看，那颗很亮丽的，像红宝石，叫Betelgeuse，我们的星宿叫参宿四。腰带右侧，跟参宿四等距拱卫腰带两侧的，那颗淡蓝的亮星，希腊人叫Rigel，我们的祖先叫参宿七。腰带右下方，你们看，又有一排等距的3颗星，是猎户斜佩的剑，剑端顺方向延长5倍距离，就是夜空最明亮的恒星了——正是天狼星。这些星象是亘古不变的——孔子所见是如此，徐霞客所见也如此。"

四

次晨又是无憾的响晴天，令人振奋。越过鳞鳞灰瓦的屋顶，巍巍两山的缺口处，一炉火旺旺的红霞托出了金灿灿的日轮，好像雁荡山神在隆重欢迎我们。下得楼去，户外的庭院像笼在一张毛茸茸泛白的巨网里，心知有异。美玲、杨畅、秀红等兴奋地告诉我存和季珊，昨夜下了霜。难怪草叶面上密密麻麻都铺满了冰晶。跟昨夜的繁星一般，这景象我们在台湾，尤其久困在城市，已经多年未见了。

雁荡山的地势变化多姿，隔世绝尘，自成福地仙境，远观只见奇峰连嶂，难窥其深，近玩却又曲折幽邃，景随步转，难尽全貌。正如苏轼所叹，不识真面目，只缘在山中。难怪徐霞客也叹道："欲穷雁荡之胜，非飞仙不能。"古今题咏记游之作多达5000篇以上，仍以《徐霞客游记》给人的印象最深。徐霞客曾3次登上雁荡山，首次是在明代万历四十一年（1613），当时才28岁。大家最熟悉的他的《游雁荡山日记》常见于古今文选，就是那年四月初九所记。

我们是从钟鼓二岩之间西北行，进入灵岩景区的。到双珠谷附近，就被徐霞客的白石雕像吸引，停了下来。当然是徐霞客，雁荡山道由他来领路，再适当不过。像高约近3米，右手持着长髯，面带笑意，眼神投向远方，在峰岭之间徘徊，又像入神，又像出神。柳宗元所说的"心凝形释，与万化冥合"，正是这种境界。徐霞客逝于55岁，雕像看起来却太老了。他去世后才3年，明朝就亡了，幸而未遭亡国之痛。他未能像史可法一样以死报国，但是明朝失去的江山却保存在他的游记里，那么壮丽动人，依然是永恒的华山夏水，真应了杜甫的诗句："国破山河在"。

沿着展旗峰蔽天的连嶂北行，景随位移，应接不暇，浅窄的眼眶，纤弱的睫毛，怎么承得起那么磅礴的山势，容得下那么迤逦的去脉来龙？到了南天门，拔地而起的天柱峰逼人左颊，似乎要抢展旗峰的霸权，比一比谁更夺目。岩石帝国一尊尊一座座高傲的重镇，将我们重重围住，用峭壁和危崖眈眈俯瞰着我们。

幸好有一座千年古刹，高门楣顶悬着黑底金字的横匾，"灵岩禅寺"，背负着屏霞峰，面对着峙立争高的天柱峰与展旗峰，而庭前散布的茶座正好让我们歇下来，在茶香冉冉中仰观"雁荡飞渡"的表演。

顺着茶客一齐眺望的方向，我发现一个红点在天柱峰顶蠕动。三四分钟后他已经荡落到山腰，原来是用两条长索系腰，不断调整，并且荡索蹬岩，一路缒下绝壁来的。然后又发现上身着红衫，下身却着黑裤。终于缒到山脚了，赢得一阵掌声。

小吴说，这功夫是古代的农夫上山采药练出来的。雁荡山产的石斛乃名贵草药，偏偏生在岌岌的险处，采药人被迫冒险犯难，只好千钧一发，委身长绳，学飞檐走壁的蜘蛛。

话未说完，茶客又转过头来，仰对南天门的虚空。这才发现，所谓南天门的两根参天巨柱——天柱峰顶与展旗峰顶——之间，竟有一痕细丝牵连。原来已有一个人影倒悬在钢索上，四肢并用地正在攀援南天门楣，或起立，或前进，或仰卧，或跳跃，或翻筋斗。突然那身影失足倒栽了下来。说时迟那时快，他其实并未离索，只是用双脚倒扣住绳索。观众惊呼声定，他已抵达半途，正把树叶纷纷撒下。最后他一扬旗用碎步奔抵展旗峰顶。

顶礼过南海观音，大家又绕到寺后去看方竹。竹笋初生，秆呈圆锥形，长成后竟变四方形，墨绿色泽非常古雅，节头有小刺枝，像是塔层。季珊就近一手握竹一手拍照，可见其枝亭亭挺立，只比她的手指稍粗。我要她们母女多多摄影，备日后游记之用。400年前徐霞客早在日记中如此记载："十五日，寺后觅方竹数握，细如枝。林中新条，大可径寸，柔不中杖，老柯斩伐殆尽矣！"他当日所见，是能仁寺中方竹，离灵岩寺不过10里。我握着"径寸"的一截黛绿，幻觉是在和徐霞客握手。有竹为证，我怎能不继他之后，续一篇雁荡游记呢？

沿着灵岩寺旁的石径右转登山，不久便入了小龙湫溪谷，到了湫脚。不出所料，落差60米的瀑址只有细股涓涓在虚应故事。只有层层岩脉，重重山峦，将一片岑寂围在中间。应该是理想的回声谷吧，我不禁半合双掌于两颊，形成喇叭，突发阮籍之长啸。想必惊动了静定已久的神灵，一时山鸣谷应，余韵不绝。没料到最好的音响效果便是造化，这一声楚狂、晋狂的长啸激起了同游的豪兴，大家纷纷也来参加，简直成了竹林七贤。日迁说，曾经听我在演讲时吟过古诗，要我即吟一首。我便朗吟起苏轼的《念奴娇》来。大家听到"一时多少豪杰"，一起拍手，我乘兴续吟"遥想公瑾当年……"把下半阕也吟完，效果居然不错。近年我发音低哑，无复壮岁金石之声，不免受挫。也许是昨夜睡熟，天气晴爽，又饱吸了山中的芬多精，有点脱胎换骨，更因为初入名山，受了徐霞客的感召，总之那天的长啸朗吟竟然恢复了沛然的元气，顿觉亲近了古人，回归了造化。继我之后，叶坪也即兴吟了一首七绝欢迎我来温州，又朗诵了骆夫人40年前写给丈夫的一首新月体情诗，引来再惊空山的掌声。

雁荡山开山凿胜，始于南北朝而盛于唐宋。东晋的谢灵运曾任永嘉太守；他癖在游历，又出身豪门，僮奴既众，门生亦伙，出门探胜寻幽，往往伐木开径，惊动官府。不过当时他游屐所及，多在中雁荡山，而北雁荡山之洞天福地还深藏未通。雁荡诸山在远古火山爆发后由酸性岩浆堆积而成，其后又历经流水浸蚀而呈今貌。北宋的科学家沈括早已指出："予观雁荡诸峰，皆峭拔险怪，上耸千尺，穹崖巨谷，不类他山，皆包在诸谷中。自岭外观之，都无所见，至谷中则森然千霄。原其理，当时为谷中大水冲激，沙土尽去，唯巨石巍然挺立耳。如大小龙湫……之类，皆是植土龛岩，亦此类耳。"直到2005年，联合国才将此山评选为"世界地质公园"。是以今日游客朝山，已得现代建设之便，远非当年徐霞客历险苦攀能比。

从小龙湫的下面可以搭乘电梯直上50米出来，就接上贴着绝壁的铁栏栈道，下临幽深的卧龙谷，可以指认小龙湫的源头。我攀上栏杆俯窥深谷，害同游的主人们吓了一跳。

下午我们就径去大龙湫，明知隆冬不能奢求水旺，也要去瞻仰那一跃197米的坠势。先是经过所谓剪刀峰，想象步移景换，变成玉兰花、啄木鸟、熊岩、桅杆峰、一帆峰等等的幻象。终于抵达飞瀑注成的寒潭，只见一泓清浅，水光粼粼，可撑长筏。徐霞客第一次来时，正值初夏，"积雨之后，怒涛倾注，变幻极势，轰雷喷雪，大倍于昨"。但此刻，崖顶水势不大，落姿舒缓，先还成股，到了半途，就散成了白烟轻雾，全不负责，要等临到落地之前，才收拾拢来，洒出一阵纤纤雨脚，仍然能令冒雨戏水的季珊和陪伴的女孩子们兴奋尖叫。这镜头，咔嚓之间，全被国荣和日迁快手捉住。我避过瀑脚，施展壁虎功贴着瀑壁的深穴游走，直到路尽才停。日迁也跟下来。不料瀑布鼓动的险风阵阵也贴着穴壁袭来。我戴了毛线红帽，裹着厚实羽衣，仍不胜其瑟缩。

峰高嶂连，虽然是大晴天，暮色仍来得很快。整座湫谷一时只留下我们的跫音，此外万籁都歇。过了伏虎峰，我们一路踏着石径南行，只见千佛山并列的峰头接成迤逦不断的连嶂，屏于东天。晴艳的落照反映在岌岌的绝壁上，十分壮观，把我们的左颊都烘得暖融融的，那排场，好像雁荡山脉在列队说再见。

五

雁荡山有"海上名山""寰中绝胜""天下奇秀"之誉，号称"东南第一山"。从北雁荡、中雁荡、西雁荡到南雁荡，盘盘囷囷，郁郁磊磊，这一整座龙脉世家，嵯峨帝国，拱卫了昔日的永嘉，今日的温州，只开放东海之岸，让瓯江浩荡出海。只就北雁荡山而言，山水之错综复杂，景象之变幻无限，就已令古人题咏再三，犹叹其妙难穷。但是在一切旅游图册中，从未见提到晚明的王思任（1574—1646），实在可惜。此人也许不是徐霞客那样的大旅行家，但游兴之高，游记之妙，绝对也是古今罕见。他的文笔汪洋恣肆，匪夷所思，感兴之强烈，即使放在现代散文里，也可夸独特。在《小洋》一文中，他极言山高石密，溪流曲折，有"天为山欺，水求石放"之句。他的长文《雁荡山记》如此开篇：

雁荡山是造化小儿时所作者，事事俱糖担中物，不然，则盘古前失存姓氏，大人家劫灰未尽之花园耳。山故怪石，供有紧无要、有文无理、有骨无肉、有筋无脉、有体无衣，俱出堆累雕錾之手。落海水不过二条：穿锁结织如注锡，流觞去来袭脚下。昔西域罗汉诺讵那居震旦大海际，僧贯休作赞，有"雁荡经行云漠漠，龙湫宴坐雨濛濛"之语。至宋时构官伐木，或行四十里，至山顶，见一大池，群雁家焉，遂以此传播。谢康乐称山水癖，守永嘉，绝不知雁荡。沈存中以为当时陵谷土蔽，未经洗发。

第一句就很有趣，说此山是大地小时候的玩具，山中每一景都是捏面人所挑糖担子卖的糖制人物；不然就是开天辟地以前无以名之的巨人族，浩劫之前花园中的盆景之类。这两个比喻，前者以小喻大，后者以大喻小，奇想直追《格列佛游记》。"劫灰"一词尤其暗合雁荡山火山地质的身世。"落海水"一句应指余脉入海，形成外岛与港湾。"见一大池"句释雁荡山名由来。"康乐"指谢灵运封号。"存中"是沈括的字。王思任这篇游记，长3800余字，为古来罕见，至于想象之生动，文采之倜傥，更是可惊。直到文末，作者意犹未尽，又夸此山："吾观灵峰之洞，白云之寨，即穷李思训数月之思，恐不能貌其胜。然非云而胡以胜也？云壮为雨，雨壮为瀑，酌水知源，助龙湫大观。他时无此洪沛力者，伊谁之臂哉。"隆冬入山，山犹此石，但水势不盛，瀑布溪涧的壮观，只能求之于古人的记游。我的温州主人们安慰我：夏天可以再来。

我对温州的年轻游伴们说：温州之名，在台湾绝不陌生，台北市南区的不少街道，久以温州及其所辖的县市命名，其中包括瑞安街和泰顺街。我有不少文坛、学府的朋友，都住在温州街的长港岔弄。他如青田、丽水、龙泉、永康等街，也都取之于温州的近邻。至于散文大家琦君，名播两岸，更是温州自豪的乡亲。

温州人好客，美味的馄饨常温客肠。我为他们的文联盛会演讲，又去当地闻名的越秀中学访问。他们带我和我存母女先后参观了永昌堡、发绣、瓯绣、瓯塑。我特别向瓯绣的"省级大师"林缇致意，感谢她把我《乡愁》一诗的手迹刺成瓯绣。有一天他们特地带我去参观谢灵运遗址"池上楼",凭吊"池塘生春草,园柳变鸣禽"的千古名句,并承"博雅茶坊"主人伉俪接待,得以遍赏白糖双炊糕、灯盏糕、芙蓉糖、冻米糖之类的名点。

六

1月15日,不拜山了,改去朝海。40多座岛屿组成的洞头县,浮列在东海上等待我们。7座的休旅车上了"灵霓北堤",车头朝向东南,以高速驶过茫茫的海面,一边与海争地,要填来扩充市区,一边插竿牵网,培育螺蛤之类,养殖海产。没料到海阔堤长,过了霓屿和状元坳,跨越了许多桥后,才抵达洞头岛。当地县政府的邱顾问带我们一行攀上陡峭的仙叠岩,俯眺东海。在苍茫的暮霭中,他向南指指点点,说对面近海的一脉长屿也叫"半屏山",那方向正遥对台湾,"像和你们高雄的半屏山隔海呼应"。又说洞头县民会讲闽南话,原是福建的移民。此时岩高风急,浊浪连天,令人不胜天涯海角、岁末暮年之感。指顾之间,夕照已烘起晚霞,主人说不早了,便带大家回车,准备去市内晚餐。车随坡转,我恋恋回顾酣熟的落日,才一瞬间,咦,怎么日轮满满竟变成了月钩弯弯,缺了2/3,唯有金辉不改。惊疑间,过了5秒钟才回过神来。"是日食!快停车!"大家一齐回头,都看见了,一时嗟叹连连,议论纷纷。这才想起,温州的报上已经有预告,说今天下午4点37分日环食会从云南瑞丽开始,而于4点59分在胶东半岛结束,至于大陆其他地区,则只能见到日偏食,甚至所谓"带食日落"。果然,在我们的车窗外,越过掩映的丛丛芦苇,几分钟后,那艳金带红的"日钩"就坠入暮色苍茫里去了。想此刻,月球上不管是神或是人,一定也眺见地球的"地食"了吧?

温州简称瓯,瓯江即由此入海。河口有大小三岛,最里面的最小,叫江心屿,隔水南望鹿城市区,北邻永嘉县界。王思任的游记《孤屿》

说："九斗山之城北，有江枕曰孤屿，谢康乐所朝夕也。屿去城百楮，东西两山贯耳，海潭汪其间，故于山名孤屿，而于水又名中川。"临别温州前一日，伴我和妻女共登雁荡的主人，加上文联的曹凌云主席，又伴我们游岛。

天气依然晴艳，像维持了7日的奇迹。码头待渡，我们的眼神早已飞越寒潮，一遍遍扫掠过岛上的地势与塔影。最夺目的是左右遥对的东塔、西塔。左边的西塔就像常见的七层浮屠，但是东塔，咦，怎么顶上不尖，反而鼓鼓地有一圈黑影？日迁、国荣、美玲一伙七嘴八舌，争相解释，说那是早年英国人在塔旁建领事馆，嫌塔顶鸟群聒噪，竟把塔顶毁掉，不料仍有飞鸟衔来种子，结果断垣颓壁中却长出一棵榕树，成了一座怪塔。

登上江心屿，首先便攀上石级斜坡，去探东塔虚实。果然是座空塔，一眼就望穿了，幻觉古树老根，有一半是蟠在虚空。江心孤屿，老树还真不少。南岸有一棵，不，应该说一座老榕树，不但主干上分出许多巨柯，每一柯都霜皮铜骨，槎丫轮囷，可以独当一面，蔽荫半空，即连主干本身也不容三五人合抱，还攀附着粗比巨蟒的交错根条。园方特别在其四周架设铁栏围护。如果树而能言，则风翻树叶当如翻书页，该诉说南北朝以来有多少沧桑，诉说谢灵运、李白、杜甫，以迄文天祥如何在其浓荫下走过。园中还有棵香樟，主干已半仆在地上，根也裸露出半截，却不碍其抽枝发叶，历经千春。春侧特立木牌，说明估计高寿已逾1300年。

游园时另有一番惊喜，不，惊艳。真正的惊艳，因为她依偎在墙角，毫不招展弄姿，所以远见浑然不觉，要到近处才蓦然醒悟，是腊梅！树身只高人三两尺，花发节上，相依颇密，排列三层，内层赧赧深紫，中层浅黄，外层辐射成鳞片，作椭圆形。傲对霜雪，愈冷愈艳，真是别具一格的绝色佳人。我存凑近去细嗅，季珊近距去摄影。我也跟进去一亲芳泽，啊，何其矜持而又高贵，只淡淡地却又自给自足地轻放幽香。那香，轻易就俘虏了所有的鼻子与心。同游有人要我唱《乡愁四韵》，更有人低哼了起来。

岛上古迹很多，除江心寺外，尚有文信国公祠、浩然楼、谢公亭、澄鲜阁等。江心寺壁上有不少题词，王思任《孤屿》文中述及"方丈中留高宗手书'清辉'二字，懦夫乃有力笔"。我对文天祥祠最是低回，在他青袍坐姿的塑像前悲痛沉思，鞠躬而退。祠中凭吊忠臣的诗文不少，我印象最深的是乾隆年间秦瀛所写七律中的两联："南渡山川余一旅，中原天地识三仁。誓登祖逖江边楫，愤激田横岛上人。"

谢灵运公认为山水诗起源，所咏山水如《登池上楼》《游南亭》《游赤石进帆海》《晚出西射堂》等，多在温州一带；至于《登江中孤屿》一诗，描写的正是江心屿。但这些山水诗中，记游写景的分量不多，用典与议论却相杂，则不免病"隔"。因此像"孤屿媚中川，云日相辉映，空水共澄鲜"之句，已经难得。我常觉得，中国水墨画中对朝暾晚霞，水光潋滟，往往无能为力；西方风景画如印象派，反而要向中国古典诗中去寻求。

原载《海燕》2010年第9期

一朵叫紫荆的玫瑰

池　莉

────────

香港童话

　　世界国家与地区，和人一样，迄今为止，还没有成年，还是小孩子。一部分像小男孩，喜欢抢夺，在乎占有，热衷等级，享受胜利，你能尿多高，我就是跳起来也要尿得比你高。另一部分则像小女孩，她吃薯条，我也要吃。她说她妈妈又要给她生弟弟妹妹了，我立刻告诉对方"我妈妈也是"！尽管我妈妈根本没怀孕。别人有的我也要有，与他人同样是最重要的。国家谎言不算谎言，算外交辞令。小女孩信口雌黄是为了表示亲密、友谊和平等，当然还有虚荣。国家虚荣也不算虚荣，算民族自尊心。于是乎，纵观世界国家与地区：殖民，被殖民，闹独立，再经济一体化，再恐怖主义。一个古老的故事换汤不换药地被一再重复：战争与和平，和平与战争——无休无止。

　　香港却不是这样的故事！香港和谁都不一样！香港是世界的唯一！香港百年无战事——准确地说是167年，自1843年至2010年我写本文的这一天。

是去年5月的一个下午，我从租住的半山出发，逶迤奔中环，再乘缆车到山顶，在山顶那条绿荫匝地的环山小路绕山一周，居然只我一人，前后相遇不过两对情侣，游客都聚集在景点。入夜了。好天气。永远，是多少人，在山顶俯瞰香港之夜，多少人啊！感谢电，点燃了香港所有繁华和温暖。港岛皇后大道沿线的高楼大厦与九龙尖沙咀一带的建筑群，因为璀璨灯火而至华美绝伦。比之白天，它们更具抽象的真实，多出一份亲近人的乖巧甜美。不错，香港是金钱物质的，然而香港，内在里头却又有一种善于接纳、深谙顺应的温厚乖巧。你得在这里生活一段时间，发生普通的起居饮食，才有可能触摸它骨子里头的东西，好比旅游总是艳遇，婚姻才是日常。

1843年，中英签署《南京条约》，清廷割让香港岛和鸭脷洲。斯时的港岛静悄悄，其不过丁点儿小岛，荒草丛生，人烟寥落，瘴疠弥漫，对于疆域广袤的大清帝国来说，大约只有版图意义而已。1860年，清廷又战败于英国，又签《北京条约》，又割让九龙半岛。港岛依然静悄悄！但这个时候的港岛，完全有可能不再静悄悄！17年里，它大兴土木，蓬勃发展，港岛依山面海而建，一个鳞次栉比的城市已颇具规模。别说17年，仅仅只用8年的时间，罗便臣道就已竣工。从我居住的坚道再上山一层，即是罗便臣道。这条以1851年港督罗便臣命名的街道与矮墙，现在依然使用。只矮墙留了一段，于山坡边作护栏，也作为历史见证。历史告诉我们：香港岛在英国手中8年之后，城市就已经发展到罗便臣道了！1898年，中英再次签署系列租借条约，此次扩展到了九龙北部、新界以及邻近200余个离岛，租期长达99年。港岛还是静悄悄！对于领土与主权，全世界人就一个脑子、两种手段。一个脑子是：不管三七二十一，领土与主权比天大；两种手段是：死打与软磨。无暴力反抗——印度甘地的创举，英国人你就是打死我也不还手，我就满地都是头破血流的人民要你滚出去！唯香港与众不同。香港硬的软的都没有。香港就是静悄悄。二战时期满世界烽火连天，不管你招惹不招惹，日德都要灭你。1941年12月8号日军侵占香港，香港的静悄悄终于被打破。香港却依旧是香港的招数：投降。英港督25号就宣布投降。就这样，很简单，香港又回了自己的静悄悄。日治3年多，亦无战事。1945年二战胜利，德日投降，香港自然重光。英国租约复又继续，更是陆港边境温情和谐到讨人喜，一直都是自由开放，两地居民随便往来，探亲扫墓祭祖乃至彼此参加工作。曾有国民政府外长伍廷芳就是香港人，内地上班，周末回港。静悄悄的包容之力，竟是如此巨大，任你百炼钢，化为绕指柔。香港不流血只流汗，一路朝着国际化大都市迅跑。1949年中华人民共和国成立，英国使了外交手段，以它在西方国家中率先承认新中国为条件，换取香港租约的继续。香港当然还是静悄悄，唯一变化只是边境不再开放。结果反倒是香港与内地瞬间都变成了自家人的外国。20世纪70年代初，中国内地正是烈焰熊熊的"文化大革命"，而静悄悄的香港则开始了经济腾飞，且一个持续，就是20多年，一颗繁荣富裕的人类明珠，冉冉升起，吸引了全世界的目光。直到1997年，香港，这个百年前衣衫褴褛的小岛，变成一个近700万人口的繁华都市，衣锦还乡。中英双方交割顺利，香港乖巧回到祖国怀抱。一个静悄悄，就是167年，世界上还有谁能做得到？

更因为，其实中国人根本不是静悄悄的人，咱们连说话都习惯大嗓门喊的。几千年来，揭竿而起不断，改朝换代不断，革命与流血不断。中国悠久历史，用鲁迅话说是"人吃人"，即便不那么尖锐，至少也可以说是人整人，都是杀声震天的大动静。近30年来，中国经济体制改革开放，迅速地富裕起来，却不见得人们嗓门低了下去。内地人呼啦啦跑来香港，占领了几乎所有顶级奢侈品专卖店，呼朋唤友，奔走相告，抽烟咳嗽吐痰排大队，进得店铺，见货就扫，任你静悄悄，咱用银子也要砸出声响来。香港同胞呢，绝不指责，只远远瞅一瞅，垂睑，躲开，一如故我静悄悄。

这一天，我一路步行来山顶，穿大街走小巷地端详香港，反复琢磨也不透。全中国十几亿人怎么就香港人出奇，端地好脾气？

脾气太好了就成童话了。只能说香港是一个童话。是中国的童话，也是世界的童话。

香港人

驻校香港大学期间，课不多，课不多我也三天两头来学校，出于诸多理由，常常，也出于无理由有心情。

港大图书馆不错。中文系那幢古典建筑不错。在这幢古典建筑里有我一单间办公室不错。我会长时间在办公室，打开门，膝盖头放一本翻开的书，观赏香港市民在我门前廊下拍婚纱照。只要天气好，天天有人拍。新娘新郎电影中人似的，洁白婚纱，西装革履，粉面浓妆，把人间的幸福美满姿态摆来摆去。最开始我有点奇怪，到后来也一直奇怪。肃静的教学楼内，人竟可随便拍婚纱照。内地人的我，瞧着实在新鲜有趣和怪异。去问杨教授，杨教授意识不到这算一个问题，单只应答一声"是啊"。那是一种理所当然的意思。

美心餐厅连锁店开进了港大，学生餐是优惠价。头一次我只看了价格便径直排队购买，并不曾细想这优惠只是提供给学生的。见我分明不是学生，售餐员也不戳穿，照样递给我一份餐，并且还给了同样的学生待遇：赠送苹果一只，也照例对我说："祝你考过！"

从图书馆出来，忽遇一学生，在我面前立定恭敬，称呼："池教授！"她又介绍了身边妇人，"这是我姑姑。"那头发斑白的姑姑也早已侧立恭敬，道："池教授！"这是香港学生，是写我论文的学生之一，当然知道我不是什么教授，只是在他们宣读我论文的那一天，学院出于抬举和客气，为我写座牌"池莉教授"。此后那些香港学生，无论在校园在街上，只要遇见我，总是要立定恭敬，口称"池教授"，侧身让道。

香港人真是懂得顺应！也真懂得礼仪！

在香港一天天住下来，逐渐心生欢喜。原本十分沮丧的，以为全世界只有日本人会鞠躬，以为中国温文尔雅的文化传统都让日本人学去了，却在香港人的日常相处中，处处得以发现。时代在前进，鞠躬也不必一定90度了，怎样的肢体态度，是给予他人的如礼恭敬，香港人懂，香港学生们也懂，内地新生却懵然不懂，偶尔遇到我，要么赶紧绕开去，要么假装和同学说话装没看见人，更有谁都不看者，目光慌张，不知所以。这些内地新生的考试成绩是绝对拔尖，其中也不乏善于发言者，报刊广播似的主流话语，流畅得一套一套。却与人相处，都尴尬难受，彼此得不到一个恰当位置。如此，我不知道仅有考试拔尖管什么用？难道做任何事情不都是需要与人打交道吗？在内地学生身上，中国温良恭俭让的优秀文化传统，几乎荡然无存，而香港久违祖国167年，一直在被英国化，反倒传承得很好，这实在是一种了不起。香港有效地向世界证明了中国文化是何等坚实与强大，是外族文化替换与抵消不了的，除非你自毁江山。

自从发生排错队故事以后，我对港大校园美心餐厅深有好感，遂常去喝下午茶。说喝茶，其实是咖啡。香港还是更加西化，普通咖啡整得比普通茶好。美心整天都是客满，好多学生在这里一边吃喝一边看书作业。有一次端着咖啡找座位，本能就寻黄皮肤黑头发，便过去与他们拼坐，微笑，点头，闲聊。

我问："中国人？"

一学生答："NO，香港人。"

另一学生答："台湾人。"

乍一听，没啥。待隔了一日，觉得有点没听懂。不懂就再去探查采访。若干次，都是喝咖啡，拼坐，微笑，点头，闲聊。

我还是问："中国人？"

学生要么答"NO，香港人"，或者不说"NO"，只说"香港人"，语气也是对我的一种纠正。在洗衣店、菜市场、便利店，只要我搭讪："中国人吗？"对方摇头，答："香港人。"手机没钱了，去"赛文伊莱吻"充值，柜台里头香港女子非常热情，主动寒暄我："中国人？"

我点头："啊！"

她说："我去过中国！旅游！"

"你不是中国人？"

"啊，我，香港人。啊，我，的，爷爷，是中国。"粤语转换普通话，煞是费劲。

还是去港大美心，与学生探讨。聪慧的香港学生，歪脑袋想了想，找到了一句聪慧的话，"啊是这样子的——"学生说，"我们介绍自己是香港人，正如您介绍自己是武汉人。"

回答很妙。师生相视一笑，不用再多说什么。当然当然当然，"香港人"的确还传达着多种意义。比如其中有：你最好和我说粤语或者英语，我的普通话不好。还有：香港法制严明抱歉我们得事事遵章。还有：如果你是一个旅行爱好者我们便可以商量结伴旅行的可能性。

旅行与香港人身份有关系吗？

学生说："关系太大了，池教授！香港人派司，180个国家免签，自由走遍天下。中国人（内地）派司，哇，去哪里都得签证，太不方便，是全世界倒数第二难签的国家。"

"倒数第一是谁？"

"池教授你猜猜？"

我这个中国内地人简直无从猜测。

香港学生乖巧，赶紧告诉我："朝鲜。"

你将受到检控

就500万以上人口大城市来说，香港准是全世界文化程度最高的。文字在香港使用量之充沛，超过想象。可以说香港的人口、建筑与街道有多么密集，香港的文字覆盖就有多么密集，还由于香港是一个国际城市，文字用量翻倍，一定是三种：中文、英文、粤语。比如"不准吸烟"一定还有同等大字的英文"No Smoking"，"小心滑倒"必定也有"Wet Floor"。这两条，很重要，标牌上必定还有醒目配图。地铁是最大众的公共交通工具，"旺角"的"旺"的拼音，会把"Wang"翻过来写成"Mang"，粤语。不懂粤语，在香港很困难。香港的许多老外，粤语很溜，但他们苦恼地对我说"我不会说中国话"。

人类创造的文字在香港体现出最高价值。在香港做一个文盲很可能有生命之虞。你待在家里，会有纸片无声地从门底下塞进来，某日某时会有警报拉响，电梯停用，请你从防火通道下楼，此为火灾演习！

你出门了，过马路，一定要先看地面，地面有大字：望左望右！你一定得望，因为马路多弯道多坡道，还狭窄，而车速一律都超级快！

路边到处有标牌，你一定得看。警告：请勿让狗只随处便溺，违者将受到检控！又：此处不得停车，违者将不予警告即受检控！又：禁止喂饲野鸟，违者将受到检控！进得楼去，要找哪家，你一定先看楼梯，每步阶梯上都有标牌，否则，擅闯私人空间，你将受到检控。

别以为在公园就可以大声喧哗，公园多处有标牌：为免造成滋扰，请把声浪降低！其实香港人早已养成了细声细气的习惯，标牌还是不断刷新，年年复年年。你在户外行走，渴了需要饮水，户外饮水机的标牌有详细说明，你不识字，饮水就难。同时还得看清：请勿洗手洗面，违者将罚款×千港元。进公共厕所，迎面有告示：请勿拍摄，违者将被罚款×千港元。香港罚款一般都以千计，高得惊人。你在不准吸烟的地方吸了一支烟，也许就得付出购买一辈子香烟的罚金。上厕所，门后有标牌，教你如何冲马桶：请先关上马桶盖，后再冲水。因便后马桶内的细菌会随涡流腾至三米高。洗手池也有标牌，图文并茂，是正确洗手的几个步骤。港大卫生间也一样，高等学府同样也会被指导怎样洗手。

半山电梯中途，立一电子仪器，写着"拍一拍即坚两元"，"坚"字还有提手旁，粤语。你不识就不懂，将"八达通"贴上去拍一拍，那么政府奖励你坐地铁过海的两元钱就白丢了。公共汽车上一定会有最基本公共常识："打喷嚏请掩口鼻"！大街小巷的路标一定会非常详细且准确，三步五步之内定有，你应从空中搜索至地面，一定会有！孙中山纪念馆怎么走？从孙中山儿时的西营盘小学那里就开始有路标，沿路都有，称为"带你踏着孙中山的足迹步行"，有些路标在什么地方？注意了！居然刻在人行道栏杆上！

如果说法制是香港的根本，那么香港文字则最务实地为香港法制进行着最细致的普法教育。香港城市管理，不召开多少大会小会，没有"一票否决""打黄扫非"斗争、"从重从快严打""门前三包""城管""交管""工商管"与"协管"，还有居委会和红袖标，日常里更不见警车威风凛凛地闯着红灯大街小街跑。香港的方式是巨多文字，见缝插针，布满城市所有的空间。

当然，香港也不都是严厉的检控与罚款，也有不少温馨提示。如："请车长注意车顶"！香港的公汽司机不叫"司机"，不叫"师傅"，叫做"车长"，颇有领导的意思，因他任重道远。注意车顶什么？车顶有植物，枝繁叶茂的细叶榕盘踞在山坡上，枝条与气根的垂挂几乎遮盖整幅街面，那么双层大巴的车长们，除了保证乘客安全与有效时速，还得注意自己车顶不得碰坏细叶榕枝条。植物是人类的命根子，似乎只有香港的植物意识最为敏感与强烈。

一个深夜，我从港大回家，街道已行人寥落。见一靓仔遛狗，我特意驻足观察。因那狗大如马驹,那靓仔彩发高耸,黑背心黑皮裤黑色双肩挎更兼盘龙文身。我想如此酷哥,定是无政府主义,深夜遛狗,定想钻法律空子要让自己的狗狗随地便溺。果然,大狗尿了。那狗尿之长之大,街道上都淌出了一条小河。狗狗尿毕,靓仔却老老实实从双肩挎取出最大号雪碧饮料瓶,冲洗狗尿,一连两瓶,直至狗尿全部进入下水道,他人狗欢畅远去,兀自平添一份尊严和体面。我愣住,那一刻,颇感安慰与自豪。意识到这并不是欧美啊,这是中国香港啊,香港法制并没有成为自由的桎梏,却管理出了自觉的文明习惯,咱中国人有希望啊!

话说,我也不是小孩子了。我也明白,如果没有真正的法制与民主,文字使用再密集,也是枉然。有什么样的体制,就有什么样的人民,但毕竟有香港的范本,信心还是应该有,咱人口太多了,慢慢来吧。

五饼二鱼外加打小人

人这个东西,真不是东西!

——我这是骂自己。

许多时候,明明知道不应该做的事情,偏偏就是做下了。比如独自喝酒。我很反对自己这样一意孤行。

这是一个周末发生的事。香港的周末,好像有谁发了暗号,时辰一到,大家都休息和娱乐。我立于租住的二十二楼窗口,放眼看到的,是香港普天下劳动人民都解放,家家户户的屋顶上都派对。我四周环绕欢声笑语,音乐烛光、烧烤啤酒。香港呈蜂巢式居住。香港无疑是人类最大一只蜂巢。人家人户都是挨挨贴贴,隔壁连隔壁。我从窗口迈出腿,几乎就有跨到别人家里的嫌疑。连楼顶平台也是日常生活空间,除了安置各种天线,空调外机,种种管道和旗帜,还是"幼稚园"玩耍场地，小学生上操的操场以及周末派对场所。半山的楼顶平台都能看见或多或少的维湾，可以权当海滩来到了屋顶上，海滩就是容易增添情调与狂热。太近切了，我躲也躲不过，只好立在窗前看，各种肤色，各种眼睛，各种头发，各种长相，共一个表情：享乐。理智上，我知道，我应该写作。就算周末想放松，我也应该与友人相约，聚一个茶叙。然而，立在窗口看了半晌的结果竟是：甩手出门去，我本楚狂人。也是因为我住得离兰桂坊近，下楼1分钟就到了坚道，再走5分钟，下山，就是兰桂坊。我跑到兰桂坊，一瞅那家苏格兰威士忌酒吧顺眼，就往大门口落座，要了啤酒，也不去注意周末优惠：买一送一。送来的竟是两大杯嘉士伯，太多了，只好再要一个PIZZA下酒。独自一人，慢慢喝。半闭眼睛听兰桂坊是最好的，音乐混杂细语，间或有几声洋人敞开喉咙的大笑。兰桂坊的市声有淹没感，让人似躲在水中的鱼，安全、荡漾又感伤。

想起约20年前初次来香港，闻得"兰桂坊"三个字都刺激，又好奇，还有罪恶感，跟着香港朋友偷偷来过，也就吃了一筒冰淇淋，回去还不敢对人说。我是在该来的时候未来，不该来的时候来了。以我现在这个年纪泡酒吧，就酷似潦倒孤老了，不合适了。可是这个周末某一刻，我就是混账，合适不合适就要这么的。不过，说实话，这么的了以后，崎岖的心情才被自己渐渐越过。许多时候，有些幸福感，只能来自于孤独。

不得不承认，人是环境的动物，感情太容易受环境影响，人也是物质的动物——组成我们身体的物质真不能小瞧。比如ATP，它本是能量分子，最新科学证明它还是信号分子，它的神秘传导对人的支配和控制令科学家都惊骇。还有体内的那些酶！有谁愿意杀父弑母？为什么人类总有极少数天生逆子？据说正是体内某些物质的作用。如此，从这个角度来说，法律也是脆弱的。纵有"你将受到检控"，也是远远不够。所以，香港还有兰桂坊，有SOHO，有屋顶派对，还有许多教堂。不开心了，可以去圣约翰大教堂，就在花园道，从最繁华的中环走过去也很便捷。五湖四海的教友们在一起，也类似派对，大家轮流带去便当，一边吃一边倾诉，眼睛友善，互相聆听，倾诉过后，心情会好许多。我从中文系大楼正门出来，就能看见般含道上香港圣公会的巨幅标语：我是困苦穷乏的，主仍然顾念我，你是帮助我，搭救我的。回家的坚道上，迎面一座教堂也挂着巨幅标语：耶稣说，我就是道路，真理，生命。两个月过去，有一天我发现，无形中我已经记住了这些让人安稳的话。尽管我不是教徒，也不能肯定上帝是否存在。

"五饼二鱼十二篮"，这个圣经经典故事，香港人几乎尽人皆知。与香港朋友闲聊，他们会问我：为什么？于是我就得思考为什么？为什么面对5000教众，耶稣只有5个饼子2条鱼，他却对他的十二门徒说：给他们东西吃吧。耶稣拿起五饼二鱼，举目望天，感谢上帝，然后掰开，递给门徒，分给众人，结果大家都吃了，而且都吃饱了，门徒把剩下的碎屑收拾起来，装满了12个篮子。为什么?！就在这种话题的思考、讨论、领悟的漫长过程中，我们无形中已经远离自己不该想不该做的事情——这是基督教的作用之一：它可以为个人创建一个良好精神环境，引领我们身体，远离恶，趋于善。

你也可以嫌宗教麻烦复杂，心里压抑了难受了烦死了就想出口恶气。那么，去湾仔的鹅颈桥吧。就在坚拿道天桥底下，阴暗角落，有神婆打小人，每次付费6美元或者50港币，你想打谁只管说，神婆会替你往死里打。狠狠发泄一通，诅咒一通，心里的纠结就散开了。交通既方便又便宜，坐叮叮车，也就是有轨电车。全线才2元港币，港岛整条皇后大道，从始到终，日夜对开。千万别小看"打小人"这玩意儿，也千万别简单说它迷信，这也是香港的好东西，中国的民间文化，历久弥新存在着。《时代周刊》评选出2009年十桩对人类心灵的最佳物事，"香港神婆打小人"就是其中之一。我是在港大图书馆翻阅报纸看到这消息的，我还记得另一桩最佳物事，是英国苏珊大妈与她的歌：《我曾有梦》。

五饼二鱼和打小人，都是梦。坚持做梦，绝不妥协。

洒向需要光之处

4月天的一个晚上，香港一"凤姐"被嫖客殴打。殴打原因是嫖客不肯戴安全套，宁愿加钱，妓女却坚持用安全套而宁愿不加钱。殴打发生的翌日，香港妓女保护协会立刻出面，大报小报皆在第一时间刊登了"妓协"发言人的严正警告：所有嫖客不得违反妓女意愿！嫖客必须无条件戴安全套！否则，嫖客将受到检控！事实上，那个嫖客已经被警方拘捕。

某夜，我乘公汽奔去铜锣湾。在洛克道，找到了那栋"凤姐楼"，合宜大厦474号。这是一栋十二层楼房，老旧破败得厉害，房间狭窄拥挤，密集的窗口密集地挂着空调外机，一律锈迹斑斑、灰尘仆仆，窗帘仅是一层薄布，再简陋不过，只三两窗口亮着红灯，生意并不兴隆，完全没有烟花柳巷的风采。大街上人流如织，商铺热热闹闹，这种低级"凤姐楼"，却连抬眼看看它的人都没有。我在马路对面，倚靠墙壁，慢慢喝完一瓶水，离去。在这里，目睹"凤姐楼"，我对香港的理解，又加深了许多。即便最卑微的生活，也要有光！能够把光洒向需要光之处，这才是一个好社会。

好社会不看它富人有多富，而是要看它穷人有多不穷。妓女的穷，不在于钱，在于她们的底层感。谁最容易受欺负，谁最容易被剥夺，谁就最穷。穷不光是物质的，同时更是精神的。于是要有光，光是一种公正平等。

多年来，香港给人的感觉，是繁华与昂贵。20年前我出国忘记带牙刷，过境香港买一支，当时疼得我，心尖尖一哆嗦——价格现已忘记，心疼感觉没忘记。又跟随朋友赴一富豪家宴，是太平山顶豪宅，地面皆铺云石，博古架放一只男主人的纯黄金皮鞋。噢！香港！那时候，我对香港没有好感，嫌其艳俗，是富人天堂罢了。年轻时候认识也狭窄，我以为：富人天堂一定是穷人地狱。

经历近20年时光，渐渐地，我才知道，我错了。

我住半山，这里是香港最初的老城。我还是更喜欢老城老街，"老"本身就是一种风情，有着"嫩"不可替代的沉稳从容和懂事。那些古董店、旧书店、棺材铺，再翻修也翻修不去岁月沉淀感。小巷，楼梯街与手工匠，与小说影视互相流转和保存着，层次丰富。总之摆花街一带，我是常常地逛。兰芳园，实在小，巴掌大，人挤人。但就是兰芳园的"丝袜奶茶"配"西多士"，实在地道好吃。差不多就是香港人含在口里的故乡了，移民出去，回来香港，怎么也要到兰芳园喝杯"丝袜奶茶"。在国外生长的孩子回香港，父母也要带他们去兰芳园。于是居然政府也就特准了兰芳园占道经营。全港岛，唯他家，大门口占道搭半间铁皮屋，热火朝天做"丝袜奶茶"，去喝茶，人人都得穿厨房进店堂，成为一大特色。南丫岛，阿婆山水豆腐花做得好，香港人都爱吃，政府也就特许了阿婆一个小摊位，一张篷，支在那棵巨大细叶榕下，阿婆春春秋秋地在老去，豆腐花依然好吃，也依然不是加糖，是加蜜。南丫岛四面环海，植被茂密，空气香甜，宁静自然，但不管多有钱的富翁，都不准许染指这里。这里绝对不盖豪宅高楼，绝对不通汽车。大明星周润发出身这里，这里一个涉及他姓名的字都没有，更别说广告，绝对不打什么明星牌做什么旅游项目。香港就是这么给光——不仅照亮富翁的黄金皮鞋，也照亮那些最小店铺、最小摊位和小海岛上渴望坚守自己宁静的条条小路。

香港百姓的日常生活，一点不贵。我在香港两个月，自己做饭吃，最后数数钱包，才敢下这个结论。苹果细，粤语：小苹果。澳大利亚出产，细嫩香甜，周末优惠，8元港币12只。我每周都买一袋，每次购买都有一种赚了钱的欢喜。试想人民币7块来钱，才能够买几只苹果？且是进口苹果。生鲜食品类，下午总归有打折。一盒半成品净菜，8块港币6大块鸡腿肉，配香菇、黄花菜、黑木耳和香葱。烧好了分3份，放冰箱，够我一个人吃3顿。菜市场就更便宜了，还很讨喜，至今都还保持着一种乡邻淳朴，买菜送葱。香港不是湖北那种尖细小葱，是很大的小葱，送几根，用多次，香得紧。初来乍到，给我冲击最大的就是，香港几乎所有的蔬菜都保持着原本的色香味。一对比，很脆弱地抹泪了。为什么？在香港，与蔬菜，他乡遇故知！面条有面粉香，鸡蛋有鸡蛋香，西红柿浓郁酸甜是我小时候才吃过的。而生姜、蒜头、小葱、胡椒、酱油和小麻油，竟各自都有各自的香，一点儿不含糊。这些久违的食物之香啊！我思恋它们！作为家庭主妇，每天料理那些越来越失去蔬菜味道的蔬菜，我悲哀了多少年?! 沮丧了多少次?!

是的，不错，就许多日常物品的单价来说，香港的确比内地贵。其便宜体现在使用期限上，它们经久耐用得超过想象。蒜头只需一两瓣，辛香就冲得你眼睛出水。生姜只需几丝丝，酱油只需几滴子，厨房洗涤剂甚至每次只需一两滴，油污即可消散。头一天赴港，购货一筐，生活两个月以后，还有许多用不完送给了学生。有些内地新生初到香港，去超市一看标价，扭头往深圳跑。公汽、地铁、火车地跑到深圳去买日常用品，说是便宜。年轻人眼睛亮、眼睛快，可就是眼皮子浅，完全如我年轻时。说他也是没有用的，只有时间和教训会让人慢慢明白。人生要犯的错误，几乎每个人都得重新犯它一遭，没有办法。那些极少数懂得避免前人错误者，便是天纵英才，罕见的，是做总统的料了。

昂贵与便宜，哪里只是关乎金钱，实质直指生命质量。在香港，我每天下午外出运动一小时。无论风雨，我都去佐治五世纪念公园快走慢跑。一个不大的公园，建在密集社区里头，供附近居民打打球走走步，小孩子玩玩秋千。男女老少，皆衣着简朴，面色和悦，优哉游哉，其乐融融，仿佛人人都是亲戚。公园下一个坡道，是医院道，几家医院联袂开在大道上，是出奇的宁静少人。天色晚了，医院灯亮了，里头窗明几净，病床洁白整齐，病者寥寥，医护人员身着白大褂，不急不躁做事情，轻盈无声，确实很像白衣天使。想到内地，我去市文联上班，途经同济、协和两大医院，两医院无不人满为患，每天都跟赶大集一样，看着都怕人。在香港，总是想：这是香港，是1997年就已经回归祖国的香港，是咱自己的城市，毕竟！毕竟都是中国土地中国人，中国的文化中国的根。咱比的不是外国，不虚妄。

一朵叫紫荆的玫瑰

紫荆是香港的市花。我来港的早春三月，紫荆花期已近迟暮，花瓣三两飘零。香港无寒冬，花草没歇息处，四季接连开，自然无力经久。97回归，便锻造了一朵巨大金紫荆，在湾仔，面朝维港，永远盛开。永远盛开好是好，但终究是人工不是自然，也只能叫做雕塑，不能叫做花朵。好在有许多玫瑰，接着紫荆后面开，壮硕而鲜艳，充满美的张力，继续点燃香港春色。香港的春，是本地紫荆与英伦玫瑰混杂相间你来我往共同造就的春。那玫瑰也是紫荆，紫荆其实也是玫瑰。

就好比香港的文学。香港文学也是世界上绝无仅有的一桩物事。

世上曾有多少国家被殖民，至今也还有国家在殖民中，甚至至今还有国家乐意被殖民。去年秋季我去一趟新西兰，吃惊的是英国伊丽莎白女王在新西兰受到广泛拥戴。也许真的是国家不幸诗人幸，从殖民被殖民这种国家行为中生长出来的作家，其小说获诺贝尔文学奖的，不止一位两位。2001年获奖的作家奈保尔，就是印度人，后来还有南非的库切。这些作家有一个共同点，用英语写作。英语成为他们得心应手的表达。他们用英语对本民族进行着新的审视、诠释、刻写与热爱，给世界文坛带来毫不费力的阅读探奇。

而英语，在167年里，却始终没有被香港作家所选择。为什么？这也许是缺乏亲身经历的内地人永远无法确当回答的。我们只能作个假想：想必还是中国五千年文化太强大了，强大到它会不怒自威地罩着你，哪怕你在天涯海角，即便你在外租地香港。有史以来，中国思维习惯是首先把文学当做一种意识形态，而不是当做文学艺术本身。清人曹雪芹，写部长篇小说《红楼梦》，也得搞假语村言，玩文字游戏，真真假假让人抓不住把柄，不能对号入座。欧洲习惯是连《圣经》这种具有神化色彩的宗教读本，也开篇就要将耶稣的若干代家谱、人物姓名、婚配脉络、地理位置交代得清清楚楚。咱们的宝玉却是石头变的，黛玉前生也是一株草。前有秦朝的焚书坑儒，后有20世纪60年代的"文化大革命"，中国人是不是文人作家也都知道文学可不是闹着玩儿的。对于文学的写作与阅读，中国的高度重视、异常紧张和特别敏感似乎已成一种生活习惯。如此，香港作家出生就陷入历史预设的心理困境：你写香港从一个荒芜小渔村繁荣昌盛至国际化大都市吗？就很难不涉嫌献媚殖民者，因当家妈妈是养母。你褒扬养母，势必在贬低或者抱怨亲妈。一旦被千千万万同胞这么认为，哪能饶你？洋奴、汉奸、卖国贼，口水都淹死你。你写亲妈吧？却一百多年亲妈面都见不着，这小说又没办法写。再说香港作家自己，英语再好，血管里流淌的还是中国文化，恐怕自己都收管与说服不了自己的中国思维方式，写作绕进了死胡同，没有办法，"忠孝节义"难四全，便只是去写一点散淡文字罢，一点乡愁几许思念，放之四海而皆准。

反过来这么说，败也萧何成也萧何；死也漂母生也漂母。到底香港是中国领土中国人民；到底国际化大都市的文化氛围给香港带来了自由的开放性视角；到底殖民文化总是更加刺激与唤醒本族文化意识。就这样，一个文化的鸡尾酒器出现了，它们摇荡着，冲撞着，混合着，影响着，反应着，终于，中国小说的一个崭新读本诞生，这就是金庸式小说——欧洲童话与中国传奇、志怪志异、街谈巷议的杂交文本。不可能是内地作家，而只可能是香港金庸，创作了一个中国童话。但凡在中国现实中一切的不可能，皆可在香港金庸式小说中变成可能。最不自由的中国人，一个个变得轻功绝顶、飞檐走壁，神州大地任我行。老顽童、小黄蓉，爱说什么说什么绝对言论自由任谁都管不着。金庸式小说，为中国人避免了现实的麻烦，却替中国人装上了心灵翅膀。人人都可以在阅读中，扇动自己的小翅膀，在想象中愉快地飞翔。

恕我年轻时候的愚昧无知，本来酷爱读金庸，但又囿于大学老师讲授的观点，把金庸小说简单列为武侠类，属于纯娱乐，而非纯文学。现在才明白，一种小说文本的诞生与其俘获了母语最广泛的读者，绝非一桩简单的事情，也绝非用文学标签可以划分评判。事实上，金庸式小说已经超越文学争议，也超越了金庸本人。与那个一生闲气就跑去一定要拿剑桥博士文凭的老人，实在关系不大。当一个作家承载历史意义的时候，他是几个人，而不是一个人。没有香港，就没有金庸。金庸式小说是百年香港的结果，类似于一朵叫紫荆的玫瑰。金庸式小说用中文写作，也是必然，由不得金庸自己。那些复杂的委屈的含沙射影，那些假里真真里假的九曲衷肠，那些爱里恨恨里爱的难言之隐，假设用英文写作，中国人看不懂，老外们不懂看。老外之于中国小说，注定很费劲，根本上是文字的基因密码就不同。因此有些文学，无需文学奖项来肯定，包括诺贝尔文学奖——如果我真去做教授，我会这么讲小说。

正是如此，内地有多少才华横溢的作家，来到香港，总是不适，很难想象他们可以变成金庸。女作家萧红，1940年来港，待了不到两年，把31岁的年纪，留在了香港。圣提士反女子中学，二战时候作临时护理医院，离我居住地才几分钟路。萧红本因痔疮入院，却死于肺病，或死于爱的心碎？端木把萧红骨灰一半埋在女中后院，一半埋在浅水湾。我特意寻了晴好的一天，带上几支素净花草，去了圣提士反女子中学后院。后来，又特意去了浅水湾，却连花草都无处放置，丽都花园已经不见了，斯地界刚刚落成一家星巴克咖啡馆，我进去喝了一杯咖啡，为的是在那地界默默道一声"萧红安息"，都是女作家，不免惺惺惜惺惺。戴望舒也在半山居住过，是薄扶林的林泉居，我也去看望了。林泉居环境甚好，戴望舒却并无写出最好诗句。其1938年国内抗战爆发来港，往来流连10年时间，最终还是回了北京，1950年便去世。1927年，46岁的鲁迅来港作了两场演讲，《无声的中国》与《老调子已经唱完》，许广平担任粤语翻译，在基督教青年会，据说听者寥落。现在青年会是个少年劳教场。我在装了铁栅栏的窗口看少年们做手工，频频闪回当年鲁迅用难懂的绍兴话给港人演讲的模样，觉得好生滑稽。张爱玲当年念书就在港大，看看她居住过的女生宿舍很方便，只学生带我走过梅楼，港大是连一个标识都无注明。据说张爱玲只读了一年英语，也不好好学习，后来还与学校讨要肄业证，双方闹得很不愉快。

　　这些内地作家，都是香港过客。水土这个东西，你不能不服气。但是，又正是由于这些内地作家的自由来往，文风流动，互相提醒，更加上蔡元培、许地山、钱穆等内地学者教授们频频来港，中国的历史文化，才会在香港如此根深与茁壮。便香港也就如此独特地成了世界唯一的城。

原载《上海文学》2010年第7期

老地方

习　习

————

老坟茔

说是天下李氏出陇西，这个墓，就是陇西李氏家族的祖墓之一。陇西指的是战国、秦汉时期以狄道为郡治的陇西郡辖地。狄道就是这个老墓所在的今天的临洮县城。

其实是个有布局的墓群，墓相隔得远，才觉得是散落的。北边，连绵的山峦像盘裹着墓群的一条大龙，这个老墓呢，就在龙头之下，想来地位大约是显赫的。秦汉的天空似乎格外空阔，这个墓群的后人应该有的是地方为先人们扩充疆土，但大约又不能相距太远，以致散失，毕竟先人们是在地下。天下李氏到了唐朝更是了得，边地很多少数民族也被赐了这个国姓。但这里是地道的陇西李氏的祖坟。陇西李氏绵延数千年，文臣武将，人才辈出。而今，在临洮，李姓命名的村庄就有七十余个。

只是，墓全然不像墓了，很像一个夯土的烽燧。墓很孤立，农人们没有让墓群间的地闲着，大片农田，禾苗葱绿，独独衬着这一块寸草不生的赭黄的土堆。原先穹庐一样的坟，被农人削割着削割着，成了方形，高高的立方体，依然能推想到墓先前的宏大。路边，一棵大梨树正落花，风一吹，花瓣散散地飞到墓上。

汉朝还很肃穆，这里出土的汉砖汉瓦汉罐都是素朴的青灰，修饰其上的简单的绳纹同时也是为了器物的牢固。农人拿出自己收藏的一个素灰的汉罐来，粗粝，似是随手拿捏后，就那样随便烧制而成了，成了，又发现裂了个口，再额外加补了一块陶土补丁。罐里也不平滑，一只花蜘蛛在罐里结了细密的网，沉睡在汉罐里像一个绣娘似的。

再说那个墓。那样显眼地矗立在地上，盗墓贼势必不会让它安宁。农人说得形象，贼们先掘开一个水桶口大小的深洞，那么大的人，会忽然软软地缩成瘦瘦的一条，绳子一样被绳子吊着，就进了墓。进去盗了些什么，说不上了，时间过得太久了，大约是口口相传的缘故。但有一件事情是真的，农人说，三十多年前的一天，田里开渠放水，水把这老墓冲出一个洞，水轰隆隆地流到洞里去了，人们好奇，等着看它再从哪里流出来，结果呢，水那样轰隆隆地流了整整一天一夜，没有任何信迹。

我很喜欢农人说的"信迹"这个词。我觉得是墓不愿给人们信迹。

于是，人们猜度，这墓里是建有宫殿的。

田边就是农人简朴的院落，对开的木门上，镶着盘花铁扣。院里一棵大梨树，把几枝伸到院外，簌簌落着白花。那个有宫殿的墓，就像这个院落的富家邻舍，只是藏在地下。

马家窑遗址

遗址就在路边，很突兀地呈现在了眼前。

西北的古遗址大凡这样：枯黄、朽残、远离尘世、空阔、风直来直去。这一处遗址不同：起伏的小山包之间，躺着不规则的田。地里，青嫩的玉米秧子刚刚破土。

连绵的山包是赭红的，少有青草，偶尔能看到几束零星的灯盏花。一个农人蹲坐在山头，看着他的羊，说是怕那些只顾低头吃草的畜生们闯进人家的田里去。

一眼看去，这个遗址就是这样的显现在地表的浅浅的样子。

当地朋友说，正好，昨儿才下过大雨的。在紧靠着山脚的窄窄的田埂上边走边搜寻。这时候，就发现了这块地方的奇异之处，星星点点的碎陶遍处闪现。雨水匀匀地把地刷洗了一遍，有的碎陶显露出来了，有的顺着坡和水一起流下来了。陶取自这里的泥土，躺在地里，自然不张扬，定睛了，才能发现。放到掌心，只一眼，就能看见华美。

先前，在博物馆，看到那些精美的马家窑彩陶，就有遐想的。马家窑的彩陶有点像古中国陶器史上的唐朝。神奇的纹饰、艳丽的色彩，还有雍容的器形、细腻的外表、宏大的数量，都到了彩陶史的顶峰。之前的陶，素了、粗糙了、瘦瘠了，之后的呢，又颓唐（这"唐"字真确切）了、衰败了。

赭红的黏土是适合做陶的土，近处的洮河呢，正便于汲水。先民们从来依河而居，建村落于河畔向阳的台地上，今天还是如此。黄河上游最大支流之一的洮河，日夜不息浩浩汤汤汇入黄河，把马家窑文化流到了北中国很远的地方。马家窑太古老了，四五千年前的彩陶，今天留世的、特别是那些保存完好的，也大都是先民的陪葬。人朽了，灵魂散了，而陪葬人的东西留存下来了，这大约是逝去的人活着时很少想的事情。

那天，看到当地人收藏的一个彩陶蛙纹瓮。收藏人讲得开心。瓮的肚子那样饱满，顶上却开这样小的口，贪嘴的老鼠，奋命要往那瓮嘴上爬，到了巨大的肚腹这里，就无奈地滑下去了，几次三番地滑下来，真是绝望得要死。还有蛙纹，样式真多，说道真多。繁复纤细的蛙纹、长了人脸的蛙纹、垂了巨大阳具的蛙纹、用四个大爪子拥裹着农田的蛙纹……全是人们美好的愿望。祈祝蛙神祛除水患，期望人类也能有小蝌蚪那样多那样活泼的子嗣；如果像蛙一样既能在水中畅游，又能在岸上行走，该多好啊；而站在岸边的神奇的蛙们，高高鼓起的肚腹，多像那些富足的瓮。先民们期盼丰收，彩陶上的动物们，多子多孙，且大都像蛙类一般，温和而良善。

前几年，在遗址还能看到窑灰、磨颜料的石板、艳丽的矿石粉末。彩陶时代的马家窑，该是如何窑窑相望、烟尘袅袅呢？

捡拾到一块碎陶，遍身朱红精致的网纹，笔画纤毫毕现。记起一位当地朋友的话，说，马家窑陶纹颇神秘，很难搞清先民是如何掌握了在圆形陶器上以陶口为中心着图的几何原理的，有个画家，细细地一笔一画地临摹陶器上的纹饰，一遍又一遍，到最后，总不能圆满收笔。

这样想来，这每一块碎陶上的纹饰，都仿佛神迹。

哥舒翰记功碑

这真是个富足的地方，那些老事物和人们朝夕相处。

就在县城，紧邻马路边立着一块大碑，需竭力仰视的碑。距今一千二百多年的古物了，被风雨剥蚀后，碑上依稀可辨的仅六十七个字，是唐朝明皇的御笔。的确是唐的气度，碑身为巨石所制，从存留的碑文来看，题字布局疏朗，周边有富余的留白。疏朗的刻字不怕浪费了碑身，空着也是气势。北地强劲的风霜雨雪，打磨了它几千年，碑更像一个沧桑的脸，沧桑至无语。

在浩大的时空里，人可以消亡得不留一丝痕迹。但碑是给世间的一个留存，这大约是永垂不朽的含义吧？但世间怎能有永垂不朽之碑呢？就算这碑如此坚固、宏大，字依旧被风吹散了。时间还一点一点地刻画出了碑现在的样子：坚硬的碑身呈现出大浪鼓涌的跌宕，雄踞碑额的猛兽，身形模糊，眼眸深窅。

在开阔的北地，这个高大的与青天接触的碑是极配所纪念的人的。哥舒翰，唐代猛将，突厥族哥舒部人。唐玄宗天宝十二年（公元753年），身为陇右节度使的哥舒翰攻取吐蕃洪济城，大败吐蕃军于洮河流域，收复黄河九曲，立下赫赫战功，受到朝廷称赞。公元754年，唐玄宗为哥舒翰立碑。

碑欲永垂，而人世无常。

安史之乱时，哥舒翰统兵二十万坚守潼关，但受杨国忠猜忌，被迫出战，兵败，哥舒翰遭贼人杀害。

碑先前并未这样突兀地矗立在路边，原先是有个寺观围裹着它的，当地人叫那观"石碑观"。观后来陪不住碑，彻底废圮了，碑就这样孤独地立在了路边。因为那样惯常地立在路边，人们从它身边来来往往，很多路人竟至不知道这碑为着何人而立了。

于是，碑的孤立更叫人觉得有点悲壮了，再看那苍凉的碑身，叫人心底鼓荡得厉害。

在北地西陲，曾流行这样一首民歌：

"北斗七星高，哥舒夜带刀。至今窥牧马，不敢过临洮。"西陲人声情慷慨，这歌儿的韵调定然也是鼓荡人心的。歌儿里的哥舒翰在浩瀚星空下，横刀立马，便已经是神了。

我想，神的碑，便是在人世间模糊了脸庞也罢。

姜维墩

说先前是一个名副其实的土墩，很老的土墩，日复一日地，人们上上下下，土簌簌落着，能看得清土墩是渐渐萎缩着、破败着的。好友说，小时候约好一伙人上山来，是为采山上的毛刺树上的野豆，大家一边玩着，采上山来，在这土墩旁聚集、歇息，清点收成的多寡，之后，再玩着下山、回家煮豆。

这个土墩是这边山头的至高处，山叫岳麓山，天下不止一个岳麓山，这个岳麓山呢，雄峙古狄道城的东部，占尽了好风水。传说，老子就在这山的山巅飞升，飞升之时，升天台脚下的一棵梧桐树上，忽然间出现了一只凤凰，凤凰振翅高飞，压弯了树尖的梧桐枝，而今，在那里还能看到一棵弯下枝梢的梧桐树。

土墩就立在这个好风水的山上，上了土墩，可以把整个狄道城，包括周边方圆五公里的地方，一览无遗。

原先，人们还能在土墩附近捡到锈蚀的箭镞、刀戟，还有粗绳纹的瓦片、陶罐……

其实这土墩是秦汉时期的烽燧。古代的狄道，一直是控扼陇蜀的战略要地。三国时，大将军姜维九战中原，数次与魏兵激战在洮河之滨。每过狄道，姜维都选中这个烽燧。烽燧前是一片开阔地，正好屯兵、练兵。烽燧那边呢？万丈悬崖，鸟瞰下去，是古狄道的大城池。洮河蜿蜒、穿城而过，敌人稍有动作，在此一目了然。

好友说得好，那时，姜维就在墩上，一边喝着茶，眺望着远方，一边看着墩下练兵的士兵，满心的运筹帷幄啊。

姜维出生北地，传说容貌俊朗、身材魁伟。他一辈子出生入死，能在这墩上，如诸葛武侯那般，虽不能羽扇纶巾，能求得片刻的气定神闲也是令人怀想的。只是人世纷扰，勇武好战的大将军一辈子怕没有过过宁静的几日。

可惜了这个土墩，人们怕它再日复一日地散沔下去萎缩下去，用水泥覆盖了它，上面就矗立起了一座坚硬辉煌的水泥高台，新时间彻底覆盖了旧时间。台上安置了水泥桌椅，游人可以模仿姜维，呷着茶，运筹帷幄地望一望脚下的临洮。

只是这里还是有浓郁的杀伐之气，好友说，天阴时，偶尔会传出兵士的厮杀声。那些掩藏在土里的刀戈箭戟是不会安静的。还有，小时候，他们在这山上采集的那种野豆，名叫大钢针，在那个饥饿的年代，把大钢针煮了，壳子里的果实，暄软而鲜美。但刚从毛刺树上摘下的大钢针，硬而尖锐，酷似伤人的利器。

大寺院

算得上是我去过的最大的寺院了。

寺院若是老的，才有寺院的味道，即使再小再素朴。记得那年去过甘肃崆峒山的一个寺院，小小的院落，应了老老的土屋、一院子苍老的黄菊，就觉得那寺院是有味道的。菊花簌簌落着，菊瓣儿在地上打着旋儿。走远了，听得有木鱼的声音传出，才知里面是有僧人的。一直记得那个小寺院，就想，时间是会让很多东西空阔起来的。

而这个大寺院有一千七百多年的历史了。寺这么老，就觉得寺里的啥都是老的大的：庙宇楼阁、一草一木，无不有着很长很大的来历。

寺院以柘树取胜。问了人，说那棵就是柘树。哪棵呢？就是靠近院墙那边的那棵。因为藏在一堆树中间，所以还是不能看清。但想必不是太茁壮的，因为院墙那边的树都不算太大。大约华贵的树木总不易长大，就像檀树，在南方植物园见到的，也大都细弱。

说是南檀北柘，可见柘树在北方的尊贵。

有一晚，看到明代张岱在《夜航船》中这样记柘树：枝长而劲，鸟集之，将飞，柘枝反起弹鸟，鸟乃呼号。以此枝为弓，快而有力，故名鸟号之弓。

柘树遒劲，很适合在开阔的北地做那种收放自如的武器。北方的黑乌鸦呢，也调皮得紧，站满一树，说起身就倏地一起起身，大约是喜欢叫柘枝高高弹向空中的，乌鸦的呼号也许就是它们的笑声。只是，人们不大愿意认为乌鸦会笑罢了。

便想了，下次还去那里，一定要看清院墙角的那棵柘树。可偌大的寺院，据说现在仅存两棵柘树。传说，用柘树皮熬的药，可治女子不孕。先前成片成片的柘树呢，都让民间那些世世代代不生育的女人们撕了树皮，之后，就一棵棵枯将死了。

只是寂寞了那些乌鸦。

柘树之外，还有众多参天入云、蓬勃如盖的古树。但寺里只有树没有水是大缺憾的。树像世界的空间，而水像时间。寺背倚宝珠峰，山根是有潭的，深深的潭水（不是"桃花潭水深千尺"的潭，那有些妩媚了），并不显露，藏着，或者在地底潜流，人是看不见的，只有一寺院的花草树木们知道。于是，这不显山不露水的水也有了这老寺院的禅味儿。不过，水偶尔也奔涌出地面，是为着文人们的曲水流觞。

原先，觉得"曲水流觞"是一个普通的词儿，后来，很喜欢它，觉得古代的文人们也是活泼的，甚而调皮的。清澈的潭水静送着酒杯，把起一盏，里面有大味道。酒盏里映着一片竹林——流觞亭前的那一大片竹林。这片竹林，竹子的竿上都有一道特别的翠绿，人们因此叫它金镶玉竹。我不喜欢这名字。我想，我若是那时的文人，曲水流觞间，就只喜欢听那片竹的声音。竹子虽则纤细，但风一吹过，竹叶细密地响成一片，很像翻动纸页一般，哗哗哗，声音比那些高大的树木盛大得多，叫人浮想得多。

深秋了，树木都到了最饱满的时候。有些熟透了的柿子，落在寺庙的飞檐上，兀自烂漫着。山三面围着寺，像个大大的靠背椅，这个大寺院就暖暖和和舒舒坦坦地安卧在里面。

这寺因水因树叫潭柘寺。

老北京都说：先有潭柘寺，后有北京城。

至于潭柘寺究竟多大，就单说一口存留至今的铜锅吧：直径一米八五，深一米一，是昔日僧人做菜用的。说寺里以前共有三口锅，这是最小的一个。寺里煮一锅粥，得十六个时辰。那么，寺里有多少和尚呢？民间有这样一个说法："有名和尚三千，无名和尚无数。"

四合小院

三开间的北屋，向阳。东边那间安静，住母亲，西边那间住夫人。纵是像人们说的，夫妻两个从早到晚几乎不说一句话，但中间这间，一家人吃饭时总能在一处坐一坐。

推开红漆木门，屋子里还有浓浓的南方樟木的气味。母亲带不过来南方，就搬来藤柜藤椅，好在接着地气，藤不会开裂。吱——吱，藤床响动一下，母亲在翻身。两个女人就这样起居在先生的身边，这大约叫他稳妥。

先生呢，在三间北屋后接盖一间小屋，又睡觉又当书屋。北京人叫"老虎尾巴"，为什么叫这么硬生生的名字呢？先生叫他"绿林书屋"。书屋窄小，只放一张两条长凳搭的床、一张书桌、一把椅子。书屋窄小，但窗户宽敞，他还亲自买了大块的玻璃安上，小小的屋有了大而亮的眼睛，能透过玻璃看到后院的榆叶梅、青杨，甚至院墙外的两棵枣树。冬天，树木落尽了叶子，坐在书屋里，就能看到夜空。北屋老式的木格窗也镶上玻璃，前前后后都透亮了。千眼照花，前院的白丁香、碧桃，坐在书屋里，隔了玻璃，也能看清；花儿开时，前屋后屋也都香了。

三开间的南屋放书柜当会客厅。西侧小小的一角，一扇木门关住了所有凌乱的杂物。这院落全是先生亲手设计，先生借钱买这个废圮破败的小院，后来就这样蓊蓊郁郁起来了。

八十多年过去了。那一天，站在安静的院里，只听见树叶颤动的声音。

但我想起，先生在这小院里的两年多是他一生里最为彷徨不平静的时候。隔了书屋玻璃看，书桌上方有一幅速写，先生喜欢的一幅画，依然是满纸的不安宁。两年多，先生在油灯下，写了《野草》《华盖集》，还有《华盖集续编》《彷徨》《朝花夕拾》《坟》里的部分篇章。大部分文字幽暗诡谲，有着那个时代沉沉的影子。

油灯亮了，夜虫撞在玻璃上，叮叮的响。鬼眨眼的天高而奇怪，哇——夜游的恶鸟飞过去了，墙外的枣树像铁丝一样刺向天空……

人们于是都要找先生屋后院墙外的枣树看一看，但那两棵已经死了。旁处的一棵枣树，不是先生所写的两棵中的一棵，还茂盛着，但树皮沧桑、结满了厚厚的痂。

与先生言，这个小院里，总有些温暖。他在书屋里写了很多信，在柔软的宣纸上，他称那个比他小十八岁的女孩子"兄"，后来，又亲爱地唤她"害马""小刺猬"。满脸倔强髭须的大先生，唇齿间也会发出这样柔情的声息。

先生之后去了南方，留下了四合小院和两个女人。先生亲手种的白丁香、榆叶梅一年年长大，院子里的两个女人一年年老去。最后，就剩了那个不会说北京话的大夫人，在这个小院里孤独地离开了人世。

我想，几十年的希冀、受伤、失落，这是这个四合小院与那个南方女人情感上的意义。

那天，守护院子的人说，每年初春，丁香开时，满枝繁花，清香四溢。

先时，大夫人可在一院子的花香里想着南方？

原载《天涯》2012年第2期

古桥上的中国

熊召政

绍兴古桥

一

在春花秋月之中，乘一艘小小的乌篷船，在江南的河流上航行，应该是人生的一大享受。浅浅的波光辉映着白墙竹影，葱茏的山色含孕着村庄城郭。所有的含蓄都因曲折而生动，一切的妩媚都在蜿蜒中达到极致。最令人陶醉的，是小河上的那些石桥，舟行三五里便会遇到一座。远远看上去，它们或者像玉带，或者像彩虹，在水声与橹声中，摇曳着它们的身影。

这样的水乡，无论是在吴中还是在越中，都比比皆是。周庄、甪直、乌镇，都是水巷小桥连缀而成的佳构。而蔚为大观将其十万烟灶融入桥街帆市的，吴中则有苏州，越中则有绍兴。

苏州有东方威尼斯之称，是一座浮在波浪上的城市。它与绍兴一样，都有着两千五百多年的历史。远古的北方民族都是在马背上抒写他们英雄的史诗。而吴越的先人，总是习惯于用船或者桥连缀起他们通向未来的道路。

根据清朝末年的统计数字，苏州市区每平方公里上有十五座桥梁，这数字是威尼斯的三倍。但绍兴比苏州的桥梁更多，在它的市区里，每平方公里拥有桥梁达到了三十一座。因此，绍兴被誉为中国的桥乡，应该当之无愧。

现代，我们已不能乘船从水城门进入市内。汽车早已取代船只成为现代交通的首选。水城门外连接运河通往杭州的水道，部分已经被淤塞。但是，在古藤掩映的水城门内，绍兴古城里的水巷多半都保存良好。

绍兴南依会稽山脉，北部平原濒临杭州湾。会稽山是一片总面积为一百多平方公里的丘陵。晋朝的大文学家顾恺之描绘会稽山"千岩竞秀，万壑争流，草木蒙笼其上，若云兴霞蔚"。由于充沛的雨水与茂密的植被，会稽山成为三十六条河流的发源地，自东至西，最大的河流是若耶溪，它流入绍兴城，尔后汇入鉴湖与运河。

从秦朝到宋朝的一千多年间，绍兴经过了繁华的会稽时代与锦绣的越州时代。此后一直到明清，绍兴一直是块福地。虽然它也经历过战争的蹂躏与灾难的洗劫，但总的来说，它是一座比较幸运的城市。它留给后世的建筑遗产，以石桥与寺庙居多。

中国历史上两次最大的南北分裂，从西晋到东晋，从北宋到南宋，对于国家来说，这是久久难以弥合的创痛。但对于绍兴来说，却赢得了两次难得的发展机会。晋室南渡，许多中原望族随着皇室南迁，纷纷来到绍兴定居，一时间，会稽山下人文荟萃、冠于江左。斯时，顺着丝绸之路自印度输入中国的佛教，首先在北方兴盛了起来。当北方发生战乱，一大批高僧随着南迁的望族聚集绍兴。于是，绍兴城内陆续建造了许多寺庙。那时的绍兴，不但有王羲之这样的名士，也有支道林这样的高僧。在迷离的桨声灯影中，在悠扬的暮鼓晨钟里，绍兴人感到自己的精神生活在提高、在升华，而情感也在心灵深处燃烧。公元 12 世纪早期的宋室南渡，再次给绍兴创造了千载难逢的发展机遇。不过，这一次随着中原望族南迁的，不再是身穿袈裟的僧人，而是一大批有着各种娴熟技艺的工匠。因此，在这一时期，绍兴建筑的显著变化，不再是重檐斗拱的寺庙，而是圆拱平梁的石桥。

二

古建筑及园林研究专家陈从周先生，对家乡绍兴的古石桥情有独钟。从 1979 年开始，他率领一个小组用了五年多的时间，对绍兴境内的古桥作了全面的调查。他们查到现存的古石桥将近五千座，这的确是一个让人敬畏的数字。

据历史文献记载，绍兴城中最早的石桥是春秋末年越王勾践建造的灵汜桥。今天，这座桥已经泯不可考。如今，绍兴城中众多的古桥中，年数最长的，当数城东的八字桥。

这座桥处在广宁桥与东双桥之间。据《嘉泰会稽志》记载："两桥相对而斜，状如八字。故得名。"在它的主孔桥下西面第五根石柱上刻有"宝祐丙辰仲冬吉日造"的题记。宝祐丙辰即 1256 年，证明这座桥建于南宋，也就是宋朝皇室南渡后的第三十年。

八字桥的平面布置非常有特色。桥的东端沿河道由南北两个方向砌有下桥的落坡石阶。而桥两端的两个落坡石阶，却分别为西、南方向。这种结构，大大节省了用地的空间。这座桥还有一个最大的特色，就是在跨越小河的孔道上，专门铺设了一个青石板的纤道，这是专供拉船的纤夫所用。因为这个功能，它甚至被有关专家称为中国最古老的立交桥。

八字桥连接起三条街道、三条河流。它高五米，净跨四点五米，桥面宽三点二米，桥全长十七米。由于它是中国现存的最古老的城市石梁桥，因而被列为全国重点文物保护单位。

如果说八字桥是绍兴古桥首屈一指的长寿者，那么摆在第二位的应该是位于城西北的光相桥。据《光相桥题记》的残碑记载，该桥于元朝至正辛巳年重造。这座桥属于光相寺的配套建筑。光相寺建造于东晋安帝义熙年间。距今已有一千五百多年的历史。如今，光相寺只剩下遗址，而光相桥依然傲立在岁月中，坚守历史留给它的一份殊荣。

现存的光相桥，为单孔半圆形石拱桥，全长二十米，宽六米，石板铺面。从桥的顶部往两边下行，各有二十一级石阶。

我们走近它时，正值暮春时节。欲雨还晴的天气，使得花光云影下的光相桥，更令人生出不尽遐思的沧桑感。有人说，造就一件伟大的石雕作品，人的智慧只占三成，余下的七成是时间。经历过数百度春花秋月的润泽，承受过无数次风霜雨雪的洗礼，光相桥已经变成了一件不可复制的建筑艺术的杰作。它的正在缓慢风化着的桥栏，它的生长着苍藤与青苔的桥身，它的既光滑又斑驳的桥面，都让人感到了历史的质感。

面对这样一座桥梁，一些古桥梁专家认为：不应该将它列为宋元桥梁，将它列籍于东晋，绝不是沽名钓誉。他们的理由是：光相桥的建筑特征为分节并列砌置的石拱桥，这是唐朝之前的桥型，如今在国内已很少见到，而且桥上的栏石、栏圈石的装饰样式是典型的晋代风格。特别是桥拱上部左右两侧的那一对怪兽，与出土的晋代越瓷中的狮兽造像极为相似，而且其风化程度在千年以上，绝非元朝的石雕。基于这些考证，专家们认为元朝至正元年，此桥经过一次大规模的维修，而并非重建。

如今的光相桥，毗邻宽敞的环城大道。它的古朴和宁静与环城大道上的车水马龙形成鲜明的对比。它们一个属于历史，一个属于现代。它们和谐地生存在一座城市中，一个守望着诗意，一个展现着活力。

三

与八字桥、光相桥相比，舆龙桥和天佑桥似乎没有这么幸运。

舆龙桥与天佑桥在运河的支流袍谷洋江上。它们本来是两座桥，江东是五孔的天佑桥，江的西边是三孔的舆龙桥，两座桥都连着一段河堤与江岸相接。从东岸的河堤到天佑桥头，用十三级青石台阶抬高桥位。所以，天佑桥的桥面略高于舆龙桥。两桥之间，还有一座较矮的四孔石梁桥，这样三座桥浑然连为一体，跨越了宽阔的江面。

在运河非常发达的明朝，这天佑桥头的小镇，曾是一个十分兴旺的商埠。袍谷洋江是浙东运河的一条支流。这是一条一直没有停止过航运的河流。始建于明朝中叶的舆龙桥与天佑桥，充分考虑到航运的要求，天佑桥的三孔完全可以行驶满载货物的木船。但是，随着时代的变迁与科技的发展，这座桥的命运便变得扑朔迷离了。

在绍兴，水上运输业一直很发达。当浙东运河上已经有较大的机动船行驶时，袍谷洋江上因为舆龙桥与天佑桥的缘故，仍只能行驶木船。20世纪80年代，一些小型的机动船开始尝试通过天佑桥的孔道。比起木船来，再小的机动船体积也是庞大的。因此，天佑桥的拱壁经常受到碰撞而显得伤痕累累。有一天，终因一个粗心的水手驾驶机动船撞垮了桥面。当地居民热爱这座古桥，不肯拆掉，于是想出一个修复方案，即在断桥处抬高，用钢架连接，这就是今天的人们所见到的桥的样子。

尽管天佑桥与舆龙桥已不复当年秀美的身姿，但它们的命运也没有因为受到如此巨大的创痛而有所好转。今年五月，当我来到绍兴的时候，它们的命运几乎再次陷入了绝境。有关部门旧话重提，认为它们阻碍了航运而决定将它们拆毁。于是，一场激烈的争论因此而展开。

绍兴城内，有一个名叫罗关洲的老人，退休之后，便全身心地投入绍兴古桥的档案建立与保护工作。他团结了一些像他一样热爱古桥的人，组成了一个古桥沙龙。他们是古桥保护的志愿者。他们不但给绍兴的古桥建立了档案，而且还建立了一个网站。罗关洲经常通过网站联络各地的古桥研究者，他是真正的"以桥会友"，当他得知天佑桥与舆龙桥的命运之后，立即与古桥沙龙的同伴们到处奔走，开展一场营救天佑桥与舆龙桥的行动。几天以后喜讯传来。有关部门暂时放弃了拆毁天佑桥与舆龙桥的打算。正是由于罗关洲以及古桥沙龙这些志愿者多年如一日地坚持与努力，绍兴的一些古桥才得以保留。

但是，通过这件事情，我们还是看到了一个残酷的现实，即时代的发展与古迹的保留两者之间形成的尖锐冲突。

无论是都城中金碧辉煌的宫殿，还是深山里飞檐斗拱的寺庙与道观；无论是江南烟雨中那些白墙青瓦的民居，还是横卧在潺潺流水上的梁桥与拱桥。它们都是以木头与石块砌出的农耕时代的造型艺术。那些优美的曲线，灵动的回廊，夸张的屋顶与幽暗的空间，反映了中国古人的建筑理念：他们希望在扭曲中获得精神的醉意，在禁锢中表现阴阳的平衡。这种美学的观念越过了社会阶层的尊卑，无论是目不识丁的农夫还是饱读诗书的士大夫，都将这样一些建筑当成他们可以寄托生命的地方。

一个历史悠久的民族，大都醉心于自己辉煌的过去。因为它有着太多的值得骄傲的辉煌。就像我们眼前见到的这一处又一处用木头与石块营造的建筑史诗，它们不但支撑我们中华民族繁衍发展了数千年的农耕文明，而且，它们也构造了中国人的简洁而优雅的精神牧歌。

但是，毕竟我们已经告别了农耕时代，改革开放三十年，让我们产生了"洞中方七日，世上已千年"的感觉。在世界性的现代化潮流中，中国不可能再成为陈列在博物馆里的古董。当城市的发展与古迹的保护发生冲突的时候，我们往往会看到这座城市的复杂表情。

罗关洲先生讲过他亲历的另一件事情。绍兴城内有一座太平桥。在唐寰澄先生主编的《中国古桥技术史》中，这座桥名列其中。但是，旧城改造时，这座桥因为妨碍新的城建规划而被有关部门决定拆毁。罗关洲听到风声，就天天跑去守望。他说，那天是星期六，早晨跑去看，还没拆，但第二天再去看，这座桥已经没有了。现在，这座桥已经永久地在大地上消失了。

罗关洲先生说："现在建设新农村，有的地方想建设新农村，要个新字，把老的桥都拆了。建设新农村不是说要把老的桥都拆了，老桥恰恰是建设新农村当中的宝贵财富，不能把老桥都当做建设新农村的一种包袱，看到很陈旧的老桥都拆了。如果在建设新农村过程当中，把老桥都拆了，不要几年工夫，中国的古桥，农村没有历史文保单位的古桥全部都拆光。有的地方成立卖桥公司，个人绝对不能卖桥、买桥。古桥都应该列为国家的文保单位。所以现在保护古桥已经到了一个关键的时刻。"

我们问他："据你统计，这些年大约拆了多少座古桥？"

他回答："我没有统计过。因为我搜集的写到书上去的六百七十座，现在六百七十座是不是都存在，我自己也没数，要花工夫再去走一次。我碰到一个卖桥公司的老板，他理直气壮地说：'我已经拆了十多座古桥了，还准备再拆十多座。'他好像是理所当然的，古桥是归他拆了卖了。唐寰澄教授给我的电话当中，说了三句话：'荒唐、荒唐，真是荒唐透顶了！怎么个人可以拆桥、卖桥呢？'我说唐寰澄讲得非常好，唐寰澄的概念也非常清楚，古桥是社会的共同财产，祖宗给我们留下来的古桥都是文物，都应该保护，就算是要处理也要妥善处理。这是唐寰澄的观点，也是我的观点。"

四

尽管绍兴的古桥被拆毁了很多，但它现存的古桥数量，从一个城市来讲，依然是全国之最。因此，它当之无愧地被称为中国古桥博物馆。

几天来，我在绍兴造访的古桥，除前面提到的之外，还有几座比较有代表性，它们是：

太平桥

始建于明天启二年，清乾隆六年，道光五年相继重建。现桥重建于咸丰八年（1858）。

谢公桥

始建于后晋（936—946），清康熙二十四年（1685）重修。

拜王桥

始建于唐朝末年，清康熙二十八年（1689）重修。

迎恩桥

始建于明天启六年（1626），清雍正十一年（1733）重修。

纤道桥

建于清同治年间（1862—1874）。

广宁桥

始建于南宋高宗之前，明万历二年（1574）重修。

宝珠桥

始建于明嘉靖年间，清乾隆年间重修。

泗龙桥

建于清光绪年间（1875—1908）。

绍兴不但古桥众多，而且桥的种类与式样在中国也是唯此仅见。它的木梁桥、石梁桥、多桥型组合式桥、梁堤组合桥、闸桥、廊桥等，可谓蔚为大观。在每一种类的桥梁中，还可因技术的不同再进行划分。如石拱桥中的折边拱桥、半圆形拱桥、马蹄形拱桥、悬链线拱桥、多孔联拱桥等，在绍兴都能看到。

在绍兴城中，表述不同水域的词汇非常丰富。除了江、河、溪、湖这些常见的词汇之外，尚有潭、池、泾、浦、湾、汇、荡等特定的词汇，它们赋予水的不同定义，共同组成了绍兴作为水巷城市的丰富而隽永的概念。如果说，水是绍兴的命脉，那么，桥则是这座城市的纽带。它不但联结水巷的民俗与风情，也联结这座城市的过去和未来。

今天的绍兴，是一座现代化程度很高的城市，但同时它又保持了中国传统中的那份闲适、那份优雅。当外地的游客乘着一只小巧的乌篷船，一边听着摇橹的船夫随口哼唱的小调，一边随着两岸的花光墙影，穿过一座又一座古老的石桥时，他一定会觉得，生活在这样的城市里是一种享受。因为，每一条水巷都把生活引向了曲折而精致。每一座古桥，都像一个历尽风霜的老人，悠闲地向你叙述着温婉而动人的故事。

二十四桥明月

一

马上看英雄，月下看美人。这是中国人惯有的欣赏方式。马上的英雄，如果驰骋在辽阔无际的草原。那一份剽悍与潇洒，不但让人眼热，而且心仪。月下的美人，如果在绣楼上倚窗凭眺，或者在花园里对花怀想，美固然美，但总觉得过于孤独。或者说，那一份冷艳有点拒人千里。但是，如果让月下的美人站在一座弯弯的小石桥上，带着荷香的风吹动她美丽的霓裳，玲珑的樱桃小嘴上，横着一管竹质的洞箫，那一份风韵，那一份妩媚，立刻，会把你带进一种陶醉，一种向往。

晚唐的诗人杜牧，是第一个用绝妙的诗句表达这种陶醉的人，他是这样吟唱的：

青山隐隐水迢迢，秋尽江南草未凋。
二十四桥明月夜，玉人何处教吹箫。

就因为这首诗，许多人爱上了扬州，都想在空濛的月色中走上二十四桥，寻找那月色下吹箫的美人。

但是，扬州的二十四桥究竟是一座桥还是二十四座桥呢？自唐朝至今，这个话题一直争论不休。

今天的扬州城内，有两座桥，都叫二十四桥。

一座在扬子江路上，古时候是一座石拱桥，现改为钢筋混凝土大桥。为证明其身份，桥栏上还立有石刻的美人吹箫图。另一座桥在瘦西湖上，虽然也是新建，但其形制仍有古代石拱桥的韵致。

二十四桥是一座桥的说法，自南宋开始。此前，没有任何记载。倒是有不少人认为，二十四桥即二十四座桥。

北宋的著名科学家沈括，曾在扬州担任过司理参军这样的一个官职。他经过认真考察，在其不朽的科技著作《梦溪笔谈》中详细地列举了二十四座桥的名字，并考察出每一座桥的架设地点与兴废的时间。兹后，沈括的观点为大家所接受。但是，到了明朝末年，一位化名齐东野人的书生写了一本《隋炀帝艳史》。有这样一段记载：

某夜，炀帝偕萧后及十六大院夫人等，至新造石板桥赏月，命朱贵人吹紫竹箫，其声悠扬动听。时桥无名，萧后请炀帝命名，因同游者二十四人，故名二十四桥。

这显然是小说家言，但许多人竟然相信。从此，二十四桥为一座桥的说法，竟然也得到很多人的认同。清朝人李斗在其著作《扬州画舫录》中，认为一座桥与二十四座桥"两说皆非"。但是，当代著名桥梁专家茅以升却同意沈括的观点，认为扬州城中的确有二十四座桥存在。如果只是一座桥，杜牧就不会说"玉人何处教吹箫"了。

　　隋代以后，随着南北运河的贯通，扬州得地利之便，成为中国最为繁华的水城。水多桥就多，所以，不少人赞同扬州城内有二十四座桥的说法。古时造桥，考虑的因素只有两个，一是不影响河道上船只的航运，二是桥面的通行能力。为了给过往的木船留下足够的空间，古桥大都做成半圆的拱券，这大约就是石拱桥产生的缘故。为了让行人或者轿马过桥时不至于打滑，同时也让桥面更为合理与美观，故拱桥的桥面大都设计成台阶。经过千百年的风风雨雨以及无数行人的践踏，这些石阶都被磨得光滑洁净。任何时候，只要踏上它，就会感到它的温柔可亲以及那种默默的承担。

　　我确信，千年前的扬州，一定有二十四座弯弯的石桥或者砖桥。某一个月明星稀的秋夜，诗人杜牧在某一处酒肆中独酌。忽然，隐隐约约的箫声像柳絮一样飘来，杜牧想象吹箫的美人，禁不住凭窗聆听，并暗自忖道：吹箫的美人啊，此刻，你在哪一座桥上呢？

二

　　比杜牧稍早一些的另一名唐代诗人张若虚，是扬州人。他日夕感受扬州的烟花水月，写了一首《春江花月夜》，这首诗被誉为唐诗的压卷之作。设想一下，在一个春江花月之夜，一位妙龄女站在弯弯的小石桥上吹奏一支竹箫，无论是不胜娇羞的形态还是低回婉转的旋律，都让人想起另一位诗人的名句：

天下三分明月夜，
二分无奈是扬州。

　　扬州的温婉在于水，而一座座弯弯的石拱桥构成了水上的童话。童话的颜色是姹紫嫣红的春花。童话的意境是空濛的月色，童话的主人便是那吹箫的少女了。

因为张若虚和杜牧的引导，历史中有多少醉心于艺术生活的人，都纷纷来到扬州寻梦。扬州的辉煌，在唐与清两个朝代的中期达到了鼎盛，由艺术家与商人联合打造的嘉年华，让市井生活的热情极度地宣泄。在这两个时期，扬州城内留下不少辉煌的建筑的诗篇。而大量石桥的建成，为这座城市的造型艺术增添了很多优美的弧线。

盛唐之后，扬州城有过多次惨遭屠戮的记忆。市民的鲜血与石桥的碎片同时沉入悲惨的岁月。没有任何一个伟大的建筑能够逃避浩劫。扬州城中没有任何一座桥梁，不管是石桥、砖桥还是木桥，能够在惨烈的战斗中侥幸存在。

当然，毁掉的不只是桥梁，还有那些寺庙、园林和王侯们的宏伟的陵墓。这些精美建筑的毁灭，会给屠城者带来罪恶的喜悦。

透过历史的烟云，我们会看到这样一种现象：有的城市一旦被毁灭，便永远成了废墟，甚至最后连废墟也完全消失。但有的城市却有着浴火重生的能力。不管它被毁灭多少次，总会奇迹般地再度崛起和兴盛。扬州就属于这样的城市。

被焚烧的寺庙重新建设，被破坏的园林重新营造，被损毁的桥梁重新修葺。虽然，扬州在历史上经受了多次浩劫，但浩劫过后，扬州用更加炫目的美景来抚平历史的创伤。

瘦西湖上，有一座四桥烟雨楼。这座始建于康熙年间的重楼，也叫黄园，原是一位黄姓盐商的湖边别墅。从楼中眺望，可以看到瘦西湖上大虹桥、长春桥、春波桥、莲花桥四座桥梁。四桥烟雨楼由此而得名。

四桥烟雨楼是黄园的主体建筑。黄园是乾隆年间扬州最负盛名的私家园林之一。乾隆皇帝下江南，到黄园中游览，留下御制诗一首：

多有名园绿水浜，清游不事羽林纷。
何曾日涉原成趣，恰值云开亦觉欣。
得句便前无系恋，遇花且止足芳芬。
问予喜处诚奚托，宜雨宜旸利种耘。

单从诗歌本身评价，这首诗算不上好诗，但它的意义在于诗作者的身份是九五至尊的皇帝。一位商人在自己的别墅里接待了皇帝并得到他的墨宝，在中国古代是一种难得的殊荣。乾隆皇帝站在四桥烟雨楼中欣赏了瘦西湖的景色，特别是眺望了水光花色中的四座桥梁之后，遂将黄园改为"趣园"。这位热爱旅游的皇帝，大概认为在一座楼中能看到四座造型各异的桥梁，是一件特别有趣的事情。

在乾隆时期，站在烟雨楼中眺望的大虹桥、长春桥、莲花桥、春波桥都是亭桥。近在咫尺的，是联系趣园小岛与堤岸的春波桥。这是一座在扬州很少见到的桥梁。

历史上真正的春波桥并不在扬州，而是在绍兴城内。那座桥原名罗汉桥，靠近沈园。南宋的大诗人陆游出来做官之前，曾经媒妁之言娶美丽聪慧的唐婉为妻，两人琴瑟和谐，为难得的红颜知己，但陆游的母亲并不喜欢唐婉，要陆游将唐婉休弃。母命难违，陆游与唐婉只得劳燕分飞。唐婉改嫁十年之后，与陆游邂逅于沈园，追忆前情，陆游写了一首《钗头凤》的词送给唐婉，唐婉看后亦和了一首《钗头凤》回赠。分手不久，唐婉陷入无尽的思恋，终于忧伤地死去。陆游在七十二岁时再游沈园。怀念死去多年的故妻，含泪写下了《沈园》一诗：

城上斜阳画角哀，沈园非复旧池台。
伤心桥下春波绿，曾是惊鸿照影来。

后人便根据陆游这首诗，将罗汉桥改名为春波桥。绍兴城中，也有很多著名的古桥，但是，因为陆游与唐婉那一段凄婉的爱情，春波桥名闻天下。历代都有一些好事的文人，每来绍兴，都会来到这春波桥凭吊一番。

瘦西湖上的这一座春波桥，显然是从绍兴春波桥借来的灵感。江南的文人，于情则喜欢温婉，如果有一些哀艳，则更是惬意；于山水，则喜欢玲珑和空濛。这就是瘦西湖产生的原因。

如果说大虹桥因为修禊而闻名，春波桥因为含了爱情的典故而引来游人的顾盼。那么，真正在中国桥梁史上有着显著地位而又成为瘦西湖上最为亮丽的景观的，则是莲花桥了。

三

在瘦西湖白塔稍稍偏北的地方，有一座桥，如同锦绣错综的空中楼阁，横跨在瘦西湖的南北两岸。因这座桥建在莲花埂上，故被称作莲花桥。又因为桥上建有五座亭子。当地人也叫它五亭桥。久而久之，五亭桥的名字越叫越响，因此也就取代莲花桥，成为这座桥约定俗成的名字。

著名桥梁专家茅以升先生称赞五亭桥是"古代交通桥与观赏桥结合的典范"，它像一首立体的诗，矗立在瘦西湖的山光水色之中，向世人传递着中国古代造桥艺术的魅力。诚如一位古桥鉴赏家的赞叹：它的厚重的桥基、空灵的拱券，直线的拼缝、转角的弧线，大小的搭配、图形的变换，既独具匠心又不着痕迹，使得眼前的这座五亭桥像一条五彩的腰带，紧束瘦西湖的腰肢。

扬州的历史上，很少建造大型的石拱桥。五亭桥大概是存世中唯一的一座了。如果要在今天的扬州，挑选最有代表性的古建筑，五亭桥应该是首选。但是，游客们在欣赏五亭桥的美景时，大概没有多少人知道这座桥的建造曾引发了一次官场的地震。

却说1751年乾隆皇帝第一次巡游江南，对刚刚修葺一新的大虹桥与瘦西湖的园林风光赞不绝口。遗憾的是，瘦西湖因没有疏浚，航道时断时续，一心想乘坐游船前往平山堂的乾隆，只得在莲花埂舍舟登岸，这多少扫了他的游兴。六年之后，乾隆又下江南各州，他这第二次南下的诏旨到达扬州，地方上各衙门的官员便凑在一起商量接待方案。当时扬州各种衙门众多，但最大的衙门仍属两淮巡盐御史。接待乾隆的主要责任人，当然是刚刚莅任的两淮巡盐御史高桓了。

高桓是乾隆皇帝的小舅子，他的姐姐是乾隆宠爱的贵妃。高桓为了让姐夫第二次巡游扬州玩得开心，决定疏浚瘦西湖的航道，并挖开莲花埂让游船直接航行到平山堂所在的蜀冈之下。为了不影响游人的通行，遂决定在被挖开的莲花埂上建一座桥梁，这就是五亭桥的由来。

在瘦西湖的中段应该建一座什么样的桥，才能与这里的自然风光和谐地融为一体呢？长期住在北京的高桓，经反复斟酌，决定吸收北海五龙桥以及万岁山五亭的建造方式，再配之以金刚宝座塔式的桥基。将这三样统一于一座桥上，施工难度极大，但却形成了中国独一无二的桥梁式样，并为扬州留下建筑的奇迹。

关于五亭桥的建造工艺，《扬州古桥》一书是这样介绍的：

如此巨大的石拱桥需要牢固的桥梁基础，扬州工匠采用了扩大基础加木桩的技术……建成后的五亭桥黄瓦朱柱，配以白色栏杆，亭内彩绘藻井，富丽堂皇，全长五七点九九米，宽六至十八点六米不等。十五个拱形桥孔中，中心拱桥最大，跨度为七点一三米，呈大的半圆形，直贯东西，便于大型船只通过。旁边十二个桥孔布置在桥础三面，跨径三米左右，可洞洞相通，亦呈小的半圆形，可过小游船。桥阶洞则为扇形，可通东西。正面望去，连同倒影，形成五孔，大小不一，形态各殊。

建造这样一个风格独特的五亭桥，需要巨大的经费。乾隆皇帝诏旨说得明白，他南下江南的一应费用，由国库支付，不用地方承担，但建造五亭桥的经费显然不能上奏朝廷，列入国家预算。高桓自作主张，动用两淮巡盐御史衙门的"小金库"，这是一笔隐瞒了朝廷的额外收入，即巡盐御史衙门向盐商发放盐引时，除上交朝廷的例银之外，每引多加纹银三两，仅此一项，每年可收银二十多万两。

乾隆皇帝第二次到达扬州，当他乘坐画舫穿过五亭桥时，不禁"龙颜大悦"，命令停舟上岸，在五亭桥上听了一曲笙歌，并对营建此项工程的地方官员给予了褒奖。

但是几年后，一个偶然的原因，使"两淮盐引案"曝光。乾隆震怒，下旨将担任过两淮巡盐御史的普福、高桓、卢见曾三任长官革职下狱，被牵进此案的官员达数十人之多，一时间，此案成为乾隆亲自过问的朝廷第一腐败大案。但是追查的结果更令乾隆皇帝难堪，因为这些"小金库"的数百万两银子，多半花在他每次下江南的接待和备办贡品上，其中当然也包括修建五亭桥及疏浚瘦西湖而花掉的数十万两银子。此案最终草草收场，但普福、高桓、卢见曾三位巡盐御史都为此丢掉了性命。

因为一座桥而让三位朝廷重臣命赴黄泉，在中国留下的众多古桥中，这恐怕是唯一的个案了，但是只要抛开政治与艺术之间那种最为隐秘的血缘关系，在灿烂的阳光下，我们仍能陶醉于纯粹的艺术的美。力与美、壮与秀，在五亭桥上得到了完美的结合。

死去的高桓，听不到后人对五亭桥的赞美：

扬州好，高跨五亭桥。
面面清波涵月影，

头头空洞过云桡。

夜吹玉人箫。

四

　　浮漾在箫声中的波光，从春到夏，从秋到冬，从盛唐的二十四桥到康乾盛世的大虹桥、五亭桥，烟雨也罢，修禊也罢，笙歌也罢，它们都像是中国最古老的象形文字，化为古桥上精美的浮雕。一些桥消失了，一些桥又诞生了；一些桥上走过了爱情，一些桥上又走过了仇恨。桥上的中国，时而衰老，时而新生。翻开历史的典籍，扬州有据可查的古桥，唐朝有二十六座之多，宋朝有五座，元朝有六座，明朝有十三座，清朝有十九座。自隋至清，扬州的六朝旧梦，几乎都可以在这些生而复死、死而复生的古桥上得到诠释和延伸。面对那些巧夺天工的古桥，你可以真正地体会到桥是凝固的诗，诗是无形的桥。桥与诗融为一体，如一幅水墨，如一曲洞箫的，仍然要数杜牧的那首精美的七绝。让二十四桥浸在空濛的月光里，让吹箫的美人站在弯弯的小石桥上，这样玲珑空灵的意境，正是中国人所欣赏的含蓄的古典之美。我个人认为，在以桥为对象的唐代诗歌中，能够与杜牧这首诗相媲美的，大概只有张继的《枫桥夜泊》了：

　　月落乌啼霜满天，江枫渔火对愁眠。

　　姑苏城外寒山寺，夜半钟声到客船。

　　姑苏即今天的苏州。在寒山寺之侧的架设在运河上的枫桥，因为张继的诗句，千年来一直得到游人的青睐。杜牧与张继两位诗人，都是桥的知音，两人都写江南的桥，都选择了晚秋时节亲近桥韵。所不同的是，杜牧让桥与吹箫的玉人相恋，而张继则让桥与佛寺的钟声相连。杜牧的意境温润，富于浪漫；张继的意境萧瑟，略含惆怅。两者同样的动人，同样的婉转，没有高下之分。因为这两首诗，如今的枫桥与二十四桥，都成了游人向往的景区。

枫桥比二十四桥幸运，它千年来一直屹立在那儿，寒山寺的晚钟，成为它抗拒衰老的最好的营养。而二十四桥一直存在着争论，明朝以后，好事者在扬州城内建了一座二十四桥。后来，为了还原杜牧的诗意，又在瘦西湖上专门建了一座小巧玲珑的二十四桥。

这是一座单孔玉石拱桥，与北京颐和园的玉带桥造型颇为相似。为了突现二十四桥这个数字，造桥者让桥身长二十四米，宽两百四十厘米，两端各二十四级台阶，桥两侧立有二十四根栏柱。由于这样精心的设计，卧于粼粼波光中的这座二十四桥，便成了扬州园林的典范。每逢看到这座桥，我就想，每日总是半醉的杜牧，究竟是否踏上过这样的拱桥，寻找那缥缥缈缈的箫声呢。

乾隆皇帝来到扬州之前，对这座水城知之甚微，他只知道一座二十四桥。因此从北京出发前写诗表达心情："明朝又放征帆下，去向扬州廿四桥。"帝王级的旅游者，霸气有余而缱绻不足。文人出身的郁达夫，心中萦念二十四桥，发为诗歌，便觉得非常艺术：

乱掷黄金买阿娇，穷来吴市再吹箫，
箫声远渡江淮去，吹到扬州廿四桥。

虹桥修禊

一

眼前的这一座虹桥，不但是扬州的地理标志，而且它还是扬州的人文标志。

天宁寺，曾是乾隆皇帝下江南时逗留扬州的行宫，从寺前的御码头乘坐画舫游览瘦西湖，穿过的第一座桥便是虹桥。无论是晴光潋滟，还是烟雨朦胧，掩映在袅袅垂柳中的虹桥，总像是一幅淡淡的水墨画。

让时光倒流两个世纪，扬州的女孩子，会就着一架古筝，在窗明几净、绣座锦帏的画舫里，为慕名来游的客人，明眸皓齿地浅唱一曲《扬州梦香词》：

扬州好，第一是虹桥。
杨柳绿齐三尺雨，
樱桃红破一声箫。
何处是兰桡！

扬州的风扬园林，美不胜收。可是，为什么扬州人认为，城里的第一美景却是虹桥呢？大凡美景，有自然形成与人工建造两种。扬州的美景十之八九都属于人造。无论是大明寺的巍峨塔影还是小秦淮的浅浅波光，是大运河两岸的园林亭阁还是小金山上的花树藤萝，都让人感受到繁华与灿烂、温婉与宁静。可是，扬州人仍然认为，虹桥是扬州的第一美景。

这乃是因为，虹桥向我们传达的诗意最多，也最丰富。它的美不在于桥本身，而在于它承载了一个城市美好的风俗与诗化的心灵。

在很长的时间里，虹桥修禊，都是扬州人最值得自豪的话题。

什么叫修禊呢？

汉代应劭的《风俗通义》这样解释："禊，洁也。春日万物生长，蠢动易生疾病。时于水上洗濯，防病疗病。"而《后汉书·礼仪志》中即有"祓禊"的记载："是月上巳，官民皆洁于东流水上，日洗濯拔除，去宿垢，为大洁。"

祓，是中国古代的一种祈福消灾的仪式。祓禊，即消除灾难，迎接洁净与吉祥。修禊，则是祓禊的延伸，或者说，将这种消灾祈福的活动由单纯的宗教仪式过渡到一种艺术的聚会。汉代大文学家蔡邕是这样解释修禊的：

论语"暮春者，春服既成，冠者五六人，童子六七人，浴乎沂，风乎舞雩，咏而归"。自上及下，古有此礼。今三月上巳，祓禊于水滨，盖出于此。

由此可知，修禊的活动，只能在水边进行。在汉代，修禊日定在每年的旧历三月初三。这个时候正值清明。大地上水汽氤氲，万物昭苏，垄上的桃花、坡上的梨花，红得灿烂，白得炽烈。此时，男男女女相会于水滨，谁能不说是赏心乐事呢？

宗教与祭祀，往往是产生艺术的温床。兰亭修禊，便是一次艺术的盛宴。晋代的王羲之，在永和九年的修禊日，邀请好友谢安、孙绰等四十二人，在绍兴的兰亭举行修禊。这些性情率真的艺术家们，在兰亭边上，引曲水以流觞，饮美酒而吟唱。这次集会，共产生了三十七首诗，并结为《兰亭集》。王羲之为之作序。他潇洒挥笔，烟云满纸。他哪里知道，这不经意的一次翰墨，竟完成了前无古人、后无来者的中国第一行书，为人间留下了一件空前绝后的书法艺术的瑰宝。

从兰亭开始，修禊这一单纯的祭祀活动开始转向了艺术。中国的文人是一个可爱的群体，他们放纵心灵，提倡优雅的生活。他们有能力将宗教与艺术合二为一。兰亭修禊是这方面的典范。继兰亭修禊之后，最值得后人称道的，便是虹桥修禊了。

二

如今，虹桥是瘦西湖景区的入口。在漫长的历史中，这里的地形水脉屡有变化。在唐代，这里叫保障湖，是南北运河的主航道。不过，那时扬州人不称运河，而叫官河。到了北宋时，这一段官河已成为扬州城的西护城河。当时河上建有九座桥。南宋时，扬州成为抗击金兵南侵的前线。为了防御的安全，河上的九座桥全被拆毁，只留西城门前的一座木吊桥。进入明朝后，扬州城的城区缩小，架设虹桥的这一片土地已成为野鸭成群、芦荻萧萧的荒郊。

明朝末年，大约出于野航交通的考虑，有人又在这里建桥。或许，这里是北宋那九座桥的遗址之一，只是年代久远，那九座桥的名字已无从考证了，但是护城河却一直不曾消失。今天的扬州人，从冶春茶社近前的御码头出发，乘舟钻过虹桥进入瘦西湖，这一段河流仍是护城河。虹桥的建设选址，便在河与湖的衔接处。

明末崇祯年间建于此处的桥，是一座木板桥。它有四层桥桩，每层又各有四根立柱。桥板也有六层，每层有四块板平铺，为防止滑动，有铁钯连接。桥两侧，装有木雕护栏，都漆成红色，远远看去，像是一道宛转的红霞，故这座木板桥被取名为红桥。

从图制来看，这座红桥应该是三百八十多年前的一座木制的立交桥，它曲折逶迤、参差有致，以至有诗人称赞它是"九曲红桥"。

木质的红桥又是何时变成石质的虹桥呢？

1736年，即大清乾隆元年，由寓居扬州的歙县郎中黄履昂出资，将这座木板桥改为石拱桥。因石拱弯月如虹，故红桥变成了虹桥。

但在虹桥改建的七十四年前，即康熙元年，修禊的故事便在这桥上发生。准确地说，应该是红桥修禊，而非虹桥修禊。

兰亭修禊的主持人是王羲之。红桥修禊的主持人也姓王，叫王士祯。

王士祯别号渔洋山人，同王羲之一样，他也是一位官员出身的诗人。在中国古代，官人与商人很少合一。但大量的艺术家如诗人、画家、书法家、戏剧家、音乐家等，莫不都寄身官场。所以，透过文坛的盛事往往可以探测风俗的变迁与吏治的清浊。

王士祯担任的职务是扬州推官，他的职责是主持司法工作。史书上记载他"昼了公事，夜接词人"。白天在衙门里认真处理公务，晚上回到家中与朋友一起吟诗作赋，这显然是一种非常愉快的生活。

在康熙元年（1662）的三月初三，王士祯邀请扬州城中的一些名士来到红桥修禊。王先生首先开笔，写了《浣溪沙·红桥怀古》三首。这里录第一首：

北郭清溪一带流，红桥风物眼中秋，绿杨城郭是扬州。

西望雷塘何处是？香魂冷落使人愁，淡烟芳草旧迷楼。

王士祯的诗词清新灵动、缠绵婉约。这样一种风格，非常契合扬州的典雅。同曲折小巷里那些弹筝的淑女一样，拂弦时总是流溢着一种灵气，顾盼间总是显露出一份温婉。

王士祯眼中的红桥风物是什么呢？是画船簇拥的迷离城郭，是花鸟掩映的依依杨柳。多少年之后，一直到今天，"绿杨城郭是扬州"这句话，始终成为扬州的生动写照。

比之一千多年前的兰亭修禊，王士祯主持的红桥修禊，更贴近了世俗，因此，也更有娱乐性。据说，参加修禊的诗人，在红桥边上大开游宴，在饮酒时，进行一种类似"击鼓传花"的游戏。席上放一枝桃花，当铜钵响起时，诗人们便开始传递桃花；钵声停止时，花在谁的手上，这个人就得离席即兴赋诗。

通常之下，这种游戏之作，很难产生佳句，但参加修禊的名士，多半是名噪一时的才子，都像曹子建那样，有七步成诗的捷才。如自称为红豆词人的吴绮，当桃花传到他的手上，他立即吟出一首：

城北风光绝点尘，垂杨个个斗腰身。
榆钱飞尽荷钱出，买断扬州十里春。

用瘦西湖上嫩翠团团的荷钱，来买断扬州的十里春色，诗人的想象不但奇特，而且贴切。因为诗人，红桥成为烟花三月扬州城中最美丽的景色。

三

几乎从一开始，我们就可以看出，红桥修禊同传统的祭祀毫无关系，它只是诗人们的一次盛会。自王士禛倡导红桥修禊的乐事，从此相沿成俗，成为扬州一年一度的诗人节。

我们曾读到这样的诗句：

广陵最好题诗处，红板长桥卖酒家。
不要缠头要小令，因他听熟后庭花。

因为诗人的盛会，红桥不再只是一座渡水的长桥，而是变成了一处集宴饮、娱乐、商贸、游憩于一身的度假胜地。今人讲"文化搭台，经济唱戏"，三百多年前的扬州就已经这样做了。只不过，文人绝不是当一个可有可无的配角，而是依靠他们的才情魅力，吸引了远近游人，从而带动了商业的繁华与发展。艺术与商业的联姻，红桥修禊是一个典范。

当木板桥改成石拱桥后，新一轮的虹桥修禊有了更大的规模，参加者也不仅仅局限于扬州地方上的名士，它吸引了全国各地的诗人前来赴会。据说，人数最多的时候达到数千人，桥之侧、水之滨、画舫中、酒楼上，到处都是躬逢其盛的诗人。当某位诗人站在虹桥上大声吟诵他的新作，所有的人都侧耳倾听，随后报以热烈的掌声。"诗人兴会更无前"，毛泽东的这一句感叹，移到此间来赞颂虹桥上的诗人节，可谓十分贴切。

一年一度的春花，因虹桥而灿烂；一年一度的芳草，因诗人而妩媚。到了乾隆三年，扬州的一帮诗人，觉得一年一度的阳春三月的虹桥修禊还不能让他们的诗情得到完全的宣泄，便倡议在每年的金秋十月再举行一次修禊活动。于是，虹桥上又多了一次秋禊。

当秋禊举办到第三届时，来自杭州的诗人汪沆与二三友好一起扁舟载酒，过虹桥入保障湖，眼见桂子三秋的花光月色、红蓼青萍，即兴写下了《虹桥秋禊词》：

> 垂杨不断接残芜，雁齿虹桥俨画图。
> 也是销金一锅子，故应唤作瘦西湖。

因为浓之又浓的富贵气，西湖被人称为销金锅子。在西湖边长大的汪沆，将西湖与这眼前的保障湖作一番比较，认为这保障湖除了比西湖纤瘦一点外，其富贵、其婉约、其景致、其风光，两湖相差无几。

由于汪沆的这一首诗，被叫了八百多年的保障湖，一夜之间便成了瘦西湖。时下中国，地名更改得不少，如汉中的宁羌县改成宁强县，安徽的屯溪市改为黄山市、湖北的蒲圻县改为赤壁市，总感到失了原有的意蕴，不像这瘦西湖，可谓道尽了韵致，也道尽了风流。

在汪沆之后，诗、书、画三绝的卓越艺术家郑板桥，也参加了好几次虹桥修禊。对扬州的风俗，他有两句诗非常贴切："千家有女先教曲，十里栽花算种田。"没有这样把音乐与花卉看成是生计的居民，便没有扬州这样一座城市；没有扬州这样一座城市，便不可能吸引全国各地的诗人；没有那么多一流的诗人参与，虹桥修禊也绝不可能成为坚持二百多年的盛事。

细细数来，参加虹桥修禊的诗人不下万人。自康熙到清末两百年间的域内名士，上至君王宰相，下至禅师优伶，都为虹桥留下了他们的歌吟。清朝初年的大戏剧家孔尚任，为红桥写诗达二十五首之多。同王士祯一样，这位孔子的六十四代裔孙，可谓对虹桥情有独钟。他为虹桥写的第一首诗叫《泛舟红桥叹春》：

> 船船争渡水西东，画意亭台看不同。
> 丝柳仍存萤苑绿，板桥全为酒旗红。
> 人随舞社匆忙燕，歌趁吹花次第风。
> 都笑使君尘满面，轻衫也入冶游中。

孔尚任写尽了红桥游人的世态，诗意的生活离不开笙歌，离不开酒旗，而这一切，都在红桥的两岸徐徐展开。

四

因为乾隆皇帝的南巡，虹桥迎来了它最大的发展机遇。1751年，为迎接已当了十六年皇帝的乾隆首次南下，扬州城中最富有的政府机构两淮巡盐御史衙门牵头，扩建虹桥，并在桥上建亭以蔽风雨，桥边也建起了金碧辉煌的修禊楼。竣工之后，虹桥便被称作大虹桥。当时寓居扬州的著名文人吴绮在《扬州鼓吹词序》中这样描述焕然一新的大虹桥：

> 朱栏数丈，远通两岸。彩虹卧波，丹蛟接水，不足以喻。而荷香柳

色，曲槛雕楹，鳞次环绕，绵亘十余里。春秋之交，繁弦急管，金勒画船，掩映出没于其间，诚一郡之丽观也。

从这段记述来看，大虹桥不但是扬州最为壮丽的石拱桥，同时也是18世纪中国最美丽的桥梁了。而且，因为乾隆皇帝的到来，虹桥修禊的活动也被推向了高潮。

据说，乾隆的游船到达虹桥时，只见桥上有一位乞丐手执长竿，竿头上挑着一只布袋。一边在桥上徘徊，一边喃喃自语。乾隆好奇，便问陪侍的当地官员，此人在做什么。侍官回答："此人是一名乞丐，专在河边吟诗乞讨。"乾隆听罢，顿时来了兴趣，遂舍舟登岸，步上大虹桥，要求乞丐当面吟诗一首。乞丐不慌不忙，随口吟出一首七绝：

烟花三月风流在，一代明君过虹桥。
锦缆徐牵菱镜里，落霞贫贱照天烧。

乾隆皇帝听罢，不免感叹："扬州城真是了不得呀，连乞丐都是诗人。"回到船上，受了乞丐的影响，他也写了一首名为《虹桥》的诗：

绿波春水饮长虹，锦缆徐牵碧镜中。
真在横披图里过，平山迎面送香风。

虹桥真是有幸，同一天里，一位地位极卑的乞丐与一位权势至尊的皇帝同时为它赋诗，虹桥修禊的盛举，再也不仅仅是文人圈子里的雅事了。

乾隆皇帝六下江南，每次都会驻跸扬州，尽情流连。当然，虹桥也是他每次必到之处。每次在扬州逗留期间，乾隆皇帝都诗情高涨，到任何一个景点，他都会写诗。六次南巡，他为扬州写了二百一十四首诗。

仅从数量上说，他是中国历史上为扬州写诗最多的诗人。至今，扬州城内，还留有多处乾隆皇帝的御制诗碑。

乞丐与皇帝，将虹桥修禊的故事推向了顶点。两百年间，诗人们参加修禊活动，为虹桥留下的诗，不下七千余首，为中国的诗歌史留下辉煌而灿烂的一页。如今，在世界范围内，大凡崇尚心灵生活的国家，都会有诗歌节，但是可以肯定地说，任何一个国家的诗歌节，都不会像扬州的虹桥修禊这样令人心旷神怡。在两百多年间的春花秋月中，数以千计的诗人，向世人展现了诗歌的动人心弦的魅力。古老民族的典雅与浪漫，在一座石拱桥上，得到了完美的体现。

遗憾的是，乾隆皇帝走过的那一座大虹桥，在清朝末年太平军与官军的战争中，遭到了极大的损坏。而虹桥修禊的雅事，也在1937年日寇侵略扬州之后而彻底地停止。曲终人散，灵魂的乐园、艺术的神殿无可奈何地关上了它的大门。

没有了修禊的活动，虹桥也遭到了冷落。后来几次坍塌，几次重修，但都是单孔石桥，无复当年的恢宏了。1973年，扬州市政建设部门拓宽桥面，延长桥身，拉平坡度，将单孔的虹桥再次改建为三孔拱券结构桥，使虹桥比过去更实用了，桥面上可以通行汽车。但是桥面不再是半圆的虹，它向人传导的美感，已不像当年那样强烈，那样具有神话般的美好的象征。

有人说，通过了解废墟，我们进入到历史深处，但虹桥不是废墟，它只是改变了模样。真正的遗憾在于，发生在虹桥上的修禊，即诗人们的狂欢节已经消失了近一个世纪。因为这个盛会的消失，扬州的风格化的生活，便有了一些缺损。我想，不会让世界等待太久的时间，作为文人标志的虹桥，一定会让诗歌的烟花再度喷涌。

原载《十月》2012年第1期

二十三年进澳门

任芙康

写下这个题目，有些感慨，又有些气馁。从初次靠近澳门，到终获其门而入，光阴悠悠，竟有二十三载的蹉跎。而世上不少人，生来好福气，想去哪里，抬脚就走，方便如上外婆家，那是何等逍遥。

1988年，三月下旬，借南下办事，怀着对澳门的好奇，我走进陌生的珠海。这先前数十年的澳门形象，经由种种渲染，早有妖魔化的定格。诸如横财涌动的大赌城，杀手弹跳的集散地，间谍出没的桥头堡……我这人本不信"邪"，可停留的三四天里，时而细雨，时而薄雾，看似伸手可触的澳门，加倍幻化成一团缥缈莫测的意象。怅然北归途中，我一路不甘，想着择时再来。

此后漫长岁月，屈指一算，珠海行旅至少十回以上。此地的朋友，已习惯迁就我的"爱好"，回回变地方，引我翘首望澳门。前年年底，又有新发现，呼朋引类上了横琴岛。一水之隔的那头，寂寥的房与树，稀落的人与车，活灵灵一幅乡野画。澳门于我，始终高城深池，闭门谢客，除了无望的眺望，便是无尽的猜想。遂在人生体验中，放眼五湖四海，让我痛感咫尺天涯的地方，唯有澳门。

今年三月，也是下旬的一天，凑巧足月足日，成了二十三年的整数。一个不期而遇的时辰，我成功穿越拱北海关，跨进澳门的门槛儿。头天晚上，珠海朋友为我饯行。在座都是澳门常客，个个语重心长："一块弹丸之地，亮点就是赌场。大三巴之类景点嘛，倒也值得一看。如果不好玩，心灵别受伤。"

赌场既是亮点，且先奔光亮而去。进了永利，进了新葡京，进了米高梅，其格局、氛围的高档与豪华，并不稀奇，皆似美国的拉斯维加斯、大西洋城和马来西亚的云顶。若干年前，我先后有过这几地的观光，但一概只怀领略之心，只当惊鸿一瞥，只作到此一游。如今赌场所见，高科技的应用，已胜过当年。单看老虎机，不再直接玩弄硬币，充满灵性的彩色数码，嗖嗖上蹿或哗哗下跳，便荡漾开赌客的惊喜或沮丧。同行的出版界朋友劝我一试："假如……运气来了呢……""朝老虎机讨钱，如同向你们出版社要版税，与虎谋皮，枉费心机。"虽系玩笑，但未说出口的，另有原因。普天之下，最了解我的人，就是我本人，尤其对自己心理之脆弱，已达洞察的程度。染指博彩勾当，万一天上掉馅饼，祖传贫汉，忽成富翁，定然消受不起。为根除乐极生悲，我对一切含有运气属性的理财（如股票、基金、彩票之类），向来敬而远之。

赌场里弥漫着欲望，大街上洋溢着时尚，当地人犹疑着目光，天下赌坛重镇，莫不如此。但澳门奇特，迥异于别处的，恰是澳门人的面相。无与伦比的平和与礼数，就在内地不少偏远土气而又自诩民风淳朴的小镇，也是难得一见了。

澳门的显赫，不言而喻。五大洲的赌客、游客，如过江之鲫，带给澳门昼夜不息的穿梭。大凡依托旅游而富甲天下的地方，往往成为声色犬马的势利所在，但澳门鹤立鸡群。不管你飞蛾扑火破了产，还是你祖坟冒烟发了财，抑或你千里万里，仅仅来尝尝美食，转转街景，购购礼品，皆一视同仁受到善待，都是澳门的"施主"，都是效劳的对象，都是尊敬的宾客。于是在酒店，在茶楼，在商铺，在街心花园的凉亭，在闹市区随便一个路口，只要与本地人有多多少少的交道，都会让人疑惑，这是曾经耳熟能详的澳门吗？

与香港人的自信与强势相比，澳门人轻柔的话语，平视的眉眼，甚至带点"软弱"的气质，更让人接受与喜欢。在我们思辨成性的脑子里，总爱泛滥拙劣的猜度，数百年华洋杂处、磨难频仍，一定免不了人性的扭曲呀，免不了文明的冲突呀，免不了族群的分裂呀。当你去了充满人文气息的郑家大屋，去了典雅清幽的岗顶前地，去了中西合璧的大三巴牌坊，去了澳门的坐标建筑东望洋灯塔，去了荟萃多元文化的澳门博物馆，甚至去了整洁完好的基督教旧坟场，你不能不折服于澳门人罕见的坚忍、宽和与智慧。一边是车水马龙、灯红酒绿，一边是凡尘无边、寻常岁月，人们在骨子里达成了彼此的磨合，在心理上找到了相互的照应，遂能于灿烂与平淡之间、奢华与素朴之间，自自然然地完成应有的平衡、过渡与衔接，从而过着合乎自身节奏的日子。

得朋友推荐，用一段完整的时间，走进何东图书馆。前后院青绿的树，三层楼成架的书，每间屋读书的人，先就叫人移步不敢响，呼吸不敢重。室内与户外阅览区、少儿阅览区、多媒体视听区、图书及音像资料借阅区、自修区……走过标识清晰的一个个座无虚席的场所，如入无人之境。面对从未见过的静默，受到一种无声的撼击，这是我平生初遇的最像图书馆的图书馆。在一个门口，迎面出来一位中年男子，主动朝我一笑，又致轻声问候。我心下甚喜，冒昧邀他休憩区小坐。相谈之下，知他从业导游，自中学开始，每有闲暇，便来读书。他说这里的好，就是让你的心特别地静。"你坚持读书，是工作需要吗？"他似有羞涩："不是啦，只算一种嗜好啦。"我品味"嗜好"二字，不由妄加揣测，这里的读者，大约多如眼前导游，无不繁忙至极而又晓得暂停奔波。他们需要与高速旋转的斑驳现实，作适时适度的疏离，为自己的心，留一块空，好存放超然物外的诗行与童话。

意犹未尽，依照一份澳门公共图书馆分布的简介，我偕友同行，坐上计程车，奔向澳门最南的路环。在一条叫"十月初五马路"的中端，找到了全澳最小的公共图书馆。一座今年刚好百岁高龄的葡式建筑里，仅有二十来个阅览座位。该馆平日下午对外，我们去时恰逢开放。服务台前的管理员，以微笑表示欢迎。右侧阅览室内，坐着十几位读者，有人似乎觉出异样，抬头望来。我们赶紧转身，再由管理员的微笑目送出门。身上铺满夕阳的光泽，在图书馆外的木椅上，我们坐了很久。谈及澳门人的读书，已成一种习惯，不动声色，融汇于日常，令人心向往之。想想内地许多城市，将"文化"之牌，打到翻云覆雨，甚而设定专事读书的节日，每到某月某天，便聚拢一群不读书的人，吹吹打打，喊些读书的口号。如此"读书"，早与读书无关，只是一种表态，一种景致，一种行为艺术。可悲在于，大家习以为常，已然见怪不怪。

造访路环翌日，又巧遇"澳门中学生读后感征文比赛"揭晓。此项活动，一年一度，已坚持一十六届，颁奖典礼假座造型奇异的澳门科学馆。名流耀眼的会场里，我属意的全是那些上台领奖的孩子。他们无论男生女生，无论高矮胖瘦，都一样的腼腆，一样的纯朴，一样的谦恭。再读他们的文章，只看选题，就了然并非整齐划一的布置。他们读政治、读哲学、读历史、读文学，各有各的爱好，各有各的视角，读出了爱国爱家的善良，读出了天高地远的境界。我似乎豁然省悟，后生们实在了得，为我们验证了澳门人"知书达礼"的逻辑顺序。欲求"达礼"之社会，必先具"知书"之基础。一个传承书香气韵、文脉畅达的地方，定能让现代化的演进如虎添翼。

当夜难眠，卧床翻书。读到文化人吴志良先生一篇文章，文中告诚："澳门是一座难以读懂读透的城市。"吴先生早年移居澳门，深谙澳门，尚有斯言，让人一震，对此地顿生敬畏之心。芙康与澳门，虽不沾亲，却算带故，这个"故"，就是累积的惦念。此番澳门之行，令人欣慰不已，饱经沧桑的东方明珠，值得我二十三年的眺望，亦未负我二十三年的猜想。

原载《文学自由法》2012年第1期

上海的半空

张定浩

半　空

因为无法沟通，传说中的巴别塔没有造好，其实也并没有夷为平地，它停留在半空的废墟，慢慢变成了我们的大都市。

我想谈谈上海的半空，并思考一下那些白天黑夜身处半空的人，假若所有高楼的墙面都在瞬间透明，所有的高架桥梁都突然隐形，我们会看到超过一半的上海人，在半空中行走坐立，一些人走在另一些人的头顶上，而这些人的头顶上还有另一些人。有时他们还会相互跨越，踩踏，或者拥抱，但他们的眼泪和笑声都飘落不到地面，就已被吹散。

我在上海的第一份工作，地点是在福州路书城的14楼。单位里有个乒乓房，兼作休息室，大落地窗朝西，几个沙发随意放置，下午有很好的阳光，并能看到日落。我没事的时候喜欢溜过来抽根烟。在人民广场一带，14楼不算高，外面则是另一片没什么看头的高楼，当然它们都不是透明的，所以没什么看头。在下方，沿着广东路一直到西藏中路这段，有一片老式的低矮的上海民居群，无论晴天或雨天，我的视线总是最后落在它上面。那起伏有致的屋顶像一片暗红色的波浪，偶尔有一只白鸽掠过，让人凭空会去想象，那一片暗红屋瓦下它的主人，正在做些什么？

写字楼里，往往是吸烟室风景最好，因为需要真正的视窗。比如我有一次有事去朋友的办公室，他在忙，告诉我顶层15楼有个小吸烟室，我上去一看，真是个好地方。几平方米的斗室搁着一张小圆桌和两把椅子，虽然逼仄，但坐在那里抬眼就可以见到下面和平公园的绿地，有蓬勃的树，平展的草地，还有一些运动的人，我从高空俯视他们，不再觉得这斗室的局促，就像我夜晚坐在楼宇间的空地仰望星月。风呼啸地吹进眼睛。

有一年，我在汉中路的10楼上班。有时会从格子间里跑出去放一会风，站在电梯口一旁的北窗向外望，除了没有名字的高楼外，唯一生动的，是对面的一个大汽车站。每天进进出出的人和车很多，不过即便只是从十楼的高度望下去，那停车场竟如儿时的天井，那些大巴士就是玩具汽车，而那些进进出出的人呢，仿佛是来自另一个国度——利立普特国，也就是《格列佛游记》普及版里的小人国。我不用去作遥远而艰辛的旅行，每天在高楼上就可以看到那些利立普特人，遂想着，等自己下班走在这街上，也会成为另一些看客眼中的利立普特人。

我想谈谈上海的半空，并思考一下那些乘高速电梯直上东方明珠、金茂大厦旋转餐厅抑或环球金融大厦顶层的人们，以及在温暖的春日身处锦江乐园摩天轮里相互亲昵的人们，还有那些在冬天一点点退守至屋檐楼顶的雪。在上海的半空，他们如何浮现又消失。

某次，搭一个艺术活动的便车，和一个远道而来的老友在外滩三号7楼顶层餐厅的阳台上说话。周围很热闹，手上餐盘里盛着各式美食的服务员四下游走，但她视若无睹，并对我说，这些东西都不好吃，她同时视若无睹的，还有对面巨大到绚烂的广告牌和暗黑色的河流一起构成的、让这些上海半空中的用餐之所以成为一种奢华的，所谓夜景。

忘记是在哪本小说里，有个人说要去看夜景，另一个人就觉得很奇怪，你去的地方连一点光亮都没有，看什么夜景呢？那个人说，夜景，不就是夜的景色吗？

后　门

上海如今时常被称作魔都，这样的称谓虽带有上世纪前半叶新感觉派的旧痕，但也确可印证此时此刻的种种现实，只是我总记得卡尔维诺在《看不见的城市》书末的话："在地狱中寻找非地狱的人和物，学会辨别他们，使他们存在下去，赋予他们空间。"

我学校毕业后有好几年的时间，都租住在复旦大学后门外运光新村一带。在各种以"豪园""都城""名苑"为名的高档小区出现之前，新村，这种为解决工人居住问题而大规模兴建的五至六层连排水泥住宅，曾是上海人在上世纪后半叶最普遍的生活形态，也是上海作为一个工业重镇的最大遗迹。如今，虽然昔日的工厂大规模地消失或搬迁，但很多的新村依旧顽固地存活着，它周边几十年来慢慢生长出的成熟配套生活环境和相对低廉的租房价格，庇护着那些渐渐老去的原住民以及很多无力购房的外来户。

我起初是和几个原本就同寝室的好友合租，一起生火做饭，喝酒打牌，那感觉好像延期毕业一般；后来就慢慢分开了住，但都还在这一带。东西向的巴林路、运光路，南北向的辉河路、伊敏河路，构成一个四方形，10分钟就可走完一圈，我们就散落在这个小小的圈子内，忙时沉寂，闲时走动。这里的小区绿化都不错，夏天时蝉鸣如雨，小区里有本地居民看见我们拿着一端套着塑料袋的长竹竿威武地在树下逡巡，便问我们在做什么，答曰抓知了，又问，抓知了干什么？我那个山东同学白了他一眼，义正词严地说了一个字：吃。

骑个自行车，要逛书店的话，就往北，几分钟后穿过复旦南区，国权路、国年路一带的学术书店、打折书店还有旧书店比比皆是，直至如今，我依旧觉得，没有书店可逛的居处是荒凉的，而当时的我们生活在一片繁华地。往南，穿过中山北路的内环高架线，也就几分钟，到了同济大学本部，那里有一片最热闹的足球场，不大的一块人工草皮，被书包和矿泉水瓶摆成的小门切割成五六块小场，每个下午都人声鼎沸，球友不分校内校外，因为场地小，大家都只好走技术流路线，螺蛳壳里做道场，倒也非常海派。复旦这些年大兴土木，连一块能够踢球的空地都容不下，于是，同济的那块球场更显珍贵。

我是在搬离运光路之后，偶然回去看朋友，才蓦然惊觉曾在一片暧昧之地住过这么久。短短几百米的小马路上散落着六七家足浴店和洗头房，那些外乡女孩子在夜色里安安静静地坐在玫红色的玻璃门内，与周围的五金杂货店、小饭店、花店以及便利店，与那些陈旧的方块水泥住宅楼怪异地融为一体，如同人间深河，收藏一切的悸动。

复旦大学正门外的邯郸路，这些年已经像被"面目全非脚"踢过一般，而后门外的生活，一直没有什么变化，像是有"还我漂漂拳"的保护。蝉鸣依旧，书店依旧，球场依旧，洗头房和小饭店依旧。只是当年一起住在这里的我们，如今都已纷纷离去，一直坚守的那个曾在夏天抓知了来吃的朋友，前阵子也在遥远的宝山买了房。

当最后一个朋友离开这里，我们便不再有什么理由回来，后门外，就会真正成为一种散乱记忆的汇聚所，而不再是看待世界的出发点。

马　路

我住在张江已经好几年了。世博会之前，张江高科是地铁二号线东向最后一站，之前一站是龙阳路，过了龙阳路地铁就渐渐由地下升至半空，视野也一下子明亮起来，越过一大片荒凉的田地和破败的房屋，地铁尽头掩映在绿色中的张江就像一块安静的飞地。

说是尽头，又不准确。这从张江高科站外的地面看得比较清楚，那轻轨在张江高科站之后其实又在半空延伸了一小段，还跨过一条小马路，然后戛然而止，像断掉一样。好像小孩子画图，画了一大半，但一下子没有想好怎么收笔，索性就先放在那里，玩别的去了。我每次下班坐地铁到张江的时候，总有一种幻想，想它假如刹车失灵停不下来的话，会不会径直地从那个断口冲出去。

在张江高科还是终始点站的很长一段时间里，下班时间企图从这里下车是一件颇苦恼的事。因为每扇门前已经挤满了企图抢到起点站空座以便可以坐着回家的张江男，你如果还要坚持先下后上的习俗，那么对不起，你会在门口遇到一堵由张江男组成的黑色人墙，他们会理直气壮地把你重新挤回车内，并且告诉你根据堆栈溢出理论推演，搭乘地铁当然应该先上后下。

吃了几次苦头，我就变聪明了。以后下班再坐地铁回张江，车门打开后，我就坐在位子上按兵不动，等到进出的人潮厮杀完毕，那些挤不过人的女孩子拉着吊环扶手，看着满是人头人脚的车厢很愁闷时，我再起身下车，把座位让给其中的一位，那感觉仿佛圣诞老人一般。

飘风不终朝，骤雨不终日，在上下班的充满理性的汹涌人潮过去之后，张江的马路，也许是整个上海最爽朗明媚的马路。

张江的马路多以科学家命名，要知道一条路的走向，单看名字就可以晓得，中国名字的是东西向，如祖冲之路、李时珍路、张衡路；老外名字的是南北向，如高斯路、牛顿路、伽利略路。马路都很宽阔，更宽阔的是路旁的绿化带。在主干道祖冲之路的两侧，有些绿化带约莫有四五十米宽，并且层次丰富，在行道树和低矮灌木的后面，每每是大片草地及各种花树，掩映着诸多园区和学校。在这样的路上行走是一件惬意的事，不会被各色烟气、噪音以及迎面而来的人流所打扰，不过，习惯于三五步就有一个便利店的上海人，到这里也会极不适应，假如炎炎夏日你走到这里忽然想买瓶水，很可能走过几条马路都不能如愿。

因为没有什么店铺，张江的马路不适合都市人停留驻足，也不能给人留下什么特别的印象，比如食客提到阿娘面馆就会想到思南路，文青提到渡口书店会记起巨鹿路，类似这样的荣幸不属于张江的马路，号称做得出上海最好吃的蓝莓芝士的甜品店虽然张江也有，却是被困在美食广场里面，不能被路人甲偶然邂逅。

我有印象的马路，只是我每天都要经过的路。从我住的小区出来，沿着一条小马路步行到张江高科地铁站，大概要一刻钟。在二号线延伸段开通之前，我每天上下班都要在这条路上走，路上很安静，却有一种贵气，因为旁边坐落着华师大二附中，那是上海最好的几所中学之一，它的围栏内侧是一片密集的竹林，时常有野猫的踪迹。路旁还有一个幼儿园，可以透过栅栏看到里面的滑梯。春天的时候，走着走着会见到一大片野草地似的地方突然开出华丽的鸢尾，秋天的时候呢，可以见到路旁别墅区里的大树上挂满了柚子，是无人问津的寂寞样子。

路的另一侧，本来是一大片被围墙圈起来的荒地，据说已经冷落了许久，从缺口处可以见到里面呼啦啦疯长的野草，晚上经过的时候还有一种萧瑟。但这两年，整个张江的造房运动也已经悄然展开了，也许未来的某一天，张江的马路旁也会遍布店铺，趁这一天还未到来之际，我先写下这些。

地　铁

我要说的，是上海的地铁，不是北京，也不是成都。前者过于衰老，总会招致沮丧；后者过于年轻，容易引发狂欢。我要说的地铁，是时值盛年的上海地铁。

在上海这样一个地方行走，或者从外地刚刚回来，看见地铁的标志，你就会觉得安心，如同见到24小时便利店一般，又仿佛在大海中见到灯塔。即便有车一族，在上海这个地方，也无法保证不误了你的饭局。无法像坐在地铁里的人那样，自由和飞快地穿行于地下和半空，在迷宫般的世界里，唯有他们对目的地和时间都拥有清晰的预判。

虽然尤瑟纳尔曾经把地铁比作冥河，虽然每个人似乎都会背诵庞德的诗篇，"人群中这些面孔幽灵一般显现／湿漉漉黑色枝条上的许多花瓣"，但我们要知道那是上世纪初的巴黎，电力还不充足，也许还是瓦数不高的老式白炽灯，摇摇晃晃，没有中央空调，只有从黑暗深处蹿出来的风，也许还有老鼠。但在新世纪的上海，在这样一个被华东电网乃至全国电网重点保护的都市，所谓阴暗和幽灵其实只生长于地上，生长于每一座高楼的背面，为它们所灌溉，而在地下，总是四季如春，灯光明媚。

这里是散播小广告者的天堂，他们三五成群呼啸而过，那些小广告名片在他们身后慢慢降落，覆盖在我们身上；这里是流浪歌手的天堂，他们很多是在地铁通道出口处，抱着吉他腼腆和骄傲，有时他们也会鼓足勇气闯进地铁车厢。我就见到过这样的一对歌手，也许是夫妻，也许是情人，总之，他们在我握着地铁车厢扶手摇摇晃晃最沮丧难过的时刻，忽然走进来，带着大功率音响和吉他，开始歌唱新年快乐。对我而言，那是一个非常诡异的瞬间，我看着他们，男的已是中年，其貌不扬，但唱歌的时候整个脸忽然就亮了起来，女的看着柔弱，似乎只是伴唱和收钱的配角，但当她最后独唱一曲的时候，你知道这歌声只能出自一个强悍的灵魂。在他们留下的歌声中，我并没有就此快乐，却仍觉得深深的安慰。

在这些偶然的插曲之外，裹挟地铁的是无聊，而最需要安置的不是双足，是目光和时间。但现在有很多高科技帮助解决这个问题，比较内敛的，通过手机或电子阅读器看小说，比较自我的，用PSP打游戏或看电影，更嚣张一点呢，则用iPad或笔记本打游戏，当然，前提是他拥有一个座位。更勇敢一点的，是去观看他人，比如我有一个朋友，就喜欢在车厢里画速写。那么多的人，一动不动又各具姿态地坐在那里，还不收费，尤其在那些非高峰时间段里，地铁里并不拥挤，甚至宽敞明亮，我的朋友就坐在那里，手里拿着速写本，不动声色地观察着变幻的面孔，那幸福的感觉，好像置身于图书馆。

当然，我大多时候只是对着车厢玻璃照照镜子，抑或低头看看书报。除非有什么超现实可以围观。就像有一次，我身旁坐了一位魔方男孩，他娴熟地将四乘四的魔方玩出六面，然后再飞快地拆散，然后再玩出六面，仿佛只是在做一个最不动头脑的机械活，我在看书，也能感觉到整个车厢的目光都集中在那块几乎都要被折腾散架的魔方上。还有一回，我身边坐了一个中年女人，手上捧着一本赞美诗，我起初以为她在默读，后来才听到她是在歌唱，只是那歌声低微，只有我听见。

我会在无意间，搜集一些这样的时刻，仿佛观看吕克·贝松的电影，从而明白所谓浪漫、温柔乃至热情这样的东西，即便在没有阳光的地方，也是可以发生的。比如说很多年后我还可以回忆，有一回我们曾并肩坐在地铁上，都没有说话。

院　子

外面的雪下得真好看，尤其从我现在身处的二楼阳台看出去。

看出去其实是一个院子，在上海这里，算挺大的。院子里有一大块草地，前阵子刚刚翻过土，细小的衰草被一律掉转脸庞，俯向泥土，现在还有些湿土没有被雪覆盖，所以白一块黑一块。草地边有几棵小香樟，还绿着叶子，同样常绿的还有一株桂树，不过，香樟的绿和桂树不同，它的叶子并不是一直不落，只是要等春天新叶长成之后，才会悄悄脱落，所以给人以错觉。这错觉，是隶属于时间的，又让我想起博尔赫斯在谈论时间时引用过的话，一颗苹果要么还在树上，要么已经落地，并不存在一个中间状态，如同我们的生活，或者过去，或者还未来临，没有一个纯粹的现在。

　　没有一个纯粹的现在，这么想想，其实是挺好的，可以给人安慰，而同样可以安慰人的，是说我们的生活永远只有现在，就像香樟的树叶，就像我们的身体。

　　其实草地的对面还有一棵斜斜的银杏。小时做植物标本时就爱收集银杏叶，因它的形状太特别，几乎永远都不会和其他树叶混淆，又有化石的古意，显得很厉害的样子。我特别喜欢银杏叶在暮秋时的颜色，那几乎是一种婴儿般的嫩黄，或者鹅黄，这样的颜色大多属于春天，"沿街柳鹅黄，大地春已归"，但银杏就是能让秋日也沾染上赤子的气息。不过此刻是落雪的冬日，我并不想念其他。

　　那院子里的雪还是下着，细密又坚决，只是在快落地时略有惊慌，遂有些许翻腾，也只是瞬间的事。看久了，就如同电影胶片的快速倒带，那雪点竟是可以织成一片幕布的，因为背着街道的缘故，更显得无声无息，犹如默片。

　　这个可以静静承受落雪的院子，构成我日常生活和工作的一部分，而在上海，这样的机会其实并不多。在上海啊，有多少人家还有一个自己的院子呢。我只记得小时候曹杨八村的外公家是有一个院子的，我过年时来玩，和邻居家的小孩慢慢熟了，他在我外公家院子里埋下一个陶瓷小公鸡，说是送给我，但要等很多年后才能挖出来。我惴惴不安地答应了，不过等他一走，我记得自己还是迫不及待地偷偷掘出。很多年过去了，那个带院子的一室户早已转手，我的小朋友也没有再联络过，所以也许我是对的。

　　我把这个院子讲给你听，是因为你永远都不能和我一起站在这二楼的阳台上，看雪花的翩翩。

假　如

　　今天上班，在南京西路出站至地面的电梯上，有个人站在我前面，他那儿忽然掉了一个东西下来，就落在他站的那级电梯上，我看见是他手上抓着的雨伞柄，他把雨伞搁在电梯扶手上，这么左右一晃就蹭掉了。他也看见了，盯着看了一会儿，好像不知道那是什么，还用脚去踢了踢。随后我们都升至地面，他在我前面疾走而去，我看着那个蓝色伞柄很可怜地想跟着走，却被挡在电梯端口。我也走过去了。这时我看见前面那人要打开伞，愣了一下，这便匆匆往回走，从我身边擦过。我当时觉得这很可笑，后来走着走着却有些伤感。

于是想起一句歌词，"走过来坐在我的身旁"。我经常想起这句歌词，但不是每次都能想起它的调子，可最近好像能想起来的次数变多了，就一路哼着，也只会哼这么一句。

能想起来调子的原因呢，是因为我们家小姑娘。她有一个玩具，像个小房子，有很多方法玩，我们家小姑娘每种方法都会。其中有六七个琴键，每按一个，就会放一段电子音乐，我们家小姑娘最喜欢。她无聊的时候，就把小手指伸过去撅一下，然后音乐响起，虽然是很没有档次的midi音乐，我是不要听的，可她不挑剔，还贱兮兮地跟着节奏一动一动，身段特别好看，她要是会走路了的话，说不定还没有那么好看。

那天有个老仙女来我们家做客，她是说英语的，可把我累坏了，我一下子回到牙牙学语的年龄，一堆名词动词不讲语法地就往外直冒。还好有小姑娘在，我们就不用探讨艰深的话题。老仙女很会和小姑娘玩，一会用食指中指做爬行状，笃笃笃地爬到小姑娘身边，一会儿又玩盒子藏豆子的魔术（我们大人都是魔术师）。很快就和小姑娘熟了。熟了以后呢，小姑娘也要表示一下，就噌噌噌爬到玩具房子那里，撅了一个键，响起来的音乐，就是《red river valley》。老仙女听到很惊喜，当然了，这是她们英文系的歌，可是我们中文系现在也很popular这歌了，都进小学课本了。popular这个单词我还没忘记，就比画给她听，然后我们在这样popular的音乐中就很释然，虽然是midi。

走过来坐在我的身旁，这是一个多么崇高的理想。可以和奥德修斯的理想媲美——

个个挨次安座，面前的餐桌摆满了
各式食品肴馔，司酒把调好的蜜酒
从调缸里舀出给各人的酒杯一一斟满。

也很接近吹牛大王的理想——杯酒在手，高朋满座。我很久以前写过一首诗，虽然现在看起来其实不好，但当时写完以后激动了很久，第一次觉得自己是一个诗人。

假如时光倒流
假如我的赤足能溯向河的上游
假如昨日溅起的浪花
还未及沾上风沙的锈
啊　多好啊
假如
假如你们仍在岸边
围坐成一圈
冲我挥动红手绢

我知道总会有那么一天的。我会走过去，坐在你身旁。

原载《书城》2013年第9期

光禄古镇的如银秋夜

汤世杰

———————

一

回廊那会儿正渐渐暗了下来。头顶那方天空，原是湛蓝，渐成暗蓝，突转米灰，再由米灰到烟灰，到雅灰，到水洗黑；此刻又转成一片略略透明的幽蓝。而凝望那阵光影变幻的瞬间，头顶那方天空竟若一幅硕大丝绸，缓缓飘落小院，柔软、滑爽，似伸手便可盈握于拳，尔后放开，任其重归浩渺，倒依然柔滑可人，平整如初。

——是在光禄古镇，在古镇的张家大院，在张家大院的那道回廊。

长而幽暗的回廊上，唯我独坐，亦独享。

那是二楼。下面院子里，原先开着的那盏弱弱的灯，似也暗了下去，隐约一点微光，只让我的目光，正好能顺着四面回廊踽踽而行，如同白天走过的古镇那条回形街，任你怎么走也走不到尽头。目光就那么绕啊绕，直到绕出一片暮秋的古意。

独坐于斯，沉浸于四周那片幽冥，心中亦一片苍茫。说不清那番古意与苍茫，竟从何而来。月亮或还没升起。我是说，月亮那会儿或许还在山的后面，还没照进那个院子——就连那也全然只是想象，初到一地，我甚至都还没弄清方位，也不知晓那晚是不是真有月亮。只是猜想。更没想到光禄那晚的月色，后来竟有那样如银的璀璨。其时，我的眼中，甚至心里，只觉回廊空空，除了我自己，没有人。我是说，光禄古镇的那个老院子，老院子里的那个夜晚，那时竟都归我一人独享。

突然想到，哦，真够奢侈！"奢侈"这个词打心里冒出来时，我还真有点儿得意。一种足以向人炫耀的得意。可那到底是怎样一种奢侈，我还说不清。说奢侈至极，嫌空洞；说绝顶奢侈，太夸张。便反反复复地琢磨，说是奢侈，竟是一种怎样的奢侈呢？

那是幢很老很老的院子，老到檐沟草已有葳蕤的覆盖，老到柱础石早生出斑驳的苔痕，老到风可来住，鸟可来巢，老到我还没生，连我的父母，甚至父母的父母的父母都还没生，它就在那里。百年，甚至千年。层层叠叠地，沉淀下绵长时光，朝朝暮暮间，经受了日月磨洗，风雨浸淫。其间，偌大个世界，不知有过多少沧桑变故，那个小院倒依然还是小院。尽管，听说不久前也有过一次整修——它也实在太过苍老。于是很自然的，我想到了奢侈。有时，奢侈近乎豪华，而真正的奢侈又何止于豪华？豪华是物，奢侈是心。奢侈从来不是昂贵，无法以金银计之；而豪华，也从来不是排场，不是物的无度堆砌。我倾心的奢侈，恰恰是那样古老的清雅简静的纯粹。也不是说那晚那个院子里，只有我一个人。不是。是说真在那会儿静心享用那段时光的静雅与幽冥的，或唯我自己。古镇已恬然睡去，小院亦悠然入梦。而我，却独坐回廊，面对楼下那个任回廊四面环绕的天井，目瞪瞪地凝望，没心没肺地发呆。

其实我说的天井，亦非寻常意义上的天井。我是说，院子里确实有个天井，通常意义上的天井，除此还有一片真正的天，在头顶，一口真正的井，在院中。我是在这个层面上，说到"天—井"的——哦对不起，这话听上去似乎有点儿绕，但事情就是这样。天在我从回廊斜看出去的头顶，透明的幽蓝，深邃的纯净。而那口井，其实是看不到的，可它就在院子正中，上覆一方石板，厚厚的，随意，不规则，板面刻有棋盘，四周有几个鼓形石凳。真要看到那口古井，须预先挪开那方石头的棋盘。白天我曾想看看下面那口井，也试着两手一起用劲，移开那块石板，结果它纹丝不动，我只好作罢。历史很沉。往昔被封得很死，很深，也许就藏在那口井里。也好，那就别动，就让思绪去想象古井中那些幽凉的过往。

而此刻，凝望幽蓝天光下，那厚厚石板上似有似无的空荡荡的棋盘，我却仿佛正面对一盘棋局。不知是谁有幸，曾在那里捉对厮杀？那样的对弈，想想都叫人迷醉。楚河汉界，将帅象士，车马卒兵，满眼风烟，四方烽火，那是怎样一番潇洒的厮杀，无声的博弈？能坐在那里下棋的，如果不是仙人，也是脱俗的凡人，而四围的观棋者，或怎么都有些来头……其时其地，在凝神观局的间隙中，深藏于井的光禄的过往，那些活生生的历史，会否偶尔也打古井深处冒出来，从他们的眼前像一片云彩般地飘然掠过，甚至在他们心里久久地回荡？

不知道。

二

我就那样坐着。慢慢地，方觉寂静开始聚集，尔后涌来，从四面八方，从蛮荒，从远古；从秦，从汉，从唐，从宋；从南诏国，从大理国；从姚州，姚安府，涌来。思想到那里突然一惊：觉察到那种寂静，甚至说出那种寂静，会不会将那千古寂静毁于一旦？

而我面对的光禄的寂静，虽已苍老，倒历经百代沧桑，依然矍铄硬朗。一个老人，对天真无邪的孩子的惊扰，总是淡然以对的，断不会让稍许一点响动，便弄得一惊一乍。我的些许眼神和心思，不会惊动那个老院子的屋檐、窗棂上薄薄的岁月积尘，更别说古镇积淀的厚厚岁月。如是，当我说出"寂静"一词时，院子依然寂静如初。我不愿，也没将那份寂静"毁掉"。那样古老的寂静，既如宋人洪咨夔《夏初临》词所谓"铁瓮栽荷，铜彝种菊，胆瓶萱草榴花。庭户深沈，画图低映窗纱"，亦如菩提净水，天界微风，可深深浸入人的骨子与魂魄。那是历史在姚安，在光禄，反反复复喧哗过、闹腾过、轰轰烈烈过、冲撞突袭过后的寂静。那是数千年往事，如同一场连台本戏刚刚落幕，灯光暗去，座椅空出，演员卸装，观众离场后的空寂。而我，或正是某个观众，某个看客，曲终人散却久久不愿离去，仍痴迷地坐在那里，回想、回味着那一幕幕大戏：那些或宏阔高亢或沉缓幽怨的唱腔声韵，那些生旦净末丑或犟或怒或柔或威的招招式式，那些冷兵器叮叮当当血光四溅的打打杀杀，那些任你九曲回肠也牵挂、纠结不起的历史的起承转合……

三

从当年的剑南即今四川南部，直到光禄古镇所在的姚安县，地图上那带状的一撇，乃当年中原王朝插进云南的一个楔子，一个触角，也是一条脐带，一道走廊。历史的恩恩怨怨都曾在这里纠结，世事的风风雨雨都曾在这里聚散。

张家大院之外，不出一箭之遥，沿南方陆上丝绸之路方向修筑的现代公路，白天车流如织。两天前，我正是沿着那条路，来到古镇。而两千年前，灵官古道上络绎不断的行旅，自蜀地南行，经越巂，过苴却，至石羊，到姚安，再由此转南华、祥云，往大理、永昌，直至出境，带去的，是张骞在西域见到时也大吃一惊的蜀布与竹杖。那时的古道，只是一条商贸通道。而正是张骞从西域归来后的惊惶禀报，触动了以"中央之国"自居的大汉天子的脆弱神经，由此引发了历朝历代君王的"开边"之意，开始了中原王朝对整个云南反反复复的经略，降服与安抚，征战与治理。那条在群山峻岭中蜿蜒而行的古道，自此便承载起了太多的历史重负。即便如诸葛孔明者，为成就先主刘备之托，也曾沿那条古道进入姚安之境，经由当时属于姚安府的苴却即今永仁，进入云南，尔后逶迤南行，演绎成至今仍在整个云南飞扬的诸葛情结：几乎州州县县，都建有大大小小的武侯祠；随之而来的，是中原地区的农耕文明，甚至经释儒道；至今在云南各地，傣族的放孔明灯，佤族的人头祭谷……那些明显属于各民族自身的节日与习俗，也都被阐释为诸葛亮的教诲与传授。足见，那条古道也由当初的商贸之路，转而成了一条军事与文化通道。

光禄一语，其源乃官名。而以官职称呼某地某人，倒也古已有之。一如诗圣杜甫曾经友人严武推荐，做过剑南节度府参谋，加检校工部员外郎，故后世又称他为杜工部。有宋一代，大理国相国高泰明因还国于段氏，对南诏国有功，遂被封为"晋秩银青光禄大夫"。此后，高氏后裔高（此缺一字，为：泰翟，读音 tai）末从黔国公沐天波讨平沙定洲、吾必奎之乱有功，又忠心辅佐明永历帝，遂升任为光禄少卿。后人便将高氏"光禄"之官职称谓与地名相通，代代相传，光禄遂成地名。

而它的原名，倒从此湮没。其实，如今已高寿三千岁的光禄古镇，早在西汉时就已设县，城址就在今光禄旧城村。此后，汉唐时期的光禄，亦一直称为旧城。

一个姚安，一个光禄，从此总让"开边意未已"的中原天子惦记于心。姚安和光禄，若要续写一部家族谱，或填写一份履历表，那还真有得一写：

公元前109年，西汉政权在此设弄栋县。

唐武德年间，设姚州都督府，管辖今滇西、川南、黔西大部地区，为治滇重镇。

唐代中叶，南诏授高义和为弄栋演习，后传于高和亮，食邑姚安。自此，姚安便成高氏封地，世居光禄，为历代高氏姚安军民总管府土司衙门。而姚府名为大理国宰相高氏故里，实乃大理国政权的别都，或曰段氏天下，高氏执掌，一切政令皆出自世居光禄的高氏家族，以至有"九爽七公八宰相，一帝三王五封侯"之称，成为高氏土司家族现炫耀世人的鼎盛时期。

于是，所谓"一座姚安城，半部云南史"的谣谚，便至今仍在民间流传，既沸沸扬扬，又悠悠远远，以至你推开古镇任一人家的大门，都能给你侃上三天三夜。

何其了得?!

四

而历史在一时一地的演义，却神秘诡谲得多，远不像沿革的地名更迭那么简单。事实上，煌煌一部青史，其间的兴衰更替，固然都有其深刻的历史原因，也常与一些个人的品质、生活的细节密切相关。而俗话所谓"人上一百，形形色色"，谁能料到，到底是哪一个人、哪一桩事，以某个细小的动作，影响甚至改变了历史的方向、时局的进程?

譬如武德四年（621），唐高宗于姚安置姚州都督府，正式将由川南至姚安一线地域，尽皆纳入大唐版图，姚安亦也由此成了中原王朝与边地政权间一个几近无解的地理纠结。多年间，姚安归属难定，大唐王朝和南诏、吐蕃政权，走马灯似的轮番在那里管辖、执政，姚安地理位置之重要，由此亦可见一斑。著名的唐天宝之战前夜，南诏国即位不久的第五代国王阁罗凤曾数度经此去来。为化解与大唐王朝的紧张关系，答谢大唐王朝的封赠，阁罗凤曾携妻女途经姚州前往蜀地，拜见剑南节度使鲜于仲通，谒见驻守姚州的云南太守张虔陀。张虔陀何其人也？这个靠巴结权贵做官的家伙，倚仗其有杨国忠那样直通杨玉环的后台撑腰，狂傲自负，不可一世，不仅拒而不见，反派人对之百般辱骂，甚至借酒壮胆调戏阁罗凤妻女，被掌掴后，张虔陀又借故派兵围挡阁罗凤一行，勒索万两黄金赔罪，实在欺人太甚。阁罗凤假意隐忍，愤而离去后，张虔陀进而对阁罗凤"数诟靳之，阴表其罪"。

官逼民反，从来如此。至此，阁罗凤只好先下手为强，迅即会太和城兵5万，以闪电之势，迅即攻占姚州即今姚安，杀了狗官张虔陀，并东拓滇地。不久，当阁罗凤得知鲜于仲通将派8万大军进军南诏时，先是主动遣使求和，说明杀张原委，详陈若唐、诏冲突，遂使吐蕃得利。但得到的却是使节被扣，并大军直临太和城下。由此引发的第一次天宝之战，却以唐军大败而告终。

而正如诗圣杜甫所说，"武皇开边意未已"，唐朝统治者继续大肆征兵，以再征南诏。李宓率军由交趾即今越南海路远道而来，再攻南诏，亦再败。历时5年的天宝战争，唐军20万兵马全军覆没。

两次天宝战争，消耗了唐王朝军员、钱财无数，以致不久后安史之乱爆发，唐王朝进入了由盛而衰的历史转折。史家论及唐王朝的衰落，多以安史之乱为其肇始，其实真正的转折，正是围绕云南姚安发生的两次天宝之战。

元代，在姚安再置姚安路军民总管府，府址至今犹存，离那晚我所在的光禄古镇张家大院，步行不过百步，即可到达。至今，那些恢宏的元代建筑，仍以它状如马鞍的优美曲线，叙说着那段往事。其时的光禄，足够富有，也足够奢侈。在"姚安路军民总管府"走了一圈，见有几个大唐以降的石础、石墩，就那么扔在"总管府"旧址的草地上，经受着风吹雨打。换了别处，不早就宝贝似的收藏于玻璃橱柜中，供奉起来了吗？

至明朝，大旅行家徐霞客，曾在离古镇亦离那个小院不远的龙华寺住过，山房一间，推轩远望，恰可见掩映在田田绿荷中的整个光禄——

光禄地沃水丰，遍种莲荷，故又名荷城。徐霞客那时或会想起，唐咸亨元年，"初唐四杰"中那个最富传奇色彩的诗人骆宾王，以奉礼郎的身份从军西域，正遇薛仁贵战败于大非川，滞戍边塞两年多后回到长安，不久又进入蜀地，从军姚州，在姚州道大总管李义总府里任书记。而明代著名思想家李贽，及后被蒲松龄写进《聊斋志异》的"张樨子"张迎芳，都曾在姚安做过几年小官。著名的李贽桥，至今犹在；而由张迎芳为当年属姚安管辖的苴却即今永仁所撰《重修苴却社学记》碑刻，亦在失踪多年后，于不久前重修"永仁黉学庙"时再度发现……

说到底，一片土地的前世今生，虽屡屡会任外来者信笔涂抹，但真正主宰这片土地，赋予它底色的，仍是生于斯长于斯的万千民众。回望光禄那虽已远去仍摇晃不已的历史背影，我看到的，既有历朝历代政权对一片土地残酷、反复的争夺燃起的烽火硝烟，甚至洒满士卒鲜血的尸骨坟茔，令人叹息；又有山水秀雅名人辈出的文脉烟霞以及敦厚淳朴人性良善的古雅民风。以至在光禄，仅曾辅佐南诏、大理两朝的高氏家族，便留下了"九爽七公八宰相，一帝三王五封侯"的佳话，出现过高奣映、赵子骧、马驷良、赵鹤清等名人学士。从张家大院出去，行二三百步，就在回形街一角，仍可见几幢老院子，在无声地诉说着那段历史。

而那天上午，就在昔日的"姚安路军民总管府"大门前的大校场上，我看见的，却是来自光禄各村社的民间歌舞表演。所谓演员，尽皆刚刚还在土地上劳作的农人。那些踩惯了泥土的脚，捏惯了锄把的手，正借昔日的府衙门前做生命的舞台，尽情展示自己的才艺。花灯，歌舞，小戏，应有尽有。衣着红红绿绿，歌声高高低低，舞姿婀婀娜娜，琴弦咿咿呀呀……整个光禄，正为即将举行的一次县级文艺会演选拔参演节目。那一切都由邀我前往光禄的彩梅一手张罗、导演，据说，其中两出花灯小戏的剧本，都专请行家里手审读、润饰过，足见她之尽心尽力。而我，亦临时权充了一回观众兼评委。秋日灼灼，衣裙翩翩，粉妆淋漓，鼓乐欢畅。那种投入，那种热情，那种陶醉，满满的都是生活自身鲜活节奏的欢畅表达。坐在那里观看那样"土"到掉渣的演出，让人不由想到，再深厚再辉煌的历史，最终都会成为发黄的书页，真与土地密不可分也永世长存的，只有老百姓自己的日子。无论欢乐与悲伤，也无论富足与穷苦，只要那样的日子还在，光禄就在。

——当我在张家大院的回廊上沉思默想起那一幕幕时，料想龙华寺和"姚安路军民总管府"大门前的大校场，也都笼罩在一片千古静寂之中。

五

是的，此刻，张家大院内外的光禄古镇，都一派宁静——那已是当今光禄的日常。

其实，真正的日子，从来都不在史籍中，不在传说里，而在民间，在当下，在一饭一衣、一箪一壶的日子里。赫赫战功，灼灼政绩，煌煌文著，彪炳史册，相较于平民百姓的寻常日子，都是过眼烟云。念头太多、"主义"横行的年代，予人的多是不堪和痛苦——连肉身都成罪恶的往日，何谈安宁、幸福？生活，就是生命的存在，与生命的延续。美好的生活源于一颗平常的心。这就是常识。世上一切变革，无非是回到常识中来，比如负责照料这个大院的那位女士。

先前她还在院子里。一个中年女士，受彩梅之托，对我们格外关照。土生土长的光禄女子彩梅，那时正在古镇做事。此前不久，我曾应楚雄人称"彝州异人"的马旷源兄之邀约，到光禄小住叙旧。旷源兄虽非楚雄人氏，却因久居彝州，深谙光禄遗风，著书，可倚马千言，畅饮，则不醉不归，让我一夜酩酊，未解光禄风情。也就在那次光禄之行中，得与彩梅与一干光禄友人初识，这次则更因她再三邀请，精心安排，方能邂逅这样一个精致的静夜。彩梅拜托的事，那位女士自然格外用心。临走时她用浓重的光禄口音专意告诉我，开水都烧好了，有好几壶，就在门口那间屋子的桌子上；又叮嘱我太阳能热水器该怎么用，初来乍到，院子又黑，晚上走路要特别小心，诸如此类，然后她说她要回家了，她就住在院子外面的古镇上。临走时她说，那你闲着，我就回家了。她说她可以把她的电话留给我，要是临时有什么事，可以给她打电话。我记不得我是点了点头，还是摇了摇头，甚至还说了一声什么，诸如好的，谢谢；或者你走吧，我没什么事。她以她那种家常的、近乎唠叨的尽责，表达了那份美好的心。

此刻，"人"去屋空，剩下的唯有我和那份静寂。

而静寂，一下子就包围了我。

那是一种透明到几可凭肉眼看见的静寂，更别说倾听。寂静似乎早有所料，亦有所备。我猜，千年之前它便蛰伏于斯，此刻又以在犹未在似有若无的姿态，从潜隐中悄悄孵出，像庄子里的那只大鸟，用它无形无边，一展千里的巨翼，将我重重包裹。那样的包裹不是掠获，而是某种温暖的庇护。我更将其理解为给我做伴。那样的伙伴，倘要去找，刻意地找，实在不易，能期待的，唯某种神秘的际遇。即便用"可遇而不可求"那样的话来形容这种际遇，都仍嫌粗，嫌俗，远远不配也不足以诠释那种际遇中隐藏的神性。是的，我真以为，安排那际遇的，必是某种神明。神说，你来吧，我就来了。神说，就在那儿住下吧，我就住下了，然后，转眼之间，那样广阔如海也深邃如海的幽冥的静寂，便将一个来自红尘陌世的俗人浸泡、刷洗得干干净净了。换个文雅的、文艺腔的说法，你也可以说那是陶冶，是净化，或者说那是洗净。从身体到灵魂到每缕思绪。洗净。洗净。甚至会让人想起诸多禅语：忘机；悟道；坐亦禅，行亦禅；一花一世界，一叶一如来；春来花自青，秋至叶飘零；无穷般若心自在，语默动静体自然……

那时，某种幽古的轻松让人一无所思，某种汹涌的激情，又叫人思绪如潮。在离开喧喧嚷嚷的城市仅仅一天后，我感念丛生。无边的静寂中，似乎又有许多如期而至的欲念。

　　想有一支箫。心想，唯如诉箫声，配得上光禄的这个秋夜；而后，于箫声中咏一阕李清照的词："生怕离怀别苦，多少事、欲说还休。新来瘦，非干病酒，不是悲秋。"

　　想有一支烛。在烛光下，拣一支新发的羊毫，铺一张上好的徽宣，临几页王羲之的《圣教序》。淡雅的宣纸，让摇曳的烛光映成雅红，新鲜的墨迹，在那方天地宛若龙蛇。

　　想有一壶酒。有朋对酌，哪怕什么话都不说，也好，偶尔抬头，便在幽暗中相互凝视对方的眸子，体察另一个生命的气息。倘能对谈，更妙，那就有一句没一句地聊，上句不接下句地聊，东拉西扯地聊。往事可以下酒。杂事也可以下酒。就将那样一些话，当做这个散淡秋夜绝妙的酒菜。

　　而想来想去，发觉所有那些"想"，其实想的好像都是那时该有一个人。不知那人是谁。是谁其实也不重要，或远在天边，或近在眼前。反正，他该能与我共享那份静寂，那份孤独。就像那会儿，我独享着那个院子，那个天井，那个不知是否存在的人，也独享着我的身心。呵呵，难道我真是觉着孤独了么，在那个夜晚？虽然我明知，孤独不是个坏字眼。真的不是。孤独，是修行的必需。有人说，爱所有人之前，必先学会爱自己。而只有在孤独里，在独处中，你才会懂得自己，学会并开始"爱"自己。一旦那个"爱"完整了，才能扩及父母、兄弟、姊妹、朋友，最后才扩及爱情。所谓"爱"自己，要在体察自己，而那种对自己生命的体察与审视，只能在孤独与沉思中方能进行。独处是人生必上的一课，据说它甚至能预演一个人的未来。那话有点儿玄，却真。回廊中那短短的孤独，让我重新想起了那些话，看来我并非一个真能耐受那种孤独的人。

就在那时，眼前突然那么一亮，嗬，是月亮！月亮不知在什么时候，或许就在我耽迷于沉思默想时，照进了那个院子，那个天井的上方。不是那种浑圆的满月，细看有点儿扁，也有些翳斑，青灰色的，却依然皎洁，灿烂，透明。当我凝望，便有月辉如瀑，从遥远的云天，向这个世界无声地倾泻。似能听到月辉哗哗落地的声音，如大雨倾盆。于是眼睁睁地，我亲见如水的月色，像一片未言却已相许的深情，如何慢慢地注进那个天井，先是圈圈涟漪，而后是片片微波，继而汇聚成潮，波翻浪滚，一寸寸地往上涨、涨、涨，直至满溢，漫过回廊的石阶，没过我的脚踝，然后是小腿，腹，胸，头，直至将我整个儿地淹没，再往我心深处灌注，用那份明澈，那份清亮，还有那份怎么都说不清的，似乎是对自己也是对他人的爱。

那样的爱谁不渴想？但我说的并不是那样的爱，至少不完全是。

六

在我不能说短的人生中，那是头一回。恍然之中，甚至觉着，我或就是那个院子，那个天井；或者，那个院子，那个天井，就是我。是我的前生，也是我的未来。

如此说来，古镇也在经受着那时我正在其中的孤独？我想，很可能。我在想象某个友人，而光禄，亦在等待一个知音，一场对谈。白天，我在古镇的回形街上漫步，无目的地走过几圈。那是个假日，有游人，三三两两，所幸不多。而那个长假，在中国的许多地方，都在上演一场人挤人、车撞车的荒诞剧，甚至连寺庙都人满为患，连上香都要排上几个钟头的长队。到底是为什么呢，那些拥挤，那些闹热？当我随心而行，享用着光禄的清寂、清雅时，想想远远近近那些正在拥挤中、喧嚷中和无奈中苦苦挣扎的人们，不免暗自一笑：我们这个民族，似已不知何为清雅。

我惧怕那样疯狂。那些猎奇猎艳的旅游者，或许至今都还不知道号称"一座姚安城，半部云南史"的姚安以及光禄那种清幽的绝妙。姚安，包括光禄，如一个自重的知性女子，不愿媚俗。它以它的本色示人，至多也只是淡妆。她拒绝流行的浓艳，却因饱读诗书，深藏着雅致的知性。整个光禄，至今也没像当下许多古镇那样，满街满巷地挂上招徕游人的红灯笼，那种虚假的喜庆一如卖春的挑逗，昭显的是地道的轻浮甚至轻佻。姚安和光禄依然是家常的，却又是智慧的，是好客的，却又是自在的亦自重的。说到底，那依然是姚安人的姚安，光禄人的光禄。

那天清晨，我去光禄的菜市逛过一圈。蔬菜水灵。肉品鲜嫩。早点香脆。古镇飘荡着一股诱人的淡淡香气。是食物的香气，也是宁静生活自身的芬芳。我喜欢那种味道，那种本真生活的味道。要不是彩梅昨晚就打过招呼，说今早要一起吃早点，我真想买上几样，喂喂我饥饿的眼睛。买菜的人们，手挽个小篮，悠游自在而行，碰到熟人打个招呼，说几句闲话，而后继续他们的清晨之行；任笑语声、打招呼声，在古镇飘散而去，听上去倒怎么都让人温馨。他们有他们的生活逻辑，就像那个古镇，生活也正沿着它自身的轨迹，缓缓而行。那时我想，那一切都让人惬意。如果姚安也好光禄也罢，也像当今许多地方那样，每天涌进成千上万人，弄得古镇水泄不通，或搞得珠光宝气，妖艳十足，地地道道的姚安人、光禄人，将何以度日？而我，又哪还会有那样恬适的心情？

七

一个地方，倘不能为本地居民提供安定的日子，一味靠整容靠涂脂抹粉靠故作姿态去迎合游人，一心只想把那个地方打造成旅人的目的地，其实大谬，最终也必酿成悲剧。而事实上，一个地道的旅行者，想看到的也只是别一种生活，别一种生存方式，是斜倚门楣的邻家小女，而非T台上、秀场上浓妆艳抹走着猫步的时尚模特。模特虽美，毕竟不是日常生活中人，只能在强烈的灯光下，在脂粉的包裹中，勉强可看。哪怕一个纯朴的村姑，也比一个眼睛鼻子嘴巴胸脯屁股都经过改装者，更有人味，更可亲近。

一个地方，一片土地，跟人一样，也需要成长。喧腾过后的清寂，或会让它有某种失落，那便是孤独的缘由。而一个地方，也像一个人，会在那样的孤独、独处中成长。我遇到光禄，光禄在那个静夜接纳了我，或都出于机缘。一个人，在遇到有缘人之前，已先自遭遇过无数无缘之人。无缘不是我的错，也非他的错。缘，是机遇亦是准备，是巧合亦是寻常，是偶然亦必然。缘是我和那个有缘者之间的注定，不信或太信，都是虚妄。尽管自己走去，按你的个性，你的既定，走下去，缘，就在前方等你——已然有些时候，甚或有些焦急。既是注定，便必有相识与相知。

比如那个叫高奣映的人——我终于明白，我之所想的那个人，或就是他，高奣映。

此刻，夜色中，他是在作画，著文，吟诗，授业，还是打坐？

八

多年前，我在楚雄、在紫溪山一带寻访时，便已闻高奣映大名，却一直没能见到他。

在光禄，在龙华寺，终于见到他时，他已是一座铜像。

龙华寺，也叫活佛寺，又名卧佛庵，始建于唐天祐年间。据传元初，元兵攻入大理，南诏段氏王朝相国高泰祥殉国，其八子一女，星散逃生。其女悲痛国破家亡，兄弟离散，乃出家于卧佛庵。幸好一家兄妹九人，皆安然无恙。明崇祯高僧寂空、智聪等闻知，遂结庵于此，勤修戒律，开山扩寺，改称"龙华古刹"。

步入古寺，清幽古意便扑面而来。

我庆幸，那天，当中国大地上的许多寺庙都已成闹市，人头攒动之时，我在龙华寺遇到的，倒是一片真正的清雅：一对年代久远的石狮，雄踞于山门之前，守候着寺门和山下那片宁静与祥和。田畴如画，村陌蜿蜒；炎夏远去，秋荷仍在。洞开的山门门额上，"龙华寺"三字苍劲有力，而两侧一副由清朝邑人由人龙所撰的对联："佛生极乐世，山辟大唐年"，道出的既是境界，也是时间。进得山门，"龙吟""虎啸"两幅壁画栩栩如生。回首一望，邑人赵子骍题写的对联："到此方知官是梦，前生安见我非僧"，透出的就不只是个人的一时感慨了。

渐行渐深。终于见到高奣映时，他竟是一尊铜像！半倚半卧，臂曲腿弓，看上去恰如一个大大的"安"字。哦对，就是一个"安"字。安枕无忧的安。安居乐业的安。安贫乐道的安。作为高氏后裔，这个原可追求功名者，最终选择的是"安"。而其头下葫芦上所铸铭文，更是道出了他的心思："有酒不醉，醉其太和；有饭不饱，饱得潜阿；眉上不挂一丝丝愁恼，心中无半点点烦嚣，只是一味黑甜，睡到天荒地老。"

那天，彩梅边款款而行，边侃侃而谈——这位学音乐的女史，虽质秀于内，却素言锦行，显见对光禄的前世今生，对龙华古寺的一切，对高奣映的一生，早就烂熟于心。

更稀罕的是，那尊铜像，乃高奣映生前自铸。查遍青史，搜遍枯肠，竟仅千古一人！

细斟高奣映生前自己为自己铸一铜像之举，真聪明绝顶，智慧到家！怎么说，铸魂于铜，都比留体于世、留名于史好。将一具冷尸留给后人观瞻，实在愚蠢。而几行再好的文字也嫌单薄，且史官易删易改，稍做手脚，轻则面目全非，重则从此湮没。一幅再传神的画像也觉表面，后人三笔两画，就能将其涂抹成一个怪物。何如一尊铜像？沉甸甸的，栩栩如生的，就摆在那里，可观，可感，可触。他就是他。你可以将它打碎，甚至融化成水，就是不能删改——一如海明威所说，你可以战胜他，但永远不能打败他。

一个人，一生一世，到底是为了什么呢？高嶢映的一生，或是对人生的一个详解。可惜高嶢映出生也晚，徐霞客来到龙华寺时，自无缘看到高嶢映的那尊铜像。要不，他们肯定会有一番对谈。而我想象中的那番对谈，又会谈些什么？作为一个旅行家，一个地理学家，忙于在大地上也在人生中行走的徐霞客，他肯定会留下些感触，哪怕只言片语，然而他没有我那样的好运气，终究在历史中错过了。

九

夜已深。光禄凭栏，望见的岂唯秋月？真想让那个夜晚成为一个银色的永夜。尽管我没能在那道回廊里一直坐到天明，但从那个静寂的如银秋夜开始，我的魂魄，便已融进那片如银的月色之中。那些在幽暗中闪亮的银箔，既是光禄的月光，也是由光禄启动的无尽思绪。远离光禄后的日子，偶尔，人会突然陷入某种焦躁，某种莫名的不安，却找不到任何缘由。后来方明白，是了，那是我在想光禄了：那个古镇，那座院子，那片田野，那座青山，那座古刹，那些荷花，当然，还有那些人……一旦忆起，身与心，既完全沉浸在那个让月光浸润的天井里，又像飞到了龙华寺中，既在与友人一起漫步山野，又在跟高嶢映铜像作无声交谈。刘禹锡有谓："宠过若惊，喜深生惧。"生处时代变迁之中的高嶢映，未能做一个名震一方的封疆大吏，却成了一个学富五车的至性儒者，自有他的道理。所谓"暴至之荣，智者不居"也。而生养那样一位甚至于一批至性儒者的，正是光禄的那片土地，那方山水，那种日常，那种淡定，那种无处不在，却既淡亦浓的性情。

时下，在极度的喧哗与嚣繁之中，倘与他，与所有我认识或不认识的光禄人再度相逢，话题无数，最想聊的，或还是那个如银的光禄秋夜，是那种晶莹的人生、人性与人情。平生淡泊，粟饭藜羹，且当美酒佳馐；倾心山水，或将梅梢花坠，拟作沧海巨变；权位更迭，时事冷暖，过眼即成烟云；浩荡江湖，茫茫人世，唯恋至情至性——高峣映、赵鹤清那样的高人雅士，马旷源兄那样的性情中人，彩梅和那个照管张家大院的中年女士以及所有那些认识或不认识的光禄人，会这样说吗？

原载《芳草》2013年第5期

到平江路去

范小青

————————

在一个阴天，将雨未雨的时候，带上雨伞，就出门去了。

小区门前的马路上，是有出租车来来去去的，但是不要打车，要走一走，觉得太远的话，就坐几站公交车，然后下去，再走。

走到哪里去呢？是走到自己愿意去的地方，喜欢的地方，比如说，平江路，就是我经常会一个人去走一走的古老的街区。

其实在从前的很漫长的日子里，我们曾经是身在其中的，那些古旧却依然滋润的街区，就在我们的身边，它是我们的窗景，是我们挂在墙上的画，我们伸手可触摸的，跨出脚步就踩着它了，我们能听到它的呼吸，我们能呼吸到它散发出来的气息，我们用不着去平江路，在这个城里到处都是平江路，我们也用不着精心地设计寻找的路线，路线就在自己的脚下，我们十分地奢侈，十分地大大咧咧，我们的财富太多，多得让你轻视了它们的存在。

日子一天一天地过，我们糊里糊涂，视而不见，等到有一天似乎有点清醒了，才发现，我们失去了财富，却又不知将它们丢失在哪里了，甚至不知是从哪一天起，不知是在哪一个夜晚醒来时发生的事情。

我们的时代，是一个新闻接一个新闻的时代，这些新闻告诉我们，古老的苏州正变成现代的苏州，这是令人振奋的，没有人会不为之欢欣鼓舞，只是当我们偶尔地生出了一些情绪，偶尔地想再踩一踩石子或青砖砌成的街，我们就得寻找起来了，寻找我们从小到大几乎每时每刻都踏着的、但是现在已经离我们远去的老街。

这就是平江路了。平江路已经是古城中最后的保存着原样的街区，也已经是最后的仅存的能够印证我们关于古城记忆的街区了。

平江路离我的老家比较远，离我的新家也一样的远，我家的附近也有可去的地方，比如新造起来的公园，有树，又草地，有水，有大小的桥，有鸟在歌唱，但我还是舍近而求远了，要到平江路去，因为平江路古老。在一个欣欣向荣的城市里，古老就会比较的金贵值钱。

在喧闹的干将路东头的北侧，就是平江路了，它和平江河一起，绵延数里，在这个街区里，还有和它平行的仓街，横穿着的，是钮家巷、肖家巷、大儒巷、南显子巷、悬桥巷、录葭巷、胡厢使巷、丁香巷，还有许多，念叨这一个一个的巷名，都让人心底泛起涟漪，在沉睡了的历史的碑刻上，飘散出了人物和故事的清香。

要穿着平跟的软底的鞋，不要在街石上敲击出咯的咯的声音，不要去惊动历史，这时候行走在干将路上的一个外人，恐怕是断然意想不到，紧邻着在现代化躁动的，会是这么的一番宁静，这么的一个满是世俗烟火气的世界。

曾经从书本上知道，在这座古城最早的格局里，平江街区就已经是最典型的古街坊了，河街并行、水陆相邻，使得这个街区永远是静的，又永远是生动活泼的。早年顾颉刚先生就住在这里，他从平江路着眼，写了苏州旧日的情调：一条条铺着碎石子或者压有凹沟的石板的端直的街道，夹在潺缓的小河流中间，很舒适地躺着，显得非常从容和安静，但小河则不停地哼出清新快活的调子，叫苏州城浮动起来。因此苏州是调和于动静的气氛中间，她永远不会陷入死寂或喧嚣的情调。

以前来苏州游玩的郁达夫也议论过这一种情况，他说这街上的石块，和人家的建筑，处处的环桥河水和狭小的街衢，没有一件不在那里夸示过去的中国民族的悠悠的态度。

这是从前的平江路。令人难以想象的是，生活在今天的我们，走在今天的平江路上，仍然能够感受到昨天的平江路的脉搏是怎样的跳动着。我们一边觉得难以置信，一边就怦然心动起来了。

很多年前的一天，白居易登上了苏州的一座高楼，他看到：远近高低寺间出，东南西北桥相望，水道脉分棹鳞次，里闾棋布城册方。不知道白居易那一天是站在哪一座楼上，他看到的是苏州城里的哪一片街区，但是让我们惊奇的是，他在一千多年前写下的印象，与今天的平江街区仍然是吻合的，仍然是一致的，甚至于在他的诗文中散发出来的气息，也还飘忽在平江路上，因为渗透得深而且远，以至于数千年时间的雨水也不能将它们冲刷了，洗净了。

现在，我是踏踏实实地走在平江路上了。

更多的时候，到平江路是没有什么事情的，没有目的，想到要去，就去了。就来了。除了有一次我忽然想看看戏剧博物馆，那是在某一年的国庆长假期间，我正在写一个小说，写着写着，就想到戏剧博物馆，它在平江路上的一条小巷内，我找过去，但是那一天里边没有游人，服务员略有些奇怪地探究地看着我，倒使我无端地有点心虚起来，好像自己是个坏人，想去干什么坏事的，这么想着，脚下匆匆，勉强转了一下，就落荒而逃了。

那一天的时光，是在逃出来以后停留下来的，因为逃出来以后，我就走在平江路上了。

世俗的生活在这里弥漫着，走着的时候，很有心情一家一家地朝他们的家里看一看，这是老房子，所以一无遮掩的，他们的生活起居就是沿着巷面开展着，你只要侧过脸转过头，就能够看得很清楚，我不要窥探他们的生活，只是随意的，任着自己的心情去看一看。

他们是在过着平淡的日子，在旧的房子里，他们在烧晚饭，在看报纸，也有老人在下棋，小孩子在做作业，也有房子是比较进深的，就只能看见头一进的人家，里边的人家，就要走进长长的黑黑的备弄，在一侧有一丝光亮的地方，摸索着推开那扇木门来，就在里边，是又一处杂乱却不失精致的小天地，再从备弄里回出来，仍然回到街上，再往前走，就渐渐地到了下班的时间了，自行车和摩托车多了起来，他们骑得快了，有人说，要紧点啥？另一个人也说，杀得来哉？只是他们已经风驰电掣地远去了，没有听见。一个妇女提着菜篮子，另一个妇女拖着小孩，你考试考得怎么样，她问道。不知道，小孩答。妇女就生气了，你只知道吃，她说。小孩正在吃烤得煳煳的肉串，是在小学门口的摊点上买的，大人说那个锅里的油是阴沟洞里捞出来的，但是小孩不怕，他喜欢吃油炸的东西，他的嘴唇油光闪亮的。沿街的店面生意也忙起来，买烟的人也多起来，日间的广播书场已经结束，晚间的还没有开始，河面上还是有一两只小船经过的，这只船是在管理城市的卫生，打捞河面上的垃圾。有一个人站在河边刚想把手里的东西扔下去，但是看到了这个船他的手缩了回去，就没有扔，只是不知道他是多走一点路扔到巷口的垃圾箱去，还是等船过了再随手扔到河里。生活的琐碎就这样坦白地一览无余地沿街展开，长长的平江路，此时便是一个世俗生活的生动长卷了。

就这样走走，看看，好像也没有什么多余的想头。

所以，到平江路来，说是怀旧了，也可以，是散散步，也对，或者什么也不曾想过，就已经来了，这都能够解释得通，人有的时候，是要做一些含含糊糊的事情。但总之是，到平江路来了，随便地这么走一走，心情就会起一点变化的，好像原本心里空空的，没有什么，但是这么一走，心里就踏实了，老是弥漫在心头的空空荡荡、无着边际的感觉就消失了。

这一种的生活在从前是不稀奇的，只是现在少见了，才会有人专门跑来看一看，因此在这一个长卷上，除了生活着的平江路的居民百姓，还会有多余的一两个人，比如我，我是一个外来的人，但我又不是。

不是在平江路出生和长大，但是走一走平江路，就好像走进了自己的童年，亲切的温馨的感觉就生了出来，记忆也回来了，似曾相识的，上辈子就认识的，从前一直在这里住的，世世代代就是在这里生活的，就是这样的一种感觉。

知道平江路上有许多名胜古迹，名人故宅，园林寺观，千百年的古桥牌坊，我去过潘世恩故居，去过洪钧故居，去过全晋会馆，尤其还不止一两次地去过耦园。但是我到耦园，却不是去赞叹它精湛的园艺，觉得耦园是散淡的，是水性杨花的，它是苏州众多私家园林中的一个另类。它不够用心，亦不够精致，去耦园因为它是一处惬意的喝茶聊天的地方，或者是一个温婉的情绪着落点；也因去耦园的路，不要途经一些旅游品商店，也不要有乌糟糟吵吵闹闹的停车场，沿着河，踩着老街的石块，慢慢地走，走到该拐弯的地方，拐弯，仍然有河，再沿着河，慢慢地走，就走到了耦园，其实就这样的走，好像到不到耦园都是不重要的了。

就是以这样的实用主义的心思才去了耦园，因为耦园是在平江路上，耦园与平江路便是一气的，配合好的，好像它们只是一个平平常常的百姓的栖息之地，是没有故事的，即使有故事，也只是一些平淡的不离奇的故事。

平江路是朴素的，在它的朴素背后，是悠久的历史和历史的悠久的态度，历史到底是什么呢，难道不就是人民群众的普通生活吗？

所以我就想了，平江路的价值，是在于那许多保存下来的古迹，也是在于它的延续不断的、任何力量也不能使之中断的日常生活。

　　在宋朝的时候，有了碑刻的平江图，那是整个的苏州城。现在在我的心里，也有了一张平江图，这是苏州城的缩影。这张平江图是直白和坦率的，一目了然，两道竖线，数道横线。这些横线竖线，已经从地平面上、从地图纸上，印到了我心里去，以后我便有更多的时间，有更任意的心情，沿着这些线，走，到平江路去。

原载《美文》2013年第1期

在呼伦贝尔的郊外

乔 叶

────────

一

"呼伦贝尔今年是暖和的，不用怕。真的很暖和，去年是40℃，今年才30℃。"平姐在电话那边频频宽慰。我在这边频频点头。嗯，30℃，真是很暖和——可是，这30℃前面的定语省略得却是如此让人惊心：零下。

零下30℃，这就是呼伦贝尔的暖和。

那天下午3点半，我从郑州起飞，快5点的时候到达北京首都机场，然后转机去呼伦贝尔。机票上的目的地是海拉尔。海拉尔是呼伦贝尔的首府，因城北的海拉尔河而得名，而"海拉尔"这个词则由蒙古语"哈里亚尔"音译得来，意为野韭菜。顾名思义，海拉尔河两岸长满了野韭菜。

在一号航站楼办完登机手续，到候机处见到小周，她正在一家咖啡店里坐着，手执iPad看电影。打了招呼，她便很庄重地站起来，把御寒装备展示给我看：老棉裤和皮靴子厚得不能再厚，沉得不能再沉。另有一顶雪白的皮帽子，严严的护耳下面露着长长的绒毛，这阵势俨然比《林海雪原》的杨子荣还要强悍。这在暖融融的候机厅里，人人都轻衫薄裤，宛若春装，她显得非常滑稽。我忍不住大笑。

"你不要笑，到时候八成你就会羡慕我。"她说。

将近7点，我们登机。两个小时之后，飞机越来越低。我一直看着窗外，月亮大大地挂在夜空上，毛茸茸地亮着。大地似乎是一片黑。仔细看，又不是全黑，能看出大片大片的灰白。我想象着自己把手放在那片灰白上，那一定是极度的寒凉——那是雪，我确认。平姐说，呼伦贝尔一旦下了雪，这雪最起码会和人们待上半年才会走。雪意味着河流，意味着牧草，意味着灭菌……后座上的两个人也在议论那些灰白是不是雪，最后他们都肯定地说不是雪。我听着，默默地笑。看来他们对呼伦贝尔的了解程度尚不如我。怎么能没有雪呢？对于呼伦贝尔而言，雪是另外一种意义的土地。

飞机仍在降低，机场近在眼前。我心里默念：呼伦贝尔，我回来了——是的，不是"我来了"，而是"我回来了"，仿佛她是我的一个家。

可是，她难道不就是我的家吗？我一直想要的一个家？所以，我才会6月刚刚来过，12月就又来。

终于降落。我们等行李。行李转盘只有一个，人们都簇拥在那里。我站着站着，已经不自觉地围严了围巾，又罩上了羽绒服的帽子。尽管如此，脚上的靴子也很快变得凉刷刷的，我开始觉得自己仿佛置身于一个巨大的冰箱中。

这冷，果然是零下30℃的气势。零下30℃的呼伦贝尔啊，我回来了。

二

平姐是我在呼伦贝尔情谊最深的朋友。她挂在嘴边的一句话就是："我哪儿也不去，我就在呼伦贝尔。"某年春天，她来郑州开会，正赶上郑州春热，3月份就已经是30℃，她又干又燥浑身难受，只待了一天就匆匆离开。每次说到这件事，她就感叹："哎呀，那地方，你看你……"她慈悲的眼神咽下去了没说的那半句话——"你真可怜"。

自从来过呼伦贝尔之后，我也觉得自己真可怜。

先去吃饭。和夏天来时一样，吃饭的地方是诺敏塔拉奶茶店。这是很有地方特点的一家奶茶店，夏天来的那次，我在这家奶茶店坐定，一气儿喝了6碗奶茶。这次依然是。喝奶茶，吃油果子，吃牛羊肉，我从未觉出任何不适。2005年，我第一次到内蒙古，去的是锡林郭勒。2011年，我第二次去内蒙古，去的是科尔沁，来过呼伦贝尔之后，我可以确定，呼伦贝尔有着我见识所及的中国最美的草原，而这里的吃食也让我宾至如归，仿佛我天生就是这里的孩子。

吃得心满意足后来到宾馆，一进房间就被热着了。温度计显示也是30℃，零上。从零下到零上，一道门就是60℃。身上顿时汗意涔涔，便迅速地脱衣服。行李架上已经堆满了平姐准备的东西：帽子、手套、羽绒背心、棉裤、靴子……全都是零下30℃适用。好吧，我知道，剩下的几天里，我都会在零上30℃和零下30℃这两个数字上打滚儿：不是零上30℃，就是零下30℃，没有其他选择。

这很好。我喜欢。过山车也不过是这种玩法吧？

三

次日一早，我们去看"首届鄂温克国际冰雪汽车争霸赛"开幕式，离海拉尔不远，在鄂温克旗的茫茫雪原上——在呼伦贝尔，只要一离开海拉尔，就进入了茫茫雪原。场地上彩带飘飘，彩旗招展，在雪原上映得格外鲜艳。最好看的还是人们的衣服。一到那里我就被他们的衣服迷住了。几乎所有人都穿着民族特色的袍子。男人的袍子都过了膝盖，雪白的毛边既气派又温暖。腰带松松地扎在小腹上方，使他们的肚子都显得大大的，可是男人的大肚子再没有比这时候更显得威猛壮实。女人们呢？因为袍子的厚，都显得笨笨的，胖胖的，却也是娇娇憨憨的。她们的颜色真是丰富：宝蓝、胭脂、玫红、姜黄、月白……前襟后背都起着各色团纹，领口袖口都绣着云头花边。她们在一起说笑着，每个人嘴里都吐着缥缈如仙的白气儿。无论男女，每个人都戴着皮帽。小周的皮帽在这里和他们浑然一体，无比和谐。

我开始羡慕小周了。

仪式开始。其实最重要的程序就是一项：一个健朗的老人走到舞台中央，用蒙语做了长长的祈祷。他的声音坚实、悠长、苍劲。最后，他朝着天空高声喊道：

"呼咪！呼咪！"

平姐说这是祝福的意思。和我预想的一样。虽然我一点儿也听不懂蒙语，可是一种本能的直觉领着我奔向了这个答案：必须是祝福，只能是祝福啊。

午饭后，浑身荡漾着阳光发散出来的微醺酒意，我们去看冬泳。零下30℃冬泳，这在我以往的经验里简直不能想象。本是怀着好奇来看传奇，可到了现场我却只有欢乐。因为所有的人都是那么欢乐。冰封的伊敏河宛如一条白龙延伸至远方，因为冬泳的缘故，一小段龙身被挖出一泓长方形的水面，河水像心脏一样裸露了出来。我走到近前，看着清澈的黑灰色的河水。这就是冬泳的舞台，也是欢乐的源泉。男的、女的，胖的、瘦的，专业的、业余的，轮番秀着他们的技艺和胆略。但见他们在池边站定，随着口令扑入水中，一瞬间如蛟龙入海，击打得水花四溅，波浪汹涌。以迅雷不及掩耳之势游完后，他们上岸披上浴巾，英雄似的挥手致意，接受人们的欢呼喝彩。他们的身体被冻得紫红紫红，仿佛是正经受着酷刑，可是人人脸上又都笑容灿烂，仿佛正拥有着极大的享受。这是我不能理解的境界，可我钦佩得不行，不由得想起网络上正流行的新词："不明觉厉"——不明白，但是觉得很厉害。

我们在河道上散了一会儿步。这凝固的河流，终于能允许我们自由行走。这真是宽容的河流啊，在呼伦贝尔，它阔绰地拿出了6个月时间，放任人们小小的脚步亲吻着它的皮肤，一步一步地在它的怀抱里行走。

四

看冰雪那达慕那天更暖和，才零下20℃。冰雪那达慕是此行的重头戏，也是我久已期盼的事。会场也离海拉尔不远，不过一个小时车程。路上车很多，也不时有骑马的人，三三两两。他们不走公路，走的是路旁的雪地。冰天雪地里，人骑着马慢慢悠悠地走着，虽然在车里坐着，我却忽然觉得自己也是那骑马的人。

"那达慕"也是蒙语的音译，游戏的意思。套马，赛马，摔跤，射箭……是娱乐盛会，也是体育盛会，更是蒙古族传统民俗文化的集中展示。以前我只知道有夏季那达慕，认识平姐后才听说还有冬季那达慕，也就是冰雪那达慕。此行前跟一个蒙古族的朋友说起此事，他叹道："哎呀！你可真有福气，我还没看到过呢。"

那达慕总是少不了蒙古包。旷野之中，极寒之地，蒙古包就是一个个珍贵的家。有一个包外面贴着一块牌子：鄂温克。平姐说这就是我们临时的家。进得包里，已经有了人，却是生面孔，连平姐也不认得，于是我们自顾自坐下，和他们笑笑，便拿起桌上的零食吃起来，也喝起了奶茶。包里很暖和，因为生着火。渐渐地，包里人越来越多，没地方坐的人就站着，站着的人也是大大方方的，没有丝毫拘束，该吃就吃，该喝就喝。他们是那么自然，我们也是那么自然。叫不出姓名的人们聚在这包里取暖，这一切都是那么自然。

过了一会儿，喇叭里宣布那达慕仪式即将开始。我们奔跑出来。音乐声起，远远地看见一排排骏马上旗帜飘飘，整装待发。两排人流左右站立，很自然地形成了一条宽阔的道路，夹道欢迎着即将登台的主角们。终于，他们来了：陈巴尔虎旗、新巴尔虎左旗、鄂温克旗、鄂温克族、俄罗斯族、鄂伦春族、达斡尔族……看见鄂温克族的时候，我觉得格外亲切。夏天我来呼伦贝尔，到了鄂温克的敖鲁古雅乡，和他们的驯鹿亲近了许久。现在，我又看见了他们。他们戴着鹿皮帽子，帽顶上还装饰了俏皮的鹿角，他们的长袍短褂也都是用鹿皮做的，闪烁着灵动的驯鹿斑点……除了俄罗斯族因为载歌载舞而显得格外活泼，其他代表本民族出场的人们的神情都是庄重又淳朴，骄傲且天真。在一排骆驼队上，我甚至看到了雍容沉着的王者之风。我向他投以折服的注目礼——对了，骆驼，我以前见过骆驼很多次，都是在夏天，那些骆驼因为掉毛而斑驳寒酸，丑陋不堪。而这呼伦贝尔冬天的骆驼，却长绒飘飘，气质华贵，漂亮极了。

——终于趁着了一个机会，我借穿了一下别人的蒙古袍。第一次穿蒙古袍是在2005年的锡林郭勒，在一个牧民家。我本来就胖，穿上一层层裹着腰肢的袍子就更显得虎背熊腰，非常难看，可是我还是拍了很多照片。这次是第二次穿，皮袍子很沉，但是我觉得它沉得是那么踏实。我深深地嗅着衣服上的气息：牛羊肉的腥气，雪的清气，汗的浊气，油的腻气……这气息并不芬芳，而是那么厚实、厚道。袍子是靛蓝色的，衣襟、袖口和领口都镶着金和赤两道细边儿，尖尖的帽顶上垂着鲜红的丝绦……在这天地间，穿着这样的袍子，就觉得没有比这更合适的衣裙了——可以骑马，可以端坐，可以卧雪，所有的风雨都在这袍子之外。长生天下，绿野地上，这袍子就是一座移动的蒙古包，让人随时都能够幕天席地，在任何一个地方安详。

这沉重的、庄重的、贵重的衣服啊。她必须是重的。

平姐说我这个样子很像是蒙古族里的布里亚特人。我非常荣幸。

五

本来就是不折不扣的吃货，呼伦贝尔的美食更让我尽显饕餮本色，每顿饭都吃得打嗝。平姐是最好不过的"饲养员"，除了奶茶和手把肉，她还让我们吃到了以毒攻毒的冷饮和冻果：雪糕、冻梨、冻柿子。我们在30℃的房间里吃着这些冷食，听任它们在齿间一点点香甜松软……似乎生之美好，全在它们的给予。

印象最深的是那天平姐请我们吃火锅。一个很普通的小店，火锅却太超凡了。我从没有吃过那么好吃的牛羊肉火锅。吃着这样的火锅，我承认，我曾经吃的火锅都不像是火锅。所有的人都大口大口地吃着。当然能吃和会吃是两码事。最会吃的还是呼伦贝尔的朋友们，他们熟稔地使用着小刀，灵巧地为我们剔肉。有最会吃的人居然随身带有小刀，把每一片肉都片出美丽的形状，最后甚至把骨头缝里深藏着的最犄角旮旯儿的肉也都剔了出来，把它们吃得干干净净，只剩下纯净的骨头。他们吃肉的时候是那么欢喜，那么珍爱，绝不浪费一丁点儿。很久以来一直有一个问题困惑着我：他们这么爱牛羊，到宰杀牛羊的时候心里可怎么过那个坎儿呢？现在，看着他们吃肉的时刻，我明白了。牛羊就是他们的庄稼。他们养的时候是珍爱的，吃的时候也是珍爱的，这才是真正的珍爱。他们说，一个牧人能证明自己是好把式的时刻之一就是：在宰杀牛羊的时候，看能否让它们的生命以最小的折磨得到最高度的收获，连一滴血都不会被浪费，从而被做成绝妙的美味。他们说，小时候他们都被教育过，谁吃肉吃得越干净，谁将来就越有可能有美满的姻缘：女孩子有如意郎君，男孩子有如花美眷——这显然是一种委婉的引导和教育，让他们懂得珍爱。他们还说，草原上的人们用树木，转草场，吃牛羊，做奶酪……在领受草原给予的这一切时，他们都是那么知恩，那么有分寸，那么有余地。都只够最基本的使用和消费，绝不贪婪，更不奢侈。不知恩、没分寸、贪婪奢侈的都是外人——让人羞耻让人鄙视如我之类自外而来的人。

吃饭的时候，我们总是在听故事。主讲人自然是平姐。平姐讲骨头的故事，她说羊膝盖上有块骨头像玉一样，叫嘎拉哈，女孩子吃到嘎拉哈就要珍藏起来，这是女孩子特有的玩具。将来女孩子出嫁之后，如果想家，只要摩挲一会儿从娘家带来的嘎拉哈就能有效地缓解一下思乡的煎熬。狼的嘎拉哈则更好，据说还可以消灾避邪……

平姐也讲孩子的故事。她说在清朝的时候，鄂温克的男人因为骁勇善战，几乎都被派遣到新疆去当兵，女人们在家守着，眼看人丁寥落，她们便商量："咱们去新疆取孩子吧。"千里迢迢，万丈风霜，她们为了血脉的薪火相传，就结伴徒步赴疆。"取孩子"——本是如火如荼的男女情事，想起她们的身影，我顿时觉得这三个字是无比的悲壮、亲爱和可敬。

平姐还讲布里亚特人背诵祖先的故事。因为长期的游牧生活注定了他们居无定所，来去随意，总是在迁徙和流转中，又没有文字，所以想要记录和镌刻祖先的历史是很困难的事。布里亚特人便有了这样一种传统：背祖先。所有的孩子从会说话起便要开始学着背家族的宗谱，背所有祖先的姓名，于是，几代、十几代、几十代甚或上百代的家史便从他们的孩提时代就开始了顽强的回溯，而因这门雷打不动的功课，布里亚特人走到世界的任何角落便都可以清晰相认，并在庞大的族谱中畅通无阻地找到自己的支系……所谓的寻根，他们不需要寻。根一直就在他们的心中，一直都在。

——平姐的这些故事，总是能让我泪水沸腾。

临行前一天下午，我们去逛街，在一个又一个店铺里流连，试穿轻盈典雅的马皮靴子，欣赏华丽昂贵的巨大犴角，抚摸柔软洁白的小羔羊皮……夜幕降临，华灯初上，我赫然发现：海拉尔的路灯都是马头琴的造型。

六

终于到了离开的一刻。飞机起飞后，我一直俯视着呼伦贝尔大地。视线所及，全是白色。仔细辨认，直直的黑线是道路，弯曲飘摇的白绸是河流，平展辽阔没有起伏的雪野是湖泊，大片深浅有致的氤氲团墨是森林……冬季的呼伦贝尔是一幅素净的大写意。这大写意下浓墨重彩的温度，久久地回荡在我的血液里。

我是呼伦贝尔的孩子。是的，我是这里的孩子，我一直都是这么觉得的。草原的歌，我几乎都会唱。《雕花的马鞍》《父亲的草原母亲的河》《这片草原》《蓝色的蒙古高原》《我和草原有个约定》《蒙古人》《家乡》……我都会。走在郑州人流稠密的大街上，我口中常常哼唱的，就是草原的曲调。对我而言，呼伦贝尔意味的绝不仅是草原和牛羊，而我对她的情感，也绝不仅仅是游人和过客。我知道牧人的辛苦，他们很多人都有严重的风湿；我知道羊毛其实不是白的，要处理过很多遍才能变得雪白；我知道夏天的草原有无数的蚊虫，如果站着不动，很快就会一身红肿；我知道被"草爬子"咬一口甚至是致命的……草原的风霜，沧桑，顽强，脆弱，纯净，质朴，虽然我不曾经历，但是我都知道。所以我更确信，我是她的孩子。我是长生天和大草原的孩子。

——不过，难道仅仅是我吗？难道我们每个人不都应该是长生天和大草原的孩子吗？在心灵的最初，在精神的原点，我们每个人难道不都曾梦想有如此的境地吗？在这天边的草原生活，在这林海茫茫的大兴安岭生活，在有落日余晖金灿灿的额尔古纳河畔生活……作为自然的孩子，被自然拥抱着，也互相拥抱着。我们每个人不都应该这样生活吗？

我们已经离开故乡很远，很远。作为孩子，我们一直流浪在她的郊外，如同流浪在呼伦贝尔的郊外。不过，也许我可以自负地说：我认为自己尚属于近郊。因为相比之下，有很多人都属远郊，甚至远在千里之外。

原载《上海文学》2014 年第 1 期

上林忆想

石一宁

────────

　　不像北方，这里的天空要低得多，阳光要湿润得多。漫长的雨季使得这里的天空像十月怀胎一样，丰沛的雨水使她向大地俯下身来。被天空深情地凝视和亲吻的大地，生长着一片片的相思林，怒放着火红的木棉花，还有数不清的种种异树奇卉。这里的地理条件是优越的，北回归线拦腰穿过，南亚热带季风吹拂着群山与河流。

　　你的老家，徐霞客在那里住了54天，想来很美啊。

　　京城的友人这样赞叹，让我一时有些愣神。老家，即上林。徐霞客是1637年到上林考察，距今已375年了，然而上林人想起徐霞客到过上林，好像才是近年的事。

　　在上林生，在上林长，离开上林时，已是16岁的少年，但是直到高考那年负笈远游，并无听到有人说起徐霞客。是上林人忘记了375年前关山迢递风尘仆仆来此荒僻之地考察的这位江苏人？可能。但是曾经忘记徐霞客的或许不只是上林人。上世纪70年代之前出生的中国人，都曾经历过某种对历史的遗忘。

那么多的阳光，那么多的雨水，即使不用专门照料，各种植物也能在上林的土地上茁壮成长。七八年前，在西北某省会城市到机场的路上，我看到一座连着一座的光秃秃的山峦，路两旁倒是种着一些树，东道主说这是当地的形象工程。然而，那些树在我的印象中还没有一个人的两条腿高，而我却被告知那些树已长了二三十年了。千难万难是因为没有水。也许是上林的雨太多了，树太容易长高了，人们也曾经不那么珍惜。20世纪50年代后期，一场席卷全国的大炼钢铁运动，使上林的一片片森林倒下，一座座童山突起。

飓风呼啸，无可阻挡，这怪不了上林人。但缺少了森林的环境，改变了人的生活，也改变了人的心理。幼小时，曾在澄泰乡外婆家度过许多时日。听母亲说，她小时候村里村外都是树，果树尤其多，龙眼、沙田柚到成熟季节，都是往撑了吃。后来砍去炼钢铁了，龙眼只能尝尝，而沙田柚再也吃不着了。

一天，在离村不远的河边发现了一棵柠檬桉幼苗，在周围一丛丛草中，这棵小小的柠檬桉显得那样的孤单，又是那样的惹人爱怜。我小心翼翼地用一根树枝把它连着泥团挖了起来，带回家种在屋旁的山坡上。之后几乎天天都会去看它，有时会给它浇点水。在我的殷勤看顾下，它长得极快。一年后，一棵高高的柠檬桉站在了我家屋旁的山坡上，虽然树干还不是很粗，但它那亭亭玉立地向着天空伸展的样子，那全身散发着的浓郁的香气，给童年的我带来了无比的快乐。然而好景不长，一天，从家门口望向山坡，不见了我的那棵柠檬桉了。急跑到坡上，只见树已被从根处斫倒，一位村中长辈正手持一把斧子继续砍削树干上的枝杈。颇为仔细地干完这些活后，长辈将已变成一根光溜溜木杆的树干扛在肩上，向不远处的他家迈着沉稳的步子而去，丢下身后一堆旁斜逸出的树枝，还有满腔悲愤的树的主人——一个11岁的孩子……

这件事跟徐霞客有关系吗？如果让时间倒流回70年代，11岁的我会问：徐霞客是谁？那个长辈呢，可以肯定他会重复这样的提问。所以今天叙述这件事情，我的心中并无怨恨。

徐霞客生前及方死，是有一些理解与欣赏他的亲友和读者的，如同其族孙徐镇所说："于时名人巨公，莫不乐购其遗编，当卧游胜具。"但到清乾隆四十一年即1776年徐霞客游记由徐镇正式刊刻出版，已是徐霞客逝世135年之后的事了。而且，在天灾人祸频仍的近代和现代中国，对徐霞客感兴趣的，也不外是所谓"名人巨公"之流。徐霞客这个名字与大众发生关联，被大众所记忆，在之前的中国历史上，缺少契机，也缺少理由。明朝人，地理学家、旅行家、探险家，在漫长的历史里，离政治很远，离民生也很远。

2012年夏，一个酷热的午后，"上林县徐霞客旅游文化研究会"的牌子被挂在上林县老年文化活动中心的门口，我是揭牌者之一。

徐弘祖，字振之，号霞客，江苏江阴人。在其51岁之年，开始西南之旅。迢迢万里，高而为鸟，险而为猿，下而为鱼，饥餐云烟渴饮雨露，历江苏、浙江、江西，由湖南入广西。踏进上林县境，驻足将近两个月。上林缘何能留住徐霞客这么多天？

"西望双峰峻极，氤氲云表者，大明山也。"崇峻巍峨、云遮雾绕的大明山却没能吸引徐霞客前去探察一番。仅是上林的三里一地就让他流连不已，51天都是在三里度过。三里，典型的石灰岩地貌。一座座山平地拔起，孤峰耸立而又遥遥相守，望去令人惊亦令人奇，有所得亦有所思。曾听上林同乡自夸：都说桂林山水甲天下，也不过是桂林的山像三里的山罢了！语气里有些调侃，但见惯了三里山水的上林人，真的是不会把桂林山水当回事的了。连徐霞客在游记里也这样说："有一峰当坞起平畴中，四旁无倚，极似桂林之独秀"；"在（三里）城南四里，此地有三独山……省中（即桂林）之独秀无此峭拔，亦无此透漏也。"

三里的美还不止于山秀。徐霞客在这里受到了江苏老乡、参将陆万里的盛情款待。其时明廷为镇压上林、忻城的八寨起义，置参将于三里，并开府建衙。陆万里是江苏镇江人，已镇守三里6年。徐霞客于崇祯十年（1637）十二月二十一日进入上林地界，二十二日到达三里。翌日，即给陆万里写信。陆万里收信后，当天即令手下持名帖来请徐霞客入府做客。徐霞客"为道乡曲，久之乃别"，他乡遇老乡，两人颇有惺惺相惜之感。第二天，陆万里再派人送来手书，约徐霞客再叙。当天下午，即在参署宴请徐霞客，并请其弟陆玄之作陪。第三天，陆万里请徐霞客下榻参署东阁，并馈赠包括衣裤鞋袜在内的众多用品，"谆谆款曲，谊逾骨肉焉"。陆万里并陪同徐霞客游览三里城西十里远的韦龟岩。之后，或陆万里兄弟俩，或其孙子，或其部下，陪同徐霞客游览考察三里的山川岩洞。徐霞客辞别时，陆万里又为他选择吉日，让内侄和孙子分别设宴饯行，并为徐霞客表演骑马射箭等军事本领。徐霞客离开三里的前一天，陆万里又亲自饯行，赠送厚仪，还有便利通行的证件和推荐信，"极缱绻之意，且定久要焉"。离开三里当天，陆万里又亲为徐霞客治装，饭后送至辕门，并命数骑相送。陆万里如此厚待，令徐霞客万分感叹："何意天末得此知己！"

让徐霞客心醉的还有三里的树。三里"土膏腴懿，生物茁茂，非他处可及。参署四围乔松百余株高刺云霄，大可三人抱，余疑数百年物，考之碑记，植于隆庆初建帅府时，栽逾六十年，其巨如此，为良区异壤可知"。"木棉树甚高而巨，粤西随处有之，而此中尤多，春时花大如木笔，而红色灿然，如云锦浮空。""相思豆树高三四丈，……其子如豆之细者而扁，色如点朱，珊瑚不能比其彩也。""竹有中实外多巨刺者，丛生而最大。有长节枝弱不繁者，潇洒而颇细……"

友情乡谊，连同绿水青山，连同参天的乔松、似火的木棉、艳丽的红豆、窈窕的细竹，挽留了徐霞客。树美亦因人善，因人对树的栽培、爱惜和呵护。徐霞客关于三里之树的赞美，也使得几百年前的上林先辈们珍护生态的善心懿德随之遗响后世，流芳天下。

56岁的人生有54天在上林度过。纯属偶然？或命中因缘？徐霞客西南之行，虽经周密准备，但正值明朝统治大厦将倾之前夕，一路险象环生，状况连连。丙子（1636）年九月十九日从家乡江阴坐船出发时，有一僧二仆同行。江阴迎福寺的僧人静闻，刺血写《法华经》，发愿供之于云南鸡足山，所以随行。两个仆人一姓顾，一姓王。十月五日，王仆即难耐苦行，悄悄离去。翌年二月，一行三人在湖南新塘遭遇强盗，所乘之船被强盗烧毁，静闻和顾仆受伤，三人行李丢失净尽。进入广西境内，静闻伤病恶化，九月卒于南宁崇善寺。静闻留下遗言，托徐霞客将其骨灰带至鸡足山掩埋。徐霞客忍痛负静闻骨灰继续西行，并作《哭静闻禅侣》诗六首，其中悲叹："西望有山生死共，东瞻无侣去来难"；"别君已许携君骨，夜夜空山泣杜鹃"。十二月二十一日，徐霞客主仆二人抵达上林县境，在上林一住54天。之后，渡红水河，经宜州、河池、南丹入贵州。在贵州丰宁，遇两土司争斗打仗，盗贼塞途。进入云南后，两度绝粮。徐霞客于己卯（1639）年四月二十七日的游记中颇为生动地记述："至是手无一文，乃以褶、袜、裙三事，悬于寓外，冀售其一，以为行资。久之一人以二百余又买绸裙去。余欣然沽酒市肉，命顾仆烹于寓。"然而，顾仆还是无法忍受这种苦不堪言的日子，最终于云南行之途中抛弃主人，并将徐霞客行李箱篋中之所有掠取一空逃回家乡。徐霞客伤感地说："离乡三载，一主一仆，形影相依。一旦弃余于万里之外，何其忍也！"也许是此次十万余里之西南行程过于艰困险恶，身心备受打击摧折，徐霞客在云南期间忽发足病，无法继续行走天下了。被丽江木太守派人送回家乡后的徐霞客双足俱废，惟卧游而已。他置怪石于病榻前，终日摩挲相视。对前来探病者，他说，能以一介布衣而与奉天子之命出游之汉张骞、唐玄奘、元耶律楚材"三人而为四，死不恨矣"（明·钱谦益《徐霞客传》）。当其闻悉被其尊崇为"字画为馆阁第一，文章为国朝第一，人品为海内第一，其学问直接周孔，为古今第一"的友人、谪任江西按察司照磨的黄道周被崇祯下狱，即遣长子长途跋涉前往探看。三个月后长子归来，述说黄道周案情及狱中景状，徐霞客听后据床浩叹，绝食而亡。

徐霞客的一生，潇洒至极，亦苦辛至极；死而无恨，亦死而有恨。但在上林的54天，应是他游历生涯中一段愉快的时光。当他于生命进入倒计时之际，摩挲端详病床前的怪石，回顾云游遐荒瞻星览月的此生，脑子里应该也闪现上林秀美的山川、奇丽的花树与淳朴的民风的吧。作为上林人，我为此而心安。

然而，在烽烟连天、兵燹遍地的年代，在意识形态口号纷飞的激昂亢奋的岁月，徐霞客只能淡出人们的记忆。徐霞客被国人重新记起，需要历史的机缘。"癸丑之三月晦，自宁海出西门，云散日朗，人意山光，俱有喜态……"《徐霞客游记》如此开篇，突然有一天让浙江宁海人自豪不已。"中国宁海徐霞客开游节"2002年起每年一度举办。《徐霞客游记》开篇之日5月19日，自2011年起，被国务院定为每年的"中国旅游日"。远离徐霞客故乡的上林人，也蓦然想起自己的这方水土与徐霞客有着深深的交情。于是徐霞客游记中关于上林的部分被印制成精美的册子，徐霞客的名字被当做上林的一张名片，徐霞客的逸事掌故被广为搜罗，飞入寻常百姓家。在这个崇尚徐霞客的时代，但愿还会带来一个风尚，即不再有人毫不心疼地砍掉一棵风华正茂的树。

白圩镇爱长村智城遗址。夕阳西下，暑气犹盛。只见入口内荒草萋萋，野花点点。一方清幽的池塘向南延伸，与清水河连接，群群白鸭浮游水面。池塘里，几只水牛把大半身子潜在水里，只露出头和两只角，在悠闲地消暑。入口前的草地上，还有三两头牛在不急不忙地啃草。远处水岸大片的绿色，是树丛和庄稼。进入外城之后，方望见北面的一道坍塌的城墙将智城分为内城和外城。内城三面环山，山形如刀削斧劈，俨然天然屏障。外城东面的山岩上，夕阳、荒草、野花和静水，使摩崖石刻《智城碑》显得有些落寞。

走近《智城碑》，一边辨认斑驳的碑文，一边思索此碑的意义。智城是唐代澄州刺史韦厥隐居之所及其后裔唐代廖州刺史韦敬办的庄园。智城遗址、《智城碑》和同为唐碑、位于澄泰乡洋渡村剥庙山山脚一岩洞中的《六合坚固大宅颂》，堪称上林三宝，为全国重点文物保护单位。《智城碑》刻于武则天大周万岁通天二年（697），由廖州刺史韦敬办撰文并序，无虞县令韦敬一刻制。碑文内容乃夸赞"直上千万仞，周围数十里。昂昂焉，写嵩岱之真容；隐隐焉，括蓬壶之雅趣"的智城及周边形胜，颂扬韦敬办"性该武禁，艺博文枢，观祸福于未萌，察安危于无像"的多才和英武。《智城碑》的历史、民族、民俗、文学和书法等等价值已获公认。汗水涔涔地徜徉在智城遗址，我想着另一个问题：徐霞客如果光顾此地，将会如何落笔？

"君未睹夫巨丽也，独不闻天子之上林乎？左苍梧，右西极。丹水更其南，紫渊径其北……"

远眺智城南面苍茫的水色和田园光景，不由得想起汉赋大家司马相如名作《上林赋》。但彼上林非此上林。司马相如夸张宏丽之辞，铺写的是始建于秦始皇嬴政扩建于汉武帝刘彻的皇家园林上林苑，地跨陕西长安、咸阳、周至、户县、蓝田五县，纵横三百里。而家乡上林，是广西南宁市的属县。上林县自唐武德四年（621）得名，比上林苑晚了800多年。然而，今天的上林人还是应当感谢司马相如，他的《上林赋》使得上林二字响彻古今。况且，安知唐高祖李渊于原岭方县地置方州，析岭方县地置上林等县隶之时，李渊或者其朝廷官员对上林县的命名，不是因为脑海里有个上林苑？上林苑自秦至西汉，在中国历史上大约存在了240多年，至东汉初期已成一片废墟。"诗家清景在新春，绿柳才黄半未匀。若待上林花似锦，出门俱是看花人。"杨巨源的这首《城东早春》，印证着唐人对上林苑的憧憬和钟情。

上林，一个富于诗意的词，一个很美的词，把西北和岭南联结在了一起。我把它当成一个意味深长的象征，一个极其美好的寄托。西北的上林，无论是巨丽的园林还是火后的废墟，无论是秦、汉还是唐，都是首都的一部分。岭南的上林，是唐代的交通要道，从长安到交趾的路线，经由宾阳、上林、南宁再到交趾。《智城碑》碑文上有武则天颁布的六个新字。千百年来，上林与中国的政治和文化中心的紧密联结，犹如一条条幽蓝的血管，与祖国的心脏一起搏动。

行万里路的徐霞客来到上林而足不出三里，或许还因为一种美丽的鸟。"三里出孔雀。"徐霞客游记中的这句话，开启我无边的遐思。五彩斑斓的孔雀，被印度人当作鸟国之王的孔雀，被中国人视为凤凰的原型的孔雀，还能在这片土地的上空飞翔，在这片土地的草丛花间漫步吗？上林，载着古代先人吉祥的心愿，你能否使北方逝去的壮丽园林又在南国像神话般复活……

原载《中国作家》2014年第2期

春花崇礼

龙 一

崇礼县在河北省张家口市以北，与内蒙古大草原接壤。

张家口原本是畜力运输时代中国与俄罗斯的贸易集散地，那种茶叶、口蘑、丝绸、瓷器、香料堆积如山，紫貂、海龙、猞猁、水獭、狐腋等皮货盈千累万，驼队川流不绝，客商雄心万丈，金如山银如海，关税直输国库的好日子，随着铁路与海运的发达迅速衰微了。此后，崇礼县从外贸中心的后花园，退回到农林牧畜的田园生活。然而今天，好机会又来了，已有的高速公路和未来的高速铁路，将崇礼县变成了首都北京的后花园。

这里山高坡长，谷深水澈，空气清新，交通便利，冬季是滑雪胜地，气候和设施与欧洲的达沃斯、索契不相上下。这里的雪季也长，每年3月下旬，滑雪场仍在开放。然而，一到4月，雪还没有完全融化，山坡、原野、谷地里的野花便争先恐后地开放了，中国北方绝大多数野生植物都能在此地自由自在生长。

因为地高天寒，当此地的桃花大梦初醒般舒展开粉红色的花瓣时，张家口以南各地的桃树早已红碎满地，翠叶披离了。与桃花绽放同时，沟边、湿地的粉报春苏醒过来，这类矮小卑微的植物，必须得在高秆植物长成之前，抢先宣布自己的存在。于是，它那矩圆披针形的叶片，在边缘处狰狞着稀疏的细小牙齿猛地蹿将出来，紧随其后的是纤细的花莛，托举出浓密绒毛包裹着的伞形花序。而另一种名叫"白花点地梅"的谦卑植物，冬季只是路边和林缘的一簇簇小小的莲座状褐色枯草，它先是小心翼翼地伸出几支毛茸茸蜷缩成枝状的细叶，像是在试探空气的寒暖。当它的叶子放心地舒展开后，小家碧玉似的花莛这才出现，长到两厘米高时，猛地绽放出三四朵半厘米大小，喉部紧缩的白色或黄色花朵。它的花色并不纯净，花蕊或红或黄，颜色浸染到花瓣上，像是被洗花了的衣裳。然而，"白花点地梅"就像那种绝不肯放弃自身的一点点美丽和才华，一定要参与到轰轰烈烈的嘉年华中的小人物，它深知自己命中注定就是春天之子，即使被忽视，被践踏，仍然要完成报春的使命。随后，粉报春的花莛上也开放出了七八朵顶花，花瓣的颜色像是稀释的胭脂水中落入了小小一滴群青，与明黄色的花蕊相映，可称俏丽。它将花瓣安置在长且稍显肥大的花萼顶上，好似幼儿玩耍的小喇叭，为春天的到来鼓噪出了几分热闹。

接下来，马兰花、苦菜、蒲公英长出嫩叶。崇礼县高家营的绿皮李子绽放出它的白花红蕊，山坡、村边娇嫩得令人心疼的梨花也开放了。这两种白色花朵如云似雪，背负着汉文化中感伤的隐喻意味，它们的绽放似乎只是为了等待春雨到来的那短暂一瞬，便如病美人般香消玉殒。因此，赏梨花和李花都要趁早，这就仿佛人生中珍稀的浪漫感觉，它如拳中之沙，转眼便消失了。

通常年景，榆钱初绿的时候，苦菜的叶子刚刚展开。在农耕时代，春季最艰难，去年的粮食即将食尽，今年距收获尚远，因此，植物初生可食的芽叶，便成为农民果腹的珍品。如今经济繁盛，交通发达，人们再不必担心"春荒"的出现，于是，农耕时代艰辛且无可奈何的充饥之物，便被改造成为应时当令的时髦美味。

需要特别说明的是，榆钱是榆树的花，先花后叶，在前一年的叶腋一簇簇生长出来，圆圆的像是中国的古钱币，为此人们也喜爱它的谐音"余钱"，借以祈求富足。榆钱的颜色鲜嫩得仿佛汪着一兜绿水，令人心痒难耐，中央凸起处隐藏着榆树的种子。我生长在城市中，榆钱很难见到，要想一尝此味，只能到崇礼县这等物种保存良好的山区。榆钱最传统的做法是蒸食，将榆钱洗净沥干，拌上烫熟的玉米面和少量面粉，捏成上尖下圆中间有孔的窝头形状，上笼屉蒸30分钟，配上一碟炸虾酱，便是十足的山野风味。当然，用榆钱煮粥也很适宜，煮大米或小米粥将熟时，放入榆钱，用葱油和盐调味，可谓香滑鲜美。有时我会突发奇想，如果将蛋液、面粉打成薄糊，加入榆钱后，在平底锅中摊成又薄又软的蛋饼，然后卷芝士吃，应该算是中西合璧，别有风味吧。明年再来，一定带上芝士。

苦菜花开了，颜色鲜黄。这种随处可见的多年生菊科植物，大约是人类文化史上"贫贱"的代名词。《旧约·申命记》中，耶和华命摩西与以色列人立约时训诫道："又怕你们中间有恶根生出苦菜和茵陈来，听见这咒诅的话，心里仍是自夸说：'我虽行事心里顽梗，连累众人，却还是平安。'耶和华必不饶恕他……从天下涂抹他的名……使他受祸。"崇礼县基督教信众颇多，在《旧约》对苦菜的比喻中一定更能领会深意。

然而，凡贫贱之物必有贫贱之用。苦菜本名"败酱草"，六七十年前，它是饥荒之年的"救命菜"，因此，它在各地有许多名字，如野苦荬、苦荬菜、取麻菜、苣菜、曲曲芽等，而这每一种卑贱的名字，都与它的食用功能紧密相连，都叫"菜"。当年，挖苦菜是妇女和儿童的工作，他们在左臂弯里挎上元宝形状、柳条编织的篮子，右手紧握无柄的废旧镰刀头，在山坡、野地、田埂行走，不时蹲下身来，用右手的镰刀头挖断苦菜的根，顺手拾起，丢入左臂弯中的柳条篮子。他们不用走得太远，一来一往，在村庄附近走出一公里长的不规则环形路径，便能采回一篮苦菜。到了家中，主妇会将这些苦菜择洗干净，或蒸或煮，或凉拌或做馅，既是蔬菜，也是粮食。

如今大是不同了，品鉴野菜已经成为最时尚的举动，类似于美食的行为艺术。经过多年选育改良的苦菜再没有粗粝的口感，而是变得脆嫩多汁，与沙拉酱或橄榄油葡萄醋调味汁居然像是天作之合，格外相宜。

我从不排斥在蔬菜大棚里种植的改良型苦菜，但我更向往山野之中最原始的，饥荒之年救人无数的苦菜。在崇礼县，春末夏初，我可以坐在农家的院子里，一边品着枣茶，一边等候主妇备餐。院门外紫丁香细碎稠密的花簇开放了，香气翻墙而入，是汉文化中最高妙宜人的"药香"。几株毛茛从鸡窝后边探出头来，像是羞于自己虽不合时宜却也无可奈何的命运，因为没能理直气壮地与同类在旷野之中招风引雨，反倒混进鸡粪，生长在院中，于是它便开出几朵鹅黄色小花，讨好地向饮茶的宾主摇摇摆摆。

农家主人面如重枣，自豪道：北京申办冬奥会，滑雪项目就在我家对面。我抬头望去，山坡上原本应该是雪道的地方开满了野花，仿佛手工最为繁复的地毯。我道：可惜他们来得太早，没有我的口福。于是宾主拊掌大笑。

农家饭简单，一凉一热，凉菜是苦菜嫩叶蘸酱，酱是由一份芝麻酱与两份甜面酱调和而成，咸香微甜，既激发出苦菜的苦香味，又恰到好处地遮掩了野菜的生涩。热菜是苦菜炒肝尖，猪肝切成三角片，先用酱油腌渍一下，再用淀粉上浆，等油温七成热时将肝尖入锅滑散，捞出沥油，然后另起油锅爆蒜米，出香味后放入滑好的肝尖，翻勺后加苦菜和生蒜米，用手勺拨散，放少许盐再翻勺，最后烹几滴陈醋出锅。这道菜是苦配苦，蒜香浓郁，必须趁热食用，时间稍长，滑腻的肝尖会变硬，苦菜也会过熟塌软。农家主人送上一壶北京名产"莲花白"，主食是玉米面和黄豆面为皮，苦菜与五花肉丁作馅的菜团子。有此好春光，有眼前美景，有这等美酒美食，更重要的是有此番闲适，可比陆地神仙。

由此我不由得想到，为人有幸出生在和平、富足之世，应当"惜福"，不能因傲慢和贪婪而浪费滋养生命的诸般美好。就像《旧约·何西阿书》中所言："他们为立约说谎言，起假誓；因此，灾罚如苦菜滋生在田间的犁沟中。"人生须有所畏惧，才不敢胡作非为，这就勉强算是苦菜的启示吧。

每到春末，常被农家种作篱墙的蔷薇科灌木土庄线绣菊便挂满耀眼的白色花簇，而邻家编织墙篱的蔷薇科灌木山毛桃，也立刻像浅薄的暴发户，夸富般的将俗艳的红色花朵铺满树冠。就这样一片片红，一簇簇白，农人下田劳作，母鸡咯咯哒叫个不停，狗儿沿街边踱步，村庄便有了活力。

每年我都期待春末夏初这一刻，因为马兰花要开了。从个人审美的角度出发，中国北方的野花当中，我偏爱马兰花。我此处所说的不是浙江名菜"豆干凉拌马兰头"的菊科植物，而是中国北方的鸢尾科植物，中文名叫"马莲花"，俗名马蔺或蝴蝶兰，花期长达七至十天。崇礼县的马兰花没有黄色和白色，只有蓝色系下的深浅不同。我总觉得，简单地用蓝色定义马兰花太过粗陋。其实，深色的马兰花更像是靛青与朱砂调配而成的庄重的深紫色，只不过冷静的蓝色调压住了热情的朱红，仿佛成熟、理性，却在内心之中燃烧着炽热火焰的女教师；而浅色的马兰花则应该算是雪青色，干干净净，整整齐齐，娇而不羞，如同成绩优秀的女高中生。

欣赏马兰花的方式很多，随赏花人的心境、见识各有不同。当你走在向阳山坡的小路上，不经意间，便有可能看到石缝沙砾中几枝马兰花刚刚开放。或是你在沙质土的野地、林缘散步，马兰花会杂生在其他植物中间，但很容易辨认，因为它周围的草本植物多半花期已过。这等偶然的相遇，最容易引发赏花人浪漫的怦然心动，或是对一见钟情的追忆。

我不反对采摘马兰花，但看到有汗津津的肥手紧握着满把马兰花的花茎，以至于有些花茎弯折了，花朵东倒西歪，便让人不由得"怒从心头起，恶向胆边生"。马兰花虽然是野地里的无主之物，但无节制地采掠回来，却又不珍惜，这等人在任何地方都不会招人待见。

采摘马兰花最好是用日本花道中的"投入花"法，选取初放的花朵，一枝就够了，将花茎齐根斜剪，迅速插入水中。插花的器具不必珍物，农家瓦罐、陶瓶之类的最多，实在不行，剪开一只矿泉水瓶作盛水的容器，外边套上麦秆编织的破旧草帽当装饰。单单一枝马兰花算不上插花艺术，最好是给它配上一枝本地的白桦树枝，于是，这品插花似艳实素，是绝好的案头清供。随着日间的光线移动，正午时马兰花明艳动人，蓝紫色的花瓣依偎在白桦斑驳的枝干上，如热恋，似重逢；傍晚时分，马兰花的颜色在阴影中渐渐深沉起来，白桦枝上的褐色裂隙也如铁线般老辣，这会让人联想到历经世事磋磨的夫妻，譬如《日瓦戈医生》。

"林花谢了春红，太匆匆。"从今往后便是夏季，只须有心，人们还有更多机会领略山林间玄妙的逸趣，透过野花参悟那些看似烦琐实则简约的人生况味。做个赏花人吧，不解闲情，人生便无趣啊。

原载《散文》2014年第6期

兆言说东吴

叶兆言

——————

东吴是个有趣的话题，可以大，可以小，今天就让我说说自己眼里的苏州。我的籍贯是苏州，多少年来，遇上填表格时必须得老老实实写上，户口簿上也是这么写的。别人介绍时喜欢说我是苏州人，去年苏州召开了一场规模不小的苏州作家讨论会，我不仅应邀参加这个会议，而且还让一些评论家当做苏州作家批评。报纸上也是这么宣传的，这个做法当然是不准确。首先苏州的作家不答应，苏州的读者也不会认同；其次我的太太更加反对，她清楚地知道这是假冒伪劣，至多也只能算是一个苏州的女婿。我太太在苏州出生、苏州长大，她属于那种土生土长对家乡有着荣誉感的人，对我这种混籍苏州的人非常不屑。

苏州人对外地人的不认同根深蒂固，他们和我所生活的那个城市南京截然不同。南京人很好客，他们从来不歧视外地人，南京人经常跟着外地人一起嘲笑南京人。在苏州不会这样，老苏州人看外地人的眼光总是很挑剔。譬如我的祖父，他是地道的苏州人，我父亲自小在家里说苏州话，可是祖父长期生活在上海，后来抗战又去了四川，我父亲跟着祖父颠沛流离，生长环境总是在变，因此，他的苏州话永远也说不地道，结果我祖父经常会皱着眉头纠正他的发音，到了七老八十还是这样认真。在我祖父看来，苏州话是很优美的一种语言，它的语调像音乐一样，怎么能这么说，怎么能这么糟蹋呢？

又譬如我的丈母娘，她老人家就觉得南京人是苏北人，是江北人，跟她怎么解释也没有用。告诉她南京在长江的南边，我这个女婿好歹也应该算是江南人。可是怎么解释也没用，因为老人家骨子里就是这么认为的。在老派的苏州人眼里，出了吴语区的人都是江北人。我丈母娘的区域观很有意思，她把南京镇江以及苏北的人民，都称之为江北人。再往北一点，过了淮河，那基本上就都是山东了。对于老苏州人来说，江北人是一个概念，山东人又是个概念，江北是相对于吴语区，山东则代表着整个北方。

千万不要觉得这个观点可笑，现在的年轻人可能已不这么认为了，可是过去的苏州人就是这么想的。这其实是一种很有历史的观点，举一个例子，以我所在的城市南京为例，南京作为江苏省会，它和安徽的省会合肥，究竟谁在南面，谁在北面。很多人都会说当然是合肥在北面，因为从南京去合肥，首先必须往北过江，可是仔细研究一下地图，却发现真正偏南的是合肥。记忆让我们在不知不觉中产生了错误，我们觉得自己已到江那边去了，谁也没有想到，江是弯曲的，并不是简单的东西走向。同样道理，江苏境内的南通，虽然是在长江北面，可是它的纬度仍然是南于南京。

山东也曾经是一个大概念，说它代表着广大的北方不是没有道理。今天意义的山东省是清朝才建立，而明朝的山东布政使司，他所管辖的区域，包含了今天的天津和北京，包括辽东和河北。不妨想一想，想当年，我们往遥远的北方张望，连北得不能再北的辽宁东部都是隶属于山东，那么我丈母娘把山东当做大北方的观点显然是正确的。杜甫《兵车行》中有这样一句，"君不闻汉家山东二百州，千村万落生荆杞"，不仅我们会把广大的北方看作山东，古代的秦国占据了西部，汉朝的首都在长安，在秦人、汉人眼里，秦岭之外都是属于山东。

话题转回到东吴来。东吴是什么呢，往小里说，它就是苏州。往大里说，它就是整个吴语区，就是大的东南，相当于整个华东地区。对于北方人来说，东吴就是南方的一大片富庶领土，而其中最有代表性的就是苏州。按说东吴的代表，最具有代表性的应该是南京。我们都知道，所谓东吴，其实是指孙吴，也就是三国时的吴国。吴国的首都在哪，孙权死了又葬在哪，这个问题很简单，各位也肯定知道，南京才是东吴的首都，孙权死后葬在南京的梅花山。这就出现了一个疑问，为什么说起东吴，大家约定成俗，首先会想到的不是南京，偏偏是苏州呢？

这会不会与南京人不再说吴语有关，历史上的南京人无疑是应该操吴语的，可是他们在历史的行程中，渐渐地失去了母语。当然，也可能与孙权的先人有关，我们知道，三国时的东吴，最初是从苏州发迹的。孙权是浙江富阳人，出生在徐州。他的先祖孙武是山东人，这个山东就是大北方，今天关于孙武的出生地仍然有很多争论，大家都争，都抢名人，按照我们苏州人的观点其实没什么可争。反正他真正成名是在苏州，苏州才是他的用武之地。关于孙武的故事，最出名的无过于练兵斩姬，这个故事和杀鸡儆猴很像。说老实话，我不太喜欢这样的故事。不喜欢归不喜欢，孙武的军事才能还是值得敬佩。他是个很懂军事的人，他的《孙子兵法》成为中国最著名也是世界著名的军事著作。

孙武的军事才能让阖闾成为五霸之一，古义的"霸"和今天学霸的"霸"很像，是牛气冲天的意思，没有什么贬义，譬如项羽也叫西楚霸王。当然，也可以说是阖闾给了孙武施展军事才华的机会。随着时间推移，历史早就变得模糊不清。不说别的，光是一个读音已让人说不清楚，我始终搞不明白是读阖闾还是阖庐，专家告诉我们，在古代，

"阖"和"庐"两个字读音是一样的。我对古音没有研究，因此这个问题我真是说不清楚。譬如吴王夫差，这个"差"，到底怎么念，我的心中仍然是没底的。对于过去的历史，我们已经习惯用眼睛去看，很多字都认识，一看就知道谁谁谁，可是再要准确读出那些古人的名字，已经有着相当的难度。

今天的人说起苏州，总觉得它是文绉绉的，总是喜欢说它出了多少个状元。除了经济的繁荣，那就是科举的成功。好像这个地方的人只会生产，只会读书，只知道农耕，其实不然。接着孙武在苏州的故事往下说，可以说到吴越春秋，说到卧薪尝胆。这些故事就发生在今天这个地方，也许就发生在我们的脚底下。

卧薪尝胆的故事说明什么呢，说明我们的吴人输了，战败了，以苏州为代表的江苏输给了浙江。为什么会输呢，是当时的吴国不善战？当然不是。吴国是被美人计打败的，输在美人西施手里，他们虽败犹荣。越王勾践是最后的胜利者，可是我从小就不喜欢这样一个人，为什么呢，因为他太有心计，太不择手段。当然还有一个"问疾尝粪"的故事，这个故事深深地困扰着我。勾践为了让吴王夫差觉得自己没有反抗之心，他居然可以去尝夫差屙出来的屎。记得我刚开始看到这个故事的时候，就为这个没有底线的故事彻底崩溃了。一个人居然可以吃着吴王的屎说："大王的身体已经恢复了，为什么呢，因为我尝了你拉的屎，那个味道又酸又苦，这说明你的身体没有问题了。"

什么叫不择手段？这个就是。政治往往是不讲脸面，政治往往就是肮脏。一个硬币总会有正反两面，相比较而言，我更喜欢那些光明磊落最后却失败了的英雄，在项羽和刘邦之间，我更喜欢项羽。同样的道理，对于越王勾践和吴王夫差，更喜欢夫差。我从小就有一个遗憾，那就是美人西施更应该爱夫差，因为这才是一个真正爱她的男人。越王勾践只是在利用她，只是把她当做了一个工具。当然，在政治的旋涡中，爱往往是不重要的，如果西施真的只是与吴王相亲相爱，戏剧性的故事也许就没有了。

西施是什么人呢，她也就是山村溪水边一个很普通的浣纱女。民国年间的女作家苏青曾经写文章想象过西施的结局，如果不是被当做美人计的工具，那么她的结局会是什么呢，很可能就是被山里的某个小伙子给诱奸了，然后呢，也就是结婚生子，成为一名最普通不过的村妇，拖儿带女，过完平庸的一生。很显然，西施能够成名，成为美女的代言人，不是因为她的美，天下的美女太多了，而是她充分地利用了自己的美丽。换句话说，如果夫差不是中了美人计，她什么都不是。

在吴越春秋的故事中，我始终认为越王勾践胜之不武，始终认为吴王夫差虽败犹荣。为什么要这么说呢，因为历史上的吴人是能打仗的，历史上的吴人完全不是今天这个模样。吴人尚武是有历史传统的，譬如到了汉朝，司马迁的《史记》上便说当时最老实的人是鲁国人，为什么呢，因为他们受孔子文化的熏陶，彬彬有礼，讲究中庸之道。当时的鲁国是哪里呢，是山东曲阜和江苏徐州一带。而我们的吴国呢，却是标准的野蛮之地。太史公用"轻生死"这三个字来形容吴人。

一般地说，传统是很难改变的，但是随着时间的推移，传统也是可以变化。事实上，到了宋朝，徐州一带的民众，在苏东坡嘴里就已经成了让人头疼的刁民。穷山恶水出刁民，经济水平可以改变文化。我们依然可以借司马迁的《史记》来说事，《史记》记录了当时的GDP，我们都知道穷富既是生产能力的体现，也是文明程度的标准。在汉朝，当时最富的区域是哪里，说出来大家可能不会相信，是雍州，也就是在长安一带。今天说到西部，我们首先想到的可能是经济不发达，但是在秦汉时期，那里却是中国最发达的地区。战国七雄，秦最后能得到天下，和富裕是有关系的，这也是美国佬为什么厉害的原因。

那么当时最贫穷的地方又是在哪里？说出来大家恐怕仍然是不相

信，就是大扬州。这个扬州不是今天长江北面的扬州市，而是我们现在最引以为豪的江南地区。我们说中国有九州，"禹别九州"，九州代表着中国，而长江南部偏东的这一大片土地被称之为扬州。在东吴之前，整个江南地区基本上都处在蛮荒年代，那时候，江南到处都是沼泽地，人烟稀少，它的文字可以记录的历史，差不多都是虚无的，都是一些不太靠谱的传说。

江南的文明应该是从东吴才开始，东吴是我们文明的源头。再往前，就没什么太多的东西可说了。大家可能还知道一个泰伯奔吴的故事，这个故事的核心是什么呢，说起来很简单，在遥远的古代，我们的吴地是一片蛮荒之地，我们的文明要想追溯源头，就必须提到一个来自北方的泰伯。周王一个叫泰伯的儿子跑到我们吴地来了，在他的带领下，吴地开始被开发。和别的地方的历史一样，东吴的历史也是一个不断地被开发的历史，什么叫开发，说白了，就是不断地加入了人工，让蛮荒之地变得越来越文明。

我们说南京是六朝古都，这个六朝，打头的便是东吴，而东吴的发源地又在苏州。东吴能够立国，可以成为江南的领袖，就是因为最初在苏州一带打下了坚定的基础。当然，东吴时期的江南，经济仍然还非常薄弱的，三国鼎足，其实吴国和蜀国加在一起，才可以勉强和曹魏抗衡。北方的曹魏为什么强大呢，如果细心研究一下，会发现经济起着决定性的作用，经济基础决定上层建筑，当时的北方生产能力远远强于南方。

江南什么时候开始变得富裕呢，应该是在东晋时期。东吴和西蜀当年对抗北魏的策略，诸葛亮用的是打仗，老是喊北伐，所谓"汉贼不两立，王室不偏安"，这口号有个好处，就是可以竖起一个高大目标，让大家勒紧了裤腰带过日子，让蜀国始终处于战争状态，始终是"此诚危急存亡之秋也"。战争时期永远是非常时期，而非常时期的日子都不会好过。我们的课本对诸葛亮评价非常高，其中很重要的一个原因就是汉族常常遭遇外患，常常是危急存亡，在这样的时候，以攻为守便是最好的策略，抗战自然而然就成了主旋律，而《出师表》便成了最鼓舞人心的文艺作品。

三国时期的西蜀因为战事不断，最穷，东吴相对要好得多。因为赤壁之战以后，刘备开始坐大，开始对东吴形成威胁。因此在后期，东吴的策略是向北魏称臣，这个策略是成功的，结果东吴最后杀了关羽，收回了荆州。西蜀是以攻为守，东吴则是以守为攻，攻和守都是三国鼎立的国策，但是最后统一中国的还是来自北方的司马氏，我们都知道，魏晋是可以当做一家的，司马氏窃取了魏国江山，不当回事地就拿下了西蜀和东吴。

不知有汉，无论魏晋，东吴只是个开创期，江南真正形成气候，非要到东晋才行。东晋是江南兴旺的转折点，不妨跟大家说一说苏州的虎丘塔，这个虎丘塔，据说是整个江南最早的古建筑物。如果我没有记错的话，苏州的两个古塔是江南地区最悠久的，一个虎丘塔，建于五代，一个北寺塔，建于南宋。可以这么说，东晋以前的江南地区，经济已经开始发展了，但是，我们也必须承认，相对于北方，它的最美好时刻还没有到来。

举一个例子，以人才看，在唐以前，第一流的大诗人都不是出在江南地区。像苏州籍的陆龟蒙，在苏州基本上已经是最出色的，可是放在浩瀚的唐诗中，恐怕就算不上一个大诗人。以古代文化看来最具有代表性的古文论，唐宋八大家中，竟然没有一个是我们这一带的江南人。以科举的数字看，根据统计，江南文人在隋唐以及北宋，实在没什么太大作为。经济上，江南似乎再也不会萧条，已成为名副其实的鱼米之乡，但是文化上又不得不仰望北方。根据《中国大百科全书》的人名统计，唐朝人才分布的比例，排名前五的是陕西、河北、河南、山西、山东，江苏虽然排名第六，其实中间还包含苏北的缘故，像徐州，完全应该算作北方。至于浙江，竟然排名于甘肃之后，差不多只是排名第一的陕西的十分之一。

到了宋朝，东吴的这一片肥沃之地，早已经成为标准的鱼米之乡。说起鱼米之乡，不能不提到江苏的苏字，因为繁体字的"蘇"，里面既有鱼又有米，"禾"就是水稻就是米。好像当初故意挑了这么一个字，今天我们说起江苏，简称"苏"，很显然，大家已经习惯了用"苏州"的苏来代表江苏。那么这个苏字是不是有鱼米之乡的意思呢？

我想大概不是的，学者研究的结论是，苏州的"苏"其实和苏州胥门的"胥'有关，大家只要上百度搜一下就明白了，百度上是这么写的：

苏州自古有两个名称，吴县的"吴"和苏州的"苏"。

吴的来历：相传商代末年，周国古公亶父有三个儿子：长子泰伯、次子仲雍和幼子季历。亶父喜欢季历，但是按照制度，必须传位于嫡长子。泰伯、仲雍为尊重父意，避让君位而到当时古越人聚居的江东，并入乡随俗。当时的江东人有个习俗，就是喜欢边跑边呼喊，泰伯造了一个"吴"字代表他们。在梅里，泰伯被拥立为君长，国号为"勾吴"。"勾"是当时古越语的拟声词，无义。

苏的来历：在夏代有一位很有名望的谋臣叫胥。胥不仅有才学，而且精通天文地理，因帮助大禹治水有功，深受舜王敬重，封他为大臣，并把江东册封给胥。从此，江东便有了"姑胥"之称。"姑"是当时荆蛮语的拟声词，无义。"胥"字不常用，就改用一个读音相近的"苏"。"蘇"（"苏"的繁体字）由草、鱼、禾组成，象征鱼米之乡。于是"姑胥"就成"姑苏"了。后来，吴王阖闾在灵岩山造姑苏台，灵岩山就成了姑苏山。今苏州仍有胥江、胥门、姑胥桥等地名。到了隋代，大批量的"郡"升格为"州"，苏州所在的"吴郡"本要升格"吴州"，但已被其他地方用了，所以就采用"苏州"了。

说起吴语中拟声词，我还想说一下无锡的"无"，过去有人说无锡的锡山，总是喜欢讨论这个锡山到底有没有金属"锡"，无锡明明是有一个锡山，可是为什么又叫无锡呢？地质学家已经考证过，无锡的锡山不可能有锡，所谓锡被开采完了，只是一种想象，它的地质条件不可能有锡矿。其实无锡的无，也是古吴语的发声词，就跟老虎、老鼠一样，这个"老"是没有意义的。与姑苏的"姑"，勾吴的"勾"，都是差不多的道理。又譬如我们说起金陵的"陵"，在江苏境内，有四个陵，江南有金陵和兰陵，江北有广陵和海陵。金陵是南京，兰陵是常州，广陵是扬州，海陵是泰州。关于这个陵，很多人也不明白是什么意思，古人望文生义，总觉得与埋葬或者陵墓有些关系。譬如说金陵是秦始皇巡游时，认为此地有王气，因此埋了些金子镇住了金陵王气。又譬如广陵，隋炀帝叫杨广，因此广陵就成了埋葬他的地方。这些解释当然是很牵强的，是一种附会，早在秦始皇和隋炀帝之前，金陵和广陵这个地名就已经有了。所谓陵是楚语中一个词，它的本义也就是水边的一块高地。

为什么苏州的苏会成为江苏的代表？因为清朝设置江苏省的时候，从江宁府和苏州府中各取了一个字，这就好比安庆和徽州合称安徽一样。苏州的苏不仅代表了江苏，而且江苏的省府在很长时间，也一直设在苏州，因此，用"苏"来代替是理所当然的事情。问题只是苏州为什么会成为江苏最好的一个地方，为什么时至今日，它仍然还是江苏甚至全国最富庶的地方？这里面的原因很值得大家去探索、去研究。

我个人觉得应该有这么几个因素。首先是它的太平，上有天堂，下有苏杭。一般人都认为这句话是形容此地的富裕，对于老百姓来说，富裕，不愁吃不愁穿，这就是天堂。好像天底下的事情，只要有了钱，就什么都可以搞定。然而一个地方的经济要能得到正常发展，和平和不折腾是非常重要的。上有天堂，下有苏杭还有另一种解释，这就是作为一句口号，它最初是由来自中原地区的老百姓喊出来的。宋朝的北方区域，饱受异族入侵之苦，他们含辛茹苦地来到苏州，突然发现这里远离战乱，发现这里竟然可以不打仗，于是发自内心地称赞这里为天堂。天堂的必要条件就是和平，没有和平的岁月就不会有天堂。

其次是有很好的规划，一个地方的太平总是相对的，像苏州这样的好地方，北方人肯定是很觊觎。1129年金兵南下，原有的苏州古城几乎毁于战火，这是有文献资料以来，苏州城遭受的最大的一次伤害。在其后一百年间，废墟中的苏州不断恢复和发展，很快又生机勃勃地繁荣起来，当时的郡守李寿朋令人绘制了平江城地图，精细镂刻在一块石碑上。苏州又名姑苏，姑苏之外，用得比较多的就是这个平江。《平江图》是我国现存最早的一幅古代城市规划图，绘图手法是以平面和简练的立体形象相结合，它是国务院颁布的第一批国家重点保护文物。老苏州的基本格局是人家尽枕河，是一个地地道道的水城，都是在水上大做文章，并且做好了文章。同样出于人工，与威尼斯不一样，苏州城并不是像精明的意大利人那样，把一座美丽城市凭空建造在一排排结实的木桩上面。苏州城的基本格局，是借助了一条条人工开凿的河道。要想解释清楚这个城市的基本格局，举世闻名的宋《平江图》是一份最好的说明书。《平江图》形象地反映了当时苏州的繁华风貌，勾画出了宋代苏州人民的生活景象。苏州城充分利用了水这个自然条件，以城外的河湖为依托，十分大胆地引水进城，在城内有计划地开凿了一条条河道，构成了非常完善的城市交通系统。茫茫的太湖在城西，大海又在城的东面，湖水经苏州城潺潺东流，最后进入大海，因此，城里的河道更多是东西走向，而传统的中国民居是南北朝向，于是前街后河，家家临水，"水陆相邻，河街并行"，成了古代苏州老百姓的日常生活常态。

当然了，苏州地区能够长期维持富裕还有一个重要原因，就是这里的人民特别勤劳，有着一种持续发展生产的能力。大运河像个抽血的针管一样，多少年来一直扎在我们东吴的胳膊上。我们总是在为国家多做贡献，在源源不断地献血。没完没了地输送财富。南宋时向金国称臣，苏州承担着非常重的税收。这以后的元明清，包括后来的中华民国和新中国，此地一直都是缴税大户。沉重的税收并没有把这个地区的经济压垮，恰恰相反，却是一直在刺激着它的发展，财富的积累有时候就是生产再生产，在中国的历史进程中，江南人或许没有在军事上做出什么太大贡献，但是却有幸成了这个国家的经济支柱。

苏州的现状可以当做一个文明标本，而东吴的故事就是一个文明的结局。这里曾经产生了中国历史上最伟大的军事家和军事著作，但是它的成功，更多还是靠文化，靠经济生产。当然，吴人骨子里的强悍，在关键时刻依然还会顽强体现出来。明朝年间阉党乱政，苏州的老百姓拍案而起，就有了张溥的《五人墓碑记》，这篇文章是《古文观止》的压卷之作，又被选入了中学教材。同时我们也不应该忘记的还有林昭女士，这位苏州女子的刚烈程度，几乎可以和鉴湖女侠秋瑾相媲美。

苏州的历史更像是人类应该有的一段文明史，苏州的奇迹在于人工，所谓人文化成，所谓道法自然。苏州人在历史的进程中，有意也好，无意也好，最终选择了文明，选择了大力发展经济，事实证明，只有文明的方式，只有发展经济的方式，才会是一种最好最有效率的方式。换句话说，在和平的大前提下，文明就是经济，经济就是文明，而经济和文明则是最好的政治。

原载《花城》2014年第2期

海与风的幅面

——从福州到泉州

阿 来

———————

　　去海边，去往福建的海边。那里，海与风有更宽阔的幅面。

　　临行前，我正在中国的另外一端，西部高原。

　　大多数时候，我都在亚洲内陆的高原上穿行。居住在高地上的人们，相信自己可以俯瞰世界。换个角度看，也可说很容易被封锁在一个难以突围的世界中间。难以逾越的雪山，参差在四周。在当地语言古老的修辞中，这些雪山被比喻成栅栏。栅栏是人类基于防范的发明，别人进来不易。这物化的东西竖立久了，即便作为物质的存在已然腐朽，化为了尘，却依然竖立在灵魂中。别人进来已无从阻挡，但那东西的影子，毒刺一般立在自己心中，反倒成了自我的囚笼。

　　在高原的某个夜晚，我一个人站在高地上那些四围而来的奇崛地形中间，一半被暗夜淹没，一半被星光照亮，脚下是土层浅薄的旷野，再下面是错落有致的水成岩层——那是比人类史更长的地理纪年。以千万和亿为单位的地理纪年诉说着，脚下的崎岖旷野，曾经是动荡的海洋。

间或，某个岩层的断面上会透露出一点海洋的信息，一块菊花石，或者一枚海螺的化石。但是，从这化石中已经无从听到什么了。一枚海螺内部规律性旋转的空间也填满了坚固的物质，那是上亿年海底的泥沙，已然与海螺一样变成了石头。本来，从一个空旷的海螺壳里，确实可以听到很多声音回荡。我相信那是海的声音：宽广，幽深，而又动荡。

因此，我总向往着要去海上旅行，或者需要不时抵达那种可以张望海洋，听得见海潮鼓涌的地方。

我这个骑马民族的后裔，虽然已经告别游牧，坐在书房，因为海洋经验的缺乏，只能在生起海洋之想象时，以别人的诗章浇自己的块垒。我想起聂鲁达《大洋》中的诗句：

这不是最后一排浪，以它盐味的重量 / 压碎了海岸，产生了围绕世界沙滩的宁静 / 而是力量的中心体积 / 是水的伸展的能量，充满生命不能动摇的孤独。

我愿意直接从高原上下来，越过那些深陷于山间平原与丘陵间洼地的内陆省份，直接就落脚在腥风扑面的狭长海岸线上。

飞机在降低高度，那大河的出口越发清晰。

事前细读过地图，知道现在机翼下，缓缓流向海洋的水流是闽江。在自身造就的小平原上，闽江舒展开了身子，一分为二，造出一个岛，还在岛的两个对岸造出更宽广的土地，让人们能在河流即将入海的地方造一个城，这座城叫做福州。然后，再合而为一，流向海洋。而在即将入海的地方，又一分为二，再造出了一个大岛和若干小岛。所有那些迂回曲折，是要造成一些深水区，让向往海洋的人们营建港口和船厂。

走出机场，车驶上高速公路，木棉花盛开，台湾相思树树冠华美，凤凰树羽叶飘摇，看不见海，东南风吹送，充满我鼻腔的已是来自大海的味道。

这次福建之行，都与海洋相关，更准确地说，是与中国人如何走向海洋密切相关。

泉州海外交通史博物馆在福州著名的三坊七巷。在这里，我们看见了濒海的人们构造船舶的历史。从简单的独木舟，到深谙流体力学的状若展翅飞鸟，下有分隔的水密舱室，上面耸立楼层的曾经远航到大洋之上的福船。我们既直观地看到造船工艺的演进，更可以想象一代一代的弄潮人，怎样驾着这些船，驶向远方广阔的海洋，在一条条陌生的海岸线上，靠近一个又一个远方的岛屿与大陆。博物馆中还陈列着来自异邦的船舶，解说员强调，以福船为代表的中国船，采用的是飞鸟的造型，而西方的船舶采用的是鱼的造型。船舶的航行，凭借的是风与水两种动荡的流体。福船那飞鸟展翼般的造型，显得更轻盈，其中既包含对自然之力的充分理解，更体现出中国人审美中一以贯之的飘逸之感。我恍然看到现在停靠在博物馆，被精心布置的灯光所照亮的福船，正在海上航行。那姿态仿佛一只正拍击着翅膀准备从水面起飞的大型海鸟，开展而上翘的船头犁开海面，激起浪花，又压碎了浪花。季风到时，顺着洋流，那船是怎样轻盈地飞掠在宽阔的洋面。

航海人去向远方，往南，是南洋，过了南洋，再往西，是印度洋。

航海人去向远方，往东，是台湾，过钓鱼岛等一系列岛屿，是琉球，是更为宽广的太平洋。

当一个族群总是去往远方，远方的族群也会来到你的面前。

在福州城里，就有一处专门招待"远人"的所在。那里，老榕树笼罩的荫凉隔绝了近处大街上喧哗的市声，也庇护着一座古老的建筑：柔远驿。这是一座始建于明代，又在清代重建过的驿馆。据当地有关海洋交通的史料，那个时代，正因为有了福建所造的那些适于远航的福船，明朝中叶之前，琉球群岛和中国大陆间的交通以直航福州港最为便捷。

加上从事中琉贸易的人很多是明代初叶移民到琉球的福州河口人，因此，前来中国的琉球人，无论朝贡还是通商，往往先在福州港靠岸。于是，当时福州官方便在城东南建好廨舍，专供琉球人驻足盘桓，福州民间称之为琉球馆。明朝成化八年（1472），正式设立怀远驿以接待琉球来往人员，其地址就在原琉球馆附近。明朝万历年间，怀远驿更名为柔远驿。其意取自《尚书》中的"柔远能迩"，寓意优待远人，以示朝廷怀柔之意。

现在，柔远驿四周高楼林立，出了树荫浓重的小街口，市声沸腾，但远方来人也早绝了行迹，已经改造成一座博物馆的古老驿馆静寂无声，只有一些经历了历史上重重劫火而得以存留的文物在顽强地证明中国古代也有过何等开放的文明。所以，当我在柔远驿改建的博物馆中看到两张记录道光十六年和道光十七年琉球和福州间往来商品的详细记录时，心理感受要说是"震动"也是毫不为过的。

所以，现将这物品清单抄录在这里，因为，很长的历史时期以来，我们总是急于对历史进行意识形态的定性，而对于丰富的细节以及包藏其中的意味过于忽视了。

道光十六年琉球使者从海路输送到福州港的主要物品有：

海带菜、海参、鱼翅、鲍鱼、目鱼干、酱油、铜器、棉纸、刀石、金纸固屏、白纸扇、木耳、夏布。

道光十七年从福州港输往琉球的物品更加丰富多样：

绒毯、药材、砂仁、茶叶、粗瓷器、白糖、沉香、徽墨、线香、锡器、玳瑁、甲纸、虫丝、棉花、粗夏布、油伞、毛边纸、针、织绒、油纸伞、大油纸、篦箕、漆茶盘、哗叽缎、中华绸、绉纱、小鼓、旧绸衣。

可以揣想那个以外邦藩属朝贡，朝廷赏赐为主，民间自发贸易为辅的贸易体制的面貌。也看到中国以精细的农耕和手工业技术为核心而对周边藩属之国保持的延续了上千年的技术优势。中国的商船扬帆出海，周围的藩属之国还在从陆上、从海上络绎前往中央之国。

十多年前，去过一次泉州。其原因，就是从书上看到这座城市曾经的一个名字，刺桐。字是中国字，词是中国词，但不知为什么，却觉那是一个异国风味十足的名字。和读历史中那些用非汉语的字眼对音而成的地名一样有着别样的风情。那些引起我同样兴趣的地名是汗八里，是花剌子模，是暹罗，是占城。那是中央朝廷还没有动不动就兴起海禁之想的时代里流布于汉语典籍中的名字。

刺桐，这种春天开满红花的树木和番薯一样，也从南洋而来。这种极具观赏性的高大乔木，至少在唐代，就已经完全改变了一个中国城市的成貌。读过一本写中国古诗中植物的书，说刺桐在唐诗中已经大量出现。

"海曲春深满郡霞，越人多种刺桐花。"

在泉州游走，总是会与郑和劈面相逢。在地面上，一座面海的山丘，还竖立着一座高塔，传说郑和下西洋前，屡上此塔眺望海上浩渺的烟波。在地底下，前些年出土了一座被海边的风潮淹去的寺院。在这座重见天日的佛寺中，循例该有的佛教众神殿中的那些佛菩萨外，还有妈祖和郑和雕像，作为那些时常去往无边海洋上闯荡的泉州船民们的庇佑之神，与佛教的偶像一起在同一座大殿中享受香火。郑和的先祖是中亚细亚人，从陆上丝绸之路来到了中国。到郑和从中国海航向阿拉伯海的时候，除了伊斯兰信仰，他已经是一个百分百的中国人了。泉州当地史志中还有关于他率船队扬帆远航前到灵山圣墓行香的记载。

灵山圣墓，坐落于泉州城东郊灵山南麓。唐武德年间，即7世纪初叶，伊斯兰教初创，即有伊斯兰教创始人穆罕默德门徒四人随商队东来中国传教。正如《古兰经》经文所说："船舶在海上带着真主的恩惠而航行。"这四位伊斯兰贤人到达中国后，三贤、四贤便在泉州居留传教，并在此终老落葬。这两座并排安卧于泉州的伊斯兰式墓葬，就是在整个伊斯兰世界看来，也是现存最古老最完好的圣迹之一。

郑和下了西洋，他的航迹最远处究竟抵达何处，在今天的世界重又成为人们热心争论的话题。

这其实并不十分重要。

要紧的是他们的行为方式与目的，带着那么强烈的中国文化印记，正如马苏第在《黄金草原》中的记述："他们还负责激发外国人对宝石、香料及他们祖国器械的热爱。大船分散于各个方向，在外国靠岸并执行委托给他们的使命。在他们停泊靠岸的所有地方，这些使者会以他们随身携带来的商品样品的漂亮程度而引起当地居民的赞赏。"于是，"大海流经其疆土的国家的王子们也令人造船，然后载运与该国不同的产品而遣往中国，从而与中国国王建立联系，作为他们获得该国王礼物的回报也向他奉献贡礼。这样一来，中国就变得繁荣昌盛了……"

唐代或更早前的中国人如何扬帆去往海外，从中国的典籍中已经很难寻觅翔实的记载，但在这些早于郑和下西洋五六百年的记述中国人航向世界的文字，仿佛正是对郑和们所做功业的详细描摹。

至今，在泉州当地还有遥远的锡兰王子因故不能归国，而长留泉州，其家族世代繁衍而最终化入中国的美好故事。

漫步泉州城中，四处都有海洋文明所带来的多元文化的遗存。

伊斯兰教的清净寺创建于北宋，据说是仿照了大马士革著名的礼拜堂的形制。如今这座寺院已基本损毁，但有着鲜明阿拉伯风格的门楼依然高耸。倾圮的礼拜堂有了更中国化的名称：奉天坛。但四围的墙壁仍在，其西墙正中还有拱形的壁龛。内壁上镌刻的阿拉伯文仍清晰可见，专家告知，这些文字都是《古兰经》中的警句。今天，信众们的礼拜之处是屡塌屡修的明善堂，这已然是一个中国风味十足的砖木结构的建筑。

浓重的树荫背后，开元寺双塔雄峙的身姿缓缓从天际线上升起。

眼前情景正合了李太白的诗："宝塔凌苍苍，登攀览四荒。顶高元气合，标出海云长。"不由得听了主人的导引去往开元寺。

刚刚来到庙前，我的目光便被一块石雕所吸引。这块花岗岩石雕砌入了廊下的石阶，那狮身人面的雕像显然不是佛教众神殿中的造像，其强烈的风格让人想起印度教万神殿中的造像。然后，在这座佛寺中，我们又相继见到了多个印度教风格的神像和建筑构件，它们或者单独陈列，或者已经作为建筑材料嵌入了佛寺的整体构造。有史料显示，唐代的时候，随着贸易的人流，从陆上和海上两条丝绸之路来到中国的，也有世界各地信仰坚定的传教者们络绎不绝的身影。他们带来了伊斯兰教、犹太教、摩尼教、祆教、景教，在泉州开元寺，我又看到了印度教也曾到访，并试图扎根中国的确切物证。

今天，景教与印度教在中国土地上几乎断绝了踪迹，但同样自西而来的佛教依然在中国大地上香火旺盛。熙熙攘攘的信众，正依了佛经的教导："见佛塔庙，作礼围绕。"

出得庙来，在佛寺之侧，我见到高过殿檐的几株菩提树，微风过处，那些有着七到八对明晰叶脉的绿色叶片便敏感地振动起来，发出细密的声响。佛教的创始人释迦牟尼就是在此树庇荫下悟得佛教精义，因此，菩提树在虔敬的佛教徒那里也是圣物，风动叶振，所发声音，亦可当成是梵贝之音，用在称颂礼赞，有消除业力的无边功德。

恍然看见中国风的福船正在扬帆出海，看见阿拉伯风格的船正在靠岸，水手们正在徐徐地落下一面面风帆。

脚前因退潮而裸露的滩涂上有小生物在匆匆奔忙，山脚下，刺桐和杧果树正在开花。杧果树以结果为要，花虽繁密却又朴素至极。但是刺桐，不着一叶，却以苍劲的枝干高擎着一簇簇艳红的花朵。仿佛为了表明来自异邦的身份，那一枚枚花朵都采取了弯曲象牙的形状，又仿佛为了表达与这片土地的亲和，每一朵花，都闪烁着丝绸的质感。

这些滩涂上淤积的泥沙中，曾有一艘古船重见天日。然后，我在泉州海上交通博物馆中见过了那艘发掘于滩涂泥沙下的漂亮的大船。

那是一艘宋朝的船，船的前半部尚还完整，果然是在福州听人介绍福船时所说的状若飞鸟的形象。果然如古典的记述"上平如衡，下侧如刃"，船尾不可见，船上的桅，桅上的帆亦不可见。馆内也没有风，只有冷光源静静地照耀。

晚上翻看当地的《泉州古代海外交通史》，那些与航海知识与技术有关的文字让人生出旷远之想。

"大海弥漫无边，不识东西，唯望日、月、星宿而进。"

"舟师识地理，夜则观星，昼则观日，阴晦观指南针。"

"船舶去以十一月，十二月，就北风；来以五月，六月，就南风。"

其实，航海业的发达，除了航海技术本身的发展外，还有更深刻的原因。

北宋时期，泉州一地兴建水利，并从越南引进占城稻种，大面积种植。同时，棉花、甘蔗、茶叶等经济作物也开始大面积种植，并摸索总结出成熟的种植与加工技术。更重要还有蚕丝织造与造窑烧瓷技术的发展。唐宋时期，中国社会经济重心与人口渐渐南移。有资料表明，早在742年进行的全国人口普查中，中国南方人口所占比重就由一百年前的四分之一，增加到了接近一半。

元代，泉州港繁盛的剧目还在继续上演。

所以，马可·波罗到达泉州时自然要发出赞叹："运到那里的胡椒，数量非常可观，但运到亚历山大港供应西方世界各地需要的胡椒，就相形见绌，恐怕不过它的百分之一吧。"

所以，14世纪来到元代中国的摩洛哥人伊本·白图泰会留下这样的文字："我渡海到达的第一座城市是刺桐城……该城的港口是世界大港之一，甚至是最大的港口。"

只是，西方人所说的作为"世界中心"的中国的黄金时代行将落幕了。

明朝皇室对待海洋似乎有一种奇特的态度。

一方面，有郑和率官方庞大船队七下西洋的壮举，另一方面，又出台种种限制海洋贸易的措施。原通于万国的泉州港此时被规定只能与琉球通商，于是，当官方限制或禁止民间海上贸易时，逐利的商人成为走私者，甚至成为海盗。在大明朝廷开始封禁海疆之时，日本的海盗以及从事殖民贸易的荷兰人、葡萄牙人已经相继前来叩击大门了。而支持郑和七下西洋的朝贡贸易体制，终归因入不敷出，而被廷议所中止。海禁的时代到来了。

还看到过一则史料，刺桐城的衰落，还与农耕时代过度开发造成植被破坏，严重的水土流失导致那些深水港被泥沙淤塞有关。总之，以刺桐之名获得世界性荣耀的城池，火红的刺桐花终归是渐渐凋零了。

"泉城已渺刺桐花，空有佳名异代夸。"

这些日子，在福建的沿海游走，一直听当地朋友说两个字，也许是因为那个简化的词组对我而言还过于陌生，也许是因为当地朋友的普通话总有些闽人特别的口音，直到行程即将结束，我才恍然大悟，他们不断重复的那两个音节是"海丝"，即海上丝绸之路的缩略表达。从语言学的角度看，简洁缩略表达方式的出现，意味着这种表达所指称的事物被普遍认知，或者这种表达所指称的观念已成这个语言群落的共识。

当年，面对帝国的重重危机，中央与地方，官员与学者，曾有"海防"与"塞防"之争。其实，国家安全首先就是领土与领海的完整，所以，当年左宗棠得离开刚刚创办的马尾船政局，从东到西，横穿了整个中国，率军收复伊犁，巩固陆上边疆。而今天的中国，开放自沿海口岸始，三十年后，已经是海陆边疆的全面开放。所以，"海丝"之外，"一带一路"，这个缩略语的流行，也显示了开放观念在今天已是如何深入人心。

突然想起，去年，我曾有过海上岛国斯里兰卡之行。所带的枕边书，是法显的《佛国记》。法显是东晋时代的僧人，399年，已经有六十多岁高龄的他从长安出发，经陆上丝绸之路去往印度取经学佛。后来，他由印度乘商船到师子国（今斯里兰卡），居留两年，再乘商船东归，中途经耶婆提（今苏门答腊岛或爪哇岛），再换船北航回到中国，成为有史可考的同时游历了陆上丝绸之路与海上丝绸之路的中国第一人。在斯里兰卡期间，我常去海边徘徊，寻找当年法显东归的登船处。当然，确切的地点自然已无迹可寻了。但是，在科伦坡，面海的长堤尽头，一个崭新的港口正在兴建。港口的兴建者，是一家中国公司。港口建成后，持有该港口相当股份的中国公司还将参与海港的管理与运营。

是的，今天距福州城中柔远驿的关闭已将近一百五十年，面临大海的中国，在开放与禁锢中又犹疑过，摇摆过，但终于还是向着世界敞开了口岸，所有向着海洋的三角洲都成为新的出发地，成为新的文化与经济思想的发生地。

当然还有那一条条江河的三角洲，敞开的河口向海洋交出了陆地，敞开的河口以宽广接纳应时而至的潮汐，纵切过排排横波的是船。不是"野渡无人舟自横"的那一种，不是"孤舟蓑笠翁"的那一种，不是那种停在农耕的村庄边的船，不是从这一村到那一村的船，是海船，是去往空阔无际的大洋上的船。

只是现在，那些船都去掉了帆，而采用了更可靠稳定的机械动力。机器的心脏，每一次转动，都输出强劲的脉动，驱迫着沉重的钢铁躯壳钢铁骨骼的船舶，去往远方。重新航向世界的中国船来到了海洋之上，带着历史晦暗或光辉的记忆，来到了海上的中国船已经日益稔熟于洋流与信风，前方徐徐展开的前景，扑面而来的海与风，正是中华复兴理想最舒展的幅度。

原载《人民文学》2015年第7期

腾冲的虹

王 童

————————

  去云南腾冲，景致依然是那样的迷人，位于腾冲县城西南二十公里处的热海水雾蒸腾袅起，沸泉飞泻穿流于山林间，融入其里亦幻亦真，而从这奇特的地貌延伸下去，却知这是由于在腾冲县一百多公里范围内，分布着大大小小七十多座形如倒扣铁锅火山群所致，坝派巨泉系地下水渗透过火山熔岩边缘裂隙空洞而溢出，从而形成低温热泉。那些水蒸气在阳光的缠绕下，就会散发出如太虚幻境般的迷离。沿着那凹形的火山口绕一圈，拣起一把火山灰或红黑色的火山石，远古的气息就会扑面而来，沿途的摊贩也在兜售镌刻着飞鸟鱼虫的火山石，这岩石与远近觅草的牛就构成一种沉睡着爆发的寂静。据说，这些个火山，三百多年前还在喷发，现今不过是它的休眠期。然而，就在六十多年前，奋战在这崇山峻岭和火山岩石砌成城墙内外的中国远征军却来了一次真正的"火山喷发"。

  说来也许令人难以置信，1944年，就在国民党军队湘豫桂大撤退的前后，大部被日军侵占的国土仍沉在沦陷区时，地处云南边陲的腾冲县城，却爆发了一场中国远征军与固守城池日军进行的惨烈搏杀。

记得在抗日战争六十年纪念日之际，曾看过有关这方面激战珍贵纪录片的片段。当时，为攻克这仅五千八百四十五平方千米的城垣，中国士兵持枪沿云梯奋勇登攀，视死如归。后据知情者讲，当时还组织了督战队，退却者格杀勿论。正是在这种破釜沉舟、死命攻击的精神激励下。以一九八师为主力的国军经过多日的轮番冲锋陷阵，仰"飞虎队"的空中掩护，付出重大牺牲后，终于将固若金汤的该城攻克，除五十人被俘外，其余近三千日军悉数被全歼。这亦是抗战以来，唯一守城日军被全歼的战例。此役，使许多日本军事专家大惑不解，至今仍苦苦探求其谜底。战后，《大公报》战地记者曾发出报道：腾冲不仅找不到几片好瓦，连青的树叶也一片无存。面对日军的垂死负隅顽抗，这城的每一寸土地，都是浴血搏斗得来的。具体的战事简括是，1944年6月23日，中国远征军长官部趁驻腾日军向龙陵增援之机，下达了攻击命令，经过各集团军周密的部署后，攻占了外围的宝峰山、来凤山，进而对腾冲县城完成了合围。7月2—5日，一九八师在三十六师的配合下，经过四天的血战，攻占了娘娘庙、董库、大竹园等地。三十六师推进至杨家坡、干龙、陈家巷，攻占观音塘，7日兵锋至腾冲城西北角的拐弯角楼附近。同时，一九八师也挺进到城北门外的田心村。随之，预备二师同三十六师等部也投入了战斗，至9月14日，腾冲县城被彻底收复。日军代理联队长大田大尉焚毁队旗后自杀。腾冲战役，公署、学校、庙宇被摧五十余所，民房铺面被毁五六百间，四个城楼及城中心的文星楼全部损于一旦。经历者曾称甚至每一片树叶都遭受了三颗子弹的射击。今天，当我看到腾冲城沿街茂密葱郁的树丛，真想象不出当时战况的惨烈程度。这战役，常使我联想起太平洋战场上著名的硫磺岛争夺战，虽说二者在规模上不能同日而语，但其激战程度则不相上下。

往日看影视片，反映抗战的战斗场面，似都有这样的英勇镜头：中国军人帽子一扔，端起冲锋枪或机关枪，横眉怒目一通狂扫就撂到了日军一大片。这纯粹是编导者想当然的杜撰。实际上，日军在二战中往往是以"玉碎"冥顽拼战不屈，以少胜多的。面对中国军队，更是有着自甲午战争以来精神、士气上的强势。众所周知，日本在六十多年前就有了航空母舰，而中国至今还没有；日本不仅击败了吾国北洋海军，同时也战胜了俄国的舰队；日本偷袭珍珠港让美太平洋舰队损失过半，也几乎征服了整个东南亚。那年头，日本的国民教育就是"军事化教育"。"二二六"少壮军人"清君侧"的哗变，强化了日本军事机器的运转，"脱亚入欧"的理念也让日本民族抱残守缺的观念逐一破碎。这样脱胎换骨、精神振发敢铤而走险、有备而来的侵略者，其战斗力可想而知。如若日军真像电影上演得那样不堪一击，还用得着从九一八事变以来的十四年抗战吗？舍身刺杀清朝大臣、开始极力主张抗日的汪精卫与台儿庄的悍将庞炳勋最后全都降日成为汉奸，也是慑于日本武力的强悍，才屈服的。迟浩田将军在回忆录中称，日军三个人的机枪小队往往就能扫荡一个村庄，便是对那一时期国民性本质真实的写照。也正因为看到中国国民性中庸软弱的一面，日本人才敢以少胜多发动九一八事变，才敢进行惨无人道的"南京大屠杀"——目的就是要在精神层面上彻底压垮中国人。而中国人多年的"恐日症"也是客观存在着的。正因为如此，腾冲歼灭战的意义才非同小可。

　　客观地说，腾冲战役所歼日军的人数并不是很多，但由于日军据城（这城墙是由坚固的火山岩石构成）掘壕死守，每一个角落被攻下都不易，日军的堡垒不下三百多个，有的干脆就建在了树洞里，说日军在全城布下了天罗地网，一点也不过分。说日军给我军也来了个"他在明处，我们在暗处"的"地道战"也是名副其实。日军以"武士道"精神死战不降，逼近时则以刺刀展开白刃战。但就是面对这种易守难攻的城池，面对这些穷凶极恶的对手，经过在印度整训的中国军队，一反疲软涣散之态，进行了惊天地泣鬼神的"丈夫壮气须冲斗"的横刀立马！以至战后六十多年，当年的远征军老兵仍会伸出大拇指自豪地说：中国人是这个！为此，让我们再来看看时任中国远征军、亲身指挥腾冲摽甲执兵，铁血雷鸣、杀敌致果的霍揆彰将军留下的珍贵文字记载："经二十二日之血战……我军冒敌浓密火网先后登城，对城上之敌堡垒，以对壕作业逐次攻击。至未号始将东南三面城墙上之敌大部肃清，于马晨开始向城内之敌攻击。我预二师、一九八师、三十六师、一一六师各部主力奋勇直前。由南面城墙下城突入市区，激烈巷战于焉展开，唯城内人烟稠密，房屋连椽，大部坚实难破；且顽敌家家设防，街巷堡垒星罗棋布。尺寸必争，处处激战，我敌肉搏，山川震眩，声动江河，势如雷电，尸填街巷，血满城沿，嗣以各部损耗惨重，而各级预备队既早用罄，又无援兵以济急难，不得已将原在南甸、腾龙桥阻敌增援之一三零师调入腾城，用增实力苦战若干昼夜，所赖士忠勇克敌致果，业于九月十四日将困守腾城之敌全部歼灭，青白之旗乃复飘扬，边陲重镇，同声庆幸……"霍揆彰将军现场记述的与后来史料的验证似有些出入：此役，毙敌少将指挥官及藏重大佐联队长以下军官一百余员，士兵六千余名。虏获野山炮七门，步兵炮六门，迫击炮十门，重机枪十九挺，轻机枪四十七挺，步骑枪千余支，汽车二十余辆，有无线电机二十五部及其他军品无数。

　　互为映照的是，日军方面对此役也进行了详尽的描述，据日本《日本防卫厅研修所战史部战史丛书》所记：……敌军在经过一周时间的进攻准备之后，在得到有力的火炮和飞机支援的基础上，敌军试图施放烟幕弹，利用云梯翻越城墙，或者利用坑道对城墙进行爆破，对守备队发起汹涌的攻势，并不管三七二十一地向城内猛冲，面对敌军如此凶猛的进攻，守备队官兵在各个阵地与敌军进行了惨烈的枪战，双方苦斗了数小时艰难的拼搏，到十二点，守备队终于成功地挫败了敌军的进攻。但在这次战斗中，守备队又损失了包括三名军官在内的许多守兵。8月15日早晨，第一九八师就开始对北西角的拐角楼阵地及北东角的饮马水阵地发起了进攻，不过这些进攻的敌人同样被守备队击退了。8月16日，遭到很大损伤并被击退的第一九八师主力，将进攻方向转移到南西角方向。至此，远征军将进攻的重点完全转移到了南西角，并集中兵力向南西角阵地再次发起了进攻。当时，守备队虽然英勇地进行了抵抗，但战斗力已大大减弱，毫无能力顾及不断增加的损伤，而且官兵们还在不断地被击倒。面对敌军排山倒海似的反复猛攻，不管守备队如何英勇顽强也难以抵挡，最后不得不放弃阵地，被强大的敌军所击退……值得一提的是，在整个战役结束后，日军大本营并未斥责这次失败，而是通令嘉奖了守城"玉碎"的全体官兵。正因为如此，这个两强相遇勇者胜的战例，才更凸显出中国军人舍生忘死，敢战至血流漂杵、伏虎降龙的豪迈之气。

腾冲攻坚战是中国远征军整个滇西抗战，包括来凤山、松山、龙陵会战的一个重要组成部分。它打通了西南国际运输线，消灭了入侵滇西的日军共计二万一千余人，加速了日本军国主义的灭亡，其意义不言自明。这些会战，中国远征军实际上啃了最难啃的骨头，当这些精锐之敌被悉数歼灭后，余下的五六万之众便望风而逃，被英军截击消灭。然而，时隔六十多年，当我们这些后辈再次来到这已被称为旅游线路的城市时，战争的痕迹早已不见，环绕城市建筑的元龙阁、叠水河瀑布、热海景区以及火山公园和槟榔江边姹紫嫣红的杜鹃花世界，依然吸引着游人的眼睛和相机的窗口。城内腾越广场上的母亲坐像头顶悬着蓝天上的冷月，人们也在兜售玉石、普洱茶、翡翠等特产。但当地人一提起中国远征军的功绩，都会赞不绝口。当地的文联主席卞善斌等一行人也如数家珍地讲述着他们的故事。这样，当我们来到这城内精神支柱的"国殇墓园"时，面对那凝重而又气壮山河的烈士墓群时，不管你是何种信仰的人，全都会肃然起敬，脱帽献花的。这里葬有八千名远征军烈士的英灵，还有十九位美国盟军的遗骸；有盟军陈纳德与史迪威将军的塑像；有布什总统认为此役是中美两军合作明证的致敬信。面对着他们跪卧的是日军的"倭塚"。我拍了照，献了花。我记住了"碧血千秋"四个题字，我也记住了一些远征军的英名：一等兵刘松、一等兵彭迪全；上等兵王义全；少校范文增、中校高奎乾……还有……还有……。在这物欲横流、拜金至上的时代，我突然感到了心潮澎湃。这英勇多是因日军的残暴而来，对我无辜砍头、活埋，有二十九户人家全部杀绝。日本人灌输的"武士道精神"就是要不施一点怜悯，杀人不眨眼，日本文化中的乱伦恶俗也放在了强奸中国女性的兽道上。为此，必须要同他们决一死战。在这一刻"友谊"和人道是不存在的，古人见义必须死、"见义不为，无勇也"的豪言用在此再贴切不过了。相对于众多已成孤魂野鬼的中国远征军的魂魄来说，葬在腾冲"国殇墓园"中的远征军将士是再幸运不过了。这墓园的建立，首先要感谢激战岁月里时任云贵监察使的李根源。正是在这位早年参加孙中山同盟会六十三岁长者战后的倡议和奔走下，腾冲才有了这引以为荣和骄傲的烈士暮年的殿堂——而李根源题写的"碧血千秋"四字也永存了史册。有感于中国远征军靴刀誓死的精神，在腾冲光复之际，李根源先生就欣然命笔：八年浴血抗天骄，杀气如云万丈高。可见，当时，中国远征军的奋勇献身之血气是怎样的激昂慷慨、魂飞天外了。据说，在缅甸的中国远征军墓地曾因意识形态的原因，已被悉数铲平了。而日本人仗着财大气粗，却把他们侵略者的"倭塚"修葺一新。在泰国的桂河大桥彼岸，笔者就目睹了远征军后代募捐欲建英烈墓碑的义举。这也常使人想起那漂泊至缅甸多年的远征军老兵，在古稀之年排着队，跟跟跄跄走回国门，边防战士向其敬致军礼的那一幕。尽管"文化大革命"期间，这些墓群也一度遭到了不同程度的破坏，但在有良知的腾冲人保护下，墓园仍保存了它的精髓——腾冲人民怎么能忘得了保佑这城市的上天之灵呢？如果有一天，一位一九八师的老兵突然出现在腾越广场上，该是怎样的让人敬仰呢？年轻的一代是否还能记住他们的丰功伟绩？然而，这里出售的《腾冲血战》的光碟，竟然是由一些二流演员演绎的滑稽剧，没有任何震撼力，摆放在此的小册子《腾冲史话》与《滇西军民抗战史》里记述的腾冲战事爆发的年代也都不一致，实让人感到汗颜。据了解，认真的日本人对他们的"战败史"则记述得极为详细。往日观日本影片《激荡的昭和史》（我译《军阀》）《啊，海军》及《冲绳血战》都印证了那一时代。而我们何时才能拍出类似的大片，也讴歌一下我们的远征军呢？从历史的角度来审视，也抱着对后代负责的准则，这些劣质的宣传品都应重新清理一下，以慰天灵。

　　不知是不是远征军的气贯长虹，城内邻近的玉泉园，飞流直下的瀑布总能激起绚丽的、如弯弓射敌的彩虹。

原载《联合报》2015年7月12日

我怕惊动湖畔那些精灵

谢　冕

————————

好久没来这湖边了。我拣这一年的最后一天来这里跑步，为的重温往日的记忆。清晨，严寒，有点风，还有点雾——可能是轻霾，这城市为雾霾困扰已久，我们也习以为常了。这湖是我的最爱，我的生命的大部分已弥散于此，常居昌平之后，我总找机会回来，回来一定找机会到湖滨跑步，这已是我数十年的习惯了。这里的一草一木都有记忆，也都会说话。我脚步轻轻，怕惊动那些沉睡湖畔的精灵。严冬，湖面已结上薄冰，工人正在整治今年的冰场。再过几天，冰场就会启用。

我有自己的跑步路线。从住处畅春园出发，进西校门，过鸣鹤园小荷花池，绕池一周。经民主楼、后湖，入朗润园。紧挨着路边，出现一座小院，正房住着温德先生，东厢房住着他的中国佣人。温先生终身未娶，中国是他永久的家。他九十岁还能骑自行车上街，还能仰游，他为美丽的燕园增添了精彩的一笔。温德的小院种满花草，其中不乏他喜爱的富有营养的野蔬。他不仅精通汉学，还是营养学家。温德先生是闻一多先生的朋友，当年闻先生"引进人才"，一引就是终身。中国成了他唯一的、也是最后的选择。

我跑着，想着。眼前就是十三公寓——季羡林先生的家到了。先生住在东边单元二层，那边窗户里深夜的一盏灯，是朗润园的一道风景。那灯光我是熟悉的，因为我和季先生曾是邻居，我住过十二公寓。记得那一年，火焚一般的夏天过去了，好像是萧瑟秋风时节、已是落叶满阶。那日在朗润湖边遇见先生。久别重逢，他关切地问："还写文章吗?"答："还写，但不能发表。"先生意态从容，沉吟片刻，说："那就藏诸名山吧!"我们相对无语，只是淡淡，在我，却是如沐春风。

由此向东，是十二公寓了。情景如昨。也是冬天，湖水凝冰。透过湖面薄雾，依稀是儿子正在滑动他的冰车。迷蒙中我欲唤他，却是伤痛攻心，遂止。想起那厢住着吴组缃先生，他是直接教我的，我要向他执弟子礼。吴先生当年从镜春园搬过来，也是二楼。他搬来时我已搬走。那次拜望是为北京作协的朋友引路。记得有林斤澜、张洁、陈建功、李青，可能还有严家炎。那年我们为吴先生庆八十大寿，吴先生说自己是"歪墙不倒"。陈贻焮先生住在吴先生的楼下，他也是从镜春园搬来，不仅搬来了他的书房，也搬来了那边的竹林。先生有名士风，爱竹。他一如既往地欢迎我，一如既往地款我香茗，与我谈诗论文，也一如既往地展示他湘人的傲骨、湘人的才情。

朗润园四围环水，有石桥通往内园。岛内崖畔，镌有季羡林先生手书"朗润园"三字。整座园子晴朗温润，宛若一块浮于水中的美玉。此刻冬寒，花事式微，已是满眼枯瘦，只能于记忆中寻找旧时芳华。此刻这一带枯水寒山，一路唤起我的记忆，有欢愉，也有无尽的怀想。金克木先生的家我是去过的，也是那年夏季过后，风雨萧疏中大家都很寂寞，我在北大想约请学界纯正人士，谈些那时已被冷落的学术。电话约请金先生出席。电话那头传来的声音爽朗而诙谐："不行啰，我现在除了嘴在动，其他的都不能动了。我已是半个八宝山中人了! 哈哈——"

北大人都这样，他们会把沉重化解为谐趣！

从朗润、镜春两园逶迤向西，林间山崖，婉转隐约，顷刻间未名湖展开了它冰封的湖面。湖滨柳岸萧瑟，叶已落尽，空有枝条在寒风中摇曳。沿湖小道两旁，昔日葳蕤的花草也已枯黄。这边是斯诺墓，这位充满爱心与正义的美国人，选择这里的一角长眠。墓地面对着花神庙。花神庙那边有一片略为开阔的地面，稀疏地立着供人们休憩的几张靠椅。那年也是清晨，也是在这里，晨曦中但见朱光潜先生在练拳。趋前请安，先生告诉我，这套拳法是他自编的。上世纪80年代，先生还未退休，他身材精干，脸色红润，双目迥然，那时正在紧张地翻译维柯的《新科学》。他是康健的，记得当年英国一剧团来华演出莎士比亚的剧，朱先生挤公共汽车去展览馆看戏，一时引发舆论热议。在北大，年长资深教授挤公共汽车是常态，不稀奇的。

临湖轩优美地隐藏在竹林中。竹子仍然呈青绿色，有点暗，带着与霜冻抗争的痕迹。这里曾是司徒雷登校长的住所。司徒校长当年主事燕京大学，这里是燕大师生感到亲切并且向往的地方。据说冰心先生的婚礼是在临湖轩举行的，司徒雷登校长主持了她的婚礼。此刻竹影婆娑，似乎参加婚礼的人们还沉浸在昨夜美丽的香槟和鲜花的回忆中。对于司徒雷登而言，这里当然也是他最不忍离开的地方，不想，那年北平围城的一声"别了"，竟是他与友好、挚爱、终身视为朋友的中国的永别。燕大的校友们、北大的师生们对他的思念是永远的。我选择这一年的最后一个清晨，向至今还活泼泼地生存在这里的精魂致敬。我怕惊动他们，蹑轻脚步，又不免沉重，因为这方土地负载太沉重了。

绕湖一周，习惯地回到了燕南园，这是我从学生时代至今都隐秘地钟情的地方。院子不大，内涵却是深厚，花径弯曲，总觉是绵长无尽。三松堂人去楼空，三棵"院树"（宗璞先生"封"的）依然凌寒而立，发出严寒中凝聚的苍绿的光焰。路经冰心先生当年的小楼，仿佛见她正推着婴儿车款步花阴，裙裾迎风，风姿绰约；周培源先生的家在近旁，那日我陪徐迟先生访问过他，在他的书房聆听他关于湍流的论说——周先生到最后都没有同意三峡工程。

燕南园集中了燕园最瑰丽的风景，他们劳作过，思想过，快乐过，也痛苦过。他们以自己的方式表达自己的意愿，作为学者，他们的人格是独立的。一旦试图改变他们的生活方式，或者是试图摧毁他们的学术尊严，雍容尔雅的他们，也会以自己的方式抗争。燕园的居民都记得，历史学家翦伯赞先生及夫人，曾经以最断然、也最惨烈的方式把自己写进了历史。他们以及与他们同时代的人以自己的方式的决然离去，是这座园林始终不能愈合的伤口。尽管我的脚步轻轻，但是我还是忍不住触动了历史最敏感的一页，我还是惊动了那些曾经爱过，曾经痛过，曾经辛劳过，也曾经幸福过的灵魂。

原载《北京作家》2015年第1期

黔北故事

王巨才

———————

一

1915年。旧金山。巴拿马——太平洋国际博览会。由中国政府选送的陶瓷、漆器、珐琅彩、丝绣、编织等手工艺品吸引了众多参观者的眼球。人们流连在这些美轮美奂的展品前，以旖旎的想象揣度着这个古老而神秘的国度，跷起拇指，交口称奇。

而在人头攒动的农业馆，那排泥黄色的茅台酒瓶就显得灰头土脸，少有问津。中国参展团领队陈祺经过思量，认为如果将它放在食品加工陈列馆，应该是能引起关注的。就在工作人员移动展品时，一瓶茅台从展架上猛地掉了下来，随着一声冰裂的炸响，一股馥郁的浓香扑地而起，立即四溢开来，弥漫到整个大厅，人们于是调头回身，闻香寻迹，纷纷围拢过来……结果正如人们所知，这种以独特工艺酿造的白酒，在有四十一国参与的博览会上，毫无争议地由高级评委会直接授予金奖。

对这个往事有不同看法，有人觉得太传奇，太蹊跷，不可思议。但无论如何，自1915年在巴拿马博览会获得金奖，中国茅台与法国白兰地、苏格兰威士忌一起被誉为世界三大蒸馏白酒。近百年来，我不知道还有哪种酒，像茅台这样以不可动摇的"国酒"的品位，与中国革命和建设、内政和外交的许多重大事件、重要节点有过那样密切的关联，时至今日，仍能在商品大潮的波峰浪谷中，以固有品质和良好信誉赢得世人的赞美。

那天参加完酒厂的重阳祭酒大典，雨后的晚霞余晖中，我们来到红军四渡赤水的渡口。"四渡赤水"是毛泽东军事生涯中出神入化的得意之作。当年他硬是在险象环生的危急关头，运筹帷幄，指挥若定，巧妙调度敌我双方，成功地将中央红军带出蒋介石的重重围困，创造了中外战争史上少有的奇观。

想起黄炎培先生那首不无诙谐的《茅台酒歌》：相传有客过茅台，酿酒池中洗脚来。是假是真吾不管，天寒且饮两三杯。

我问讲解员真有洗脚一说吗，小姑娘笑笑，说完全是御用狗仔的瞎编乱造。事实是，（1935年）3月16日三渡赤水前夕，毛主席和军委首长来到突击架好的浮桥上，边走边夸"工兵连有办法"，当时正有几名警卫员掮着从酒厂买来的竹筒散酒走来。毛主席问，你们扛的么子？陈昌奉答，王连长搞了点儿酒，给大家搽搽腿脚，消消伤。毛主席笑说，茅台出名酒，不过用来搽脚，太可惜了……

其实，我何尝不是明知故问！我当然没有提到黄先生的那首诗，也没有讲那首诗的由来。

1945年7月，黄炎培与其他几位国民参政员应邀访问延安，曾与毛泽东就如何走出"其兴也勃焉，其亡也忽焉"的"历史周期律"作了著名的"窑洞对"。这件事通过黄本人所写《延安归来》及此后大量文艺作品的征引，已广为流传。鲜为人知的是，就是那次访问，还有一段有关茅台酒的佳话。

黄炎培等到达延安次日，即与毛泽东在枣园会面。走进会客室，客人们赫然发现，窑洞墙壁上挂着一幅画，为沈钧儒先生的次子沈叔羊所作，上面画一个酒壶，上书"茅台"二字，旁有几个酒杯，而画上的题诗，正是黄炎培亲写的那首《茅台酒歌》。这幅作品作于1934年，正当国民党反动派大肆造谣滋事，掀起新的反共高潮之时，题诗中一个"喧"字，委婉地讥讽了谣言的荒诞与无聊，一个"客"字，又暗含对红军将士的信任与尊敬。黄先生见到这幅画，睹物度人，如遇良友，一种对共产党重情重义的知遇之感油然而生。

是日晚，毛泽东、周恩来等中央领导以茅台酒宴请黄炎培一行，宾主推诚布公，相谈甚欢。席间，陈毅看众人兴致正高，提议大家依黄先生酒歌原韵，联句为诗，以记雅聚。于是公推毛泽东起首，他略作推让，随即吟道，延安重逢饮茅台。周恩来接句，为有嘉宾陕北来。黄炎培或是出于幽默，或是谦逊，仍用旧作原句，是假是真我不管。陈毅只好接应，天寒且饮两三杯。毛泽东见状，哈哈大笑，连连摆手说不算不算，随又换韵起句，其他人仍依次承接，重新联成一绝：赤水河畔清泉水，琼浆玉液酒之最。天涯此时共举杯，唯有茅台喜相随。

光阴似箭，时移势易，历史的逻辑正如毛泽东所言："人间正道是沧桑。"七年之后，已是上海市市长的陈毅在南京招待政务院副总理黄炎培，两人抚今追昔，感慨尤深，遂又即席赋诗。陈毅诗云：金陵重逢饮茅台，万里长征洗脚来。深谢赋歌传韵事，雪压江南饮一杯。黄炎培诗云：万人血泪雨花台，沧海桑田客去来。消灭江山龙虎气，为人服务共一杯……

江山有代谢，往来成古今。这些见诸正史和报刊的历史珍闻，苦乐交织，记载着来路的艰辛与人情的温暖。因缘际会，又总与茅台相关。由此，我这个并不嗜酒也不写诗的人，此时此地，竟也对这种千百年来不断向人间播撒芬芳与友谊、激情和梦想的佳酿生发出一种虔诚礼敬情懊。我甚至认为，即使把茅台酒作为爱国主义教育的资源，陈列进国家级的博物馆，也应顺理成章，当之无愧。

二

返回遵义时，按行程安排，是要顺道去一个叫"苟坝"的革命旧址参观。"苟坝"？这在众人的党史常识中显然十分陌生。陪同解释说，那里离茅台镇很近，景色又很好，非常值得一去。

这果然是一个地势开阔而又风光秀美的小平原，在多山的贵州十分少见。四围青山隐隐，远近阡陌纵横，十多个村民小组散落在荞麦花、油菜花、格桑花盛开的原野间，相距都约里许。显然经过新农村建设的"打造"，民房崭然一新，皆为白墙黛瓦的小楼。村际小路多以水泥、石板铺就，路旁偶见供行人饮茶小憩的凉亭。时值晚秋，清风习习，漫步其间，游目畅怀，确是一处天高云淡远离尘嚣的休闲胜地。镇党委书记讲，自建成红色旅游观光点，每年至少接待五十多万游客，村民人均收入已达九千多元。

旧址在远处的马鬃岭山脚下，为黔西一带传统的木结构大型四合院落。据遵义县委党史研究室主任杨生国介绍，没有在这里召开的军事会议，就不会有随后的三渡赤水、四渡赤水，中国革命的进程也许会是另一种样子。

1935年1月的遵义会议上，毛泽东当选为中央政治局常委。2月，中央红军二渡赤水，再夺娄山关，取得突围转移以来首次的重大胜利。3月4日，中央军委特设前敌司令部，朱德任司令员，毛泽东为政治委员。在胜利情绪的鼓舞下，3月8日红军总政治部发出《为粉碎敌人新的围攻赤化全贵州告全党同志书》，此时，红军正集结在苟坝所在的枫香镇和鸭溪一带，寻找战机，待时而动。

3月10日一时，红一军团军团长林彪给军委发来"万急"电报，称驻守金沙县的敌军是我军手下败将王家烈的部队，建议立即攻打县城打鼓新场，并拟定了具体的兵力部署和进军路线。朱德接到电报，认为攻打打鼓新场有利于中央红军西进开辟新的根据地，赞同林彪的建议。而毛泽东认为，金沙县城城坚濠深，易守难攻，且有敌人两个师的兵力守卫，贸然行动绝难取胜，故极力反对。前敌司令员和政委发生分歧，这真是给在中央负总责的张闻天和"对军事指挥下最后决心"的周恩来出了个不小的难题。

于是，张闻天立即在四合院堂屋召开有政治局成员、军委委员、军委局级干部二十多人参加的会议，讨论林彪的建议。会上，绝大多数同志和红军战斗员一样，迫切希望以新的胜利创建云贵川根据地，纷纷赞成"打"，只有毛泽东坚决反对。他在反复申述意见得不到认同的情况下，又犯了湖南人的犟脾气，竟以"这前敌政委我不干了"相"要挟"。对此，有人同样犯倔："不干就不干，少数服从多数！"争论异常激烈，气氛益发紧张，最后只好付诸表决。结果可想而知，毛泽东不仅意见遭到否决，还丢掉只当了六天的前敌政委的"官衔"。

回到住处，毛泽东神情黯然，"夜不能寐"。恰在此时，接到军委二局和三局送来的情报及敌军往来电报的破译稿，情况表明，蒋介石正在频繁调兵遣将，构筑防线，准备东西并进，南北夹击，一举歼灭红军主力。一场关乎三万红军命运的危机一触即发。毛泽东心急如焚，连忙提着马灯，摸着夜路，跌跌撞撞，气喘吁吁地敲开周恩来的房门。周恩来刚刚起草完准备明天一早便要下达各部队的作战命令，听了毛泽东的汇报，大吃一惊，遂与他一起来到朱德住处，经过商量，取得一致的看法。于是再次召开会议，决定放弃"硬打"的计划，毛泽东刚刚被褫夺的前敌政委，又官复原职。

这戏剧性的一幕，在中共党史上或许未及详述，但在毛泽东记忆中从没有淡去。

1959年4月，中央在上海召开八届七中全会，毛泽东在讲到"工作方法"问题时就曾说过："比如苟坝会议，我先还有三票，后头只有一票。我反对打打鼓新场，要到四川绕一圈，全场都反对我。散会之后，我同恩来讲，我说不行，危险，他就动摇了，睡了一个晚上，第二天开会，听了我的了。"

毛泽东此处所说的"要到四川绕一圈"，正是他知己知彼，成竹在胸，避开强敌，在运动中消灭敌人的战略构思。

苟坝会议后，"运兵如神"的毛泽东巧妙排兵布阵，挥师茅台，于3月16、17日三渡赤水，继而调头，夺取遵义，又"分兵马鬃岭"，虚张声势，掩护主力红军南下，接连取得突破乌江与威逼贵阳、佯攻昆明、巧渡金沙的胜利，终于把三万多红军带出蒋介石四十万大军的包围，踏上"万水千山只等闲"的新征程。

杨生国在述及这段历史时，以归结性的语气感叹："看来真理有时真在少数人手里。"

黔北之行，耳目一新。所见所闻，感触自多。今年即是茅台酒巴拿马获奖一百周年和遵义会议召开八十周年，想来会有一些纪念庆祝活动的，我未必参加，能有机会提前参访一过，温习历史记忆，体察时代律动，也算一次收获不菲的远足，是以为幸。

原载《人民文学》2015年第2期

西域断章

徐　剑

────────

胡天无雪不见君

已经是下午二时了。可天庭之上，太阳钟盘刚指向十二点，秋阳正烈。不远处之火焰山，地表温度仍达到四十多摄氏度，交河、高昌古城，皆无入秋渐凉之气象。离开吐鲁番最后一站是去看博物馆，无意间，竟在克孜尔石窟抄经文书中，与大唐边塞诗人岑参账单不期而遇。"岑判官柒匹马共食青麦三豆（斗）伍胜（升），付健儿陈金"。寥寥一行字，此乃一千多年后在吐鲁番以东阿期塔那—哈拉和卓古墓群纸棺上发掘的。

麻纸早已褪色，墨迹仍旧清晰，浮冉着一股千年烟火。遥想当年，漠风萧萧，岑参将一碗浊酒饮尽，付过马料钱，走出客栈。仰首苍穹，唯见胡天千里，云垂穹低，蓦然回首间，交河古城黑云摧城，风雪欲来。彼跃身上马，紧随安西四镇都护使高仙芝和副都护使封常清身后，打马前行，朝着天山南麓飞驰而去。雪地之上，留下一行行马蹄之印。

马蹄声咽，没于风雪之中。乙未年立秋后，我兀立于交河古城天穹下，茫然四顾，却不见天山飞雪，地上更无一行马队蹄印。斯时，中国作家"丝绸之路行"登车而行，朝着法显、玄奘和岑参走过西域大地，一路向西，只是汗血宝马换成了一辆考斯特。胡天八月即飞雪，低吟浅唱，可天山无雪，朝当年岑参驰马走过的驿道极目千里，地平线尽头，阳光灿然，万里无云，天现一片佛教蓝，大唐马队隐于何处，岑参又在何方？

对于中国文人骚客而言，长河落日，大漠孤烟，边关冷月，千帐灯火，灵魂有安妥处，心中便有诗性与神性。于是，半阕苦吟，两行诗句，一声仰天吟啸，便将一片洪荒之域，化作温馨的精神之乡，吟成千古绝唱。从此，一首诗，一句经典，成作一处人文景观，只要诗人精神不死，斯地便永远有一个文化之魂踽踽独行，令万世景仰。我对岑参情有独钟，源自少年从军，蛰伏湘西一隅，寒夜苍茫，冷雨夹雪，楚山凝冻，窗前窗后，皆成玉树冰山，梨花莽荡。偶尔读《白雪歌送武判官归京》，从"胡天八月即飞雪"，至"忽如一夜春风来，千树万树梨花开"，顿时生出万千喟叹，此诗此境，竟将窗含玉树梨花飞扬为诗情画意。顿时，便被其高远意象和襟怀倾倒。后，再读《走马川行奉送封大夫出师西征》《轮台歌奉送封大夫出师西征》，仿佛看见一介书生岑参，身披铠甲，彼兀立于轮台城郭之垛堞前，时西风正烈，辕门前旌旗不动，战马长啸，彼玉树临风，抚剑问天，将寒山望断，把吴钩拍遍，断鸿声中，落日楼头，唯见天山暮雪。此时的大唐学子豪气天纵，"宁为百夫长，胜作一书生"，夜卧冰河，剑舔墨汁，下马能豪饮，上马敢杀人。夜入军帐，挥动狼毫，蘸着精神膏血，作歌赋词，戍边立业，只为封他一个万户侯。盖中国之少年精神矣。

一路向西，车沿天山大纵谷而行，相伴百里，秋阳从车窗斜射进来，晒得人昏昏欲睡。羁旅遥迢，天山冷梦，西望长安，不见故人入梦来，一代边塞诗人之肉身消失于滚滚风尘里，却活在一卷卷唐诗之中，活成千古。少年岑参，生于钟鸣鼎食之家、缵缨之族，从曾祖父岑文为李世民宰相始，一门三宰相，相太宗、中宗、睿宗朝。然，其伯祖父长倩本为中宗当朝宰相、廷上重臣，至睿宗时却触怒天威，不仅祸及五个儿子被诛，就连岑参之伯父睿宗朝宰相羲也未能幸免，成为刀下冤魂。后株连九族，岑氏一门从此家道中落。然，岑参五岁读书，九岁吟诗作赋，少有拿云之志，欲振岑家声威。彼万里赴戎机，只为官至卿相，不辱祖宗。天宝八年后，两度出长安，过北庭，入大唐安西都护府，先为大唐名将高仙芝幕府掌书记官，随一代常胜将军征小勃律国，兵出葱岭，直抵今日之阿富汗的库尔兴什，威震西域。一千年已矣。从帕米尔高原走入亚洲腹地的探险家斯文·赫定，踏勘高仙芝行军路线，惊叹道，"此为人类历史之第一次，乃中国最勇敢之将军也，比欧洲名将汉尼拔、拿破仑、苏沃洛夫之越阿尔卑斯山，真不知超过多少倍！"然，高仙芝不识岑参之才，冷落其于幕后。两年后，彼悻然回长安，与李白、杜甫、高适厮混，吟诗填词，喝酒作乐。然，酒酣之后，彼怆然泪下，心不甘寂寞也。天宝十三年，彼又再度入西域，欲圆卿侯之梦，成了安西都护节度使封常清之判官，随着大唐雄师降服西域三十六国与昭武九姓，留下三百多首边塞诗作。此时，彼最歆羡之人，乃封常清大夫。其未至不惑，已为国之干城。岑参吟诗献媚，一脸真诚："如公未四十，富贵能及时。天子日殊宠，朝廷方见推。何幸一书生，忽蒙国士知。侧身佐戎幕，敛衽事边陲。自逐定远侯，亦著短后衣。"然，岑参终未能像心中偶像班超，封个定远侯，最终以峨眉山下一嘉州刺史了此余生，罢官之后，客死锦官城，时五十六岁。留下一曲曲边塞高歌，吟成青山黄河。

"轮台东门送君去，去时雪满天山路。"吾等半卧于铁骑之上，一路坐车观天山，看西域。车过马兰，未停，车过巴音郭勒，仍未停，过博斯腾湖、焉耆、铁门关，皆未停，夜宿库尔勒。次日，前往龟兹古国库车，抵近轮台时，天地玄黄，轮台东门不再，天山以南行旅，一路秋阳红灿。胡天无雪不见君，西天取经之途，大道寂寂，已经没了马蹄声、驼铃声、胡曲声……

谁的龟兹

车出库尔勒城后，一路向西，当晚下榻之地，便是库车县城。漫漫行旅，欲行五小时之久。太阳懒洋洋挂于天山之上，从南边车窗斜射而入，晒得人东倒西歪，沉入梦乡。然，我却无半点倦意，独倚窗前，极目天际，神游八荒，天山南麓红白黄褐之丹霞地貌，如天马惊空，似白象原驰，更有红驼悠然，随众菩萨出行，博带褒衣，背景是一片深海般的宗教蓝，在我之视野惊现一派梦幻之境。

斯时，西域大道上对头车稀少，好久不见一辆车驶过来。不闻马蹄声咽，亦无驼铃悠悠，我却顿感体热，有一股历史信息激活于焉，奔突我身。冥冥之中，唯见持节张骞骑于汗血宝马背上，踏雪而来，汉风威仪，臣服四方。班超万里封侯，击右地，破白山，临蒲类，取车师，诸国震慑响应，遂开西域，彼出入二十二年，莫不宾从。大军沙暴般掠过后，大漠依然岑寂，汉地却陷入兵荒马乱，于是僧侣登场了，宗教永远在线上。朱士行、法显、玄奘背着行囊艰难，踉跄而行。一袭僧袍风中飘过，掠过塔克拉玛干大漠，犹如精神标高、路标，指引着人类，温暖着逃出生死之劫的商旅。

然，大道空花，一袭袭僧袍如古道上丝绸一样，淹没于历史风尘之中，风干成记忆。在我历史地图行走之中，轮台城过后，西域三十六国下一个驿站应该是伽蓝圣地，大唐安西都护府治所龟兹了。

龟兹何在？我向着瀚海大声呼唤。同车新疆作协朋友道，就是今晚下榻之地库车县也。

龟兹，库车？库车，龟兹？古龟兹国早在汉代便存世千载了，龟乃秋之繁体偏旁，与汉文化连着沾血脐带。而库车乃突厥语，取悠久、悠长之意。后，见库车县委书记，彼称，库车乃当地维语龟兹之拼读谐音。

谁的龟兹？龟兹国王的，鸠摩罗什的？大唐帝国唐三藏的，安西都护府大夫高仙芝、封常清都督的，还是龟兹吐火罗语唯一大师季羡林的，抑或你的，我的。

落日时分，隐没于云中之夕阳，从云罅中筛下几道金光，犹如佛陀之蓝花指，摩挲库车城郭。车抵县城，下榻之所，居然是一座五星酒店，其豪奢之度，非大汉、大唐之龙门客栈可媲。我伫立于十六层落地窗前，俯瞰城池，古龟兹国王，大唐安西都护府，还有登高望远，满城金顶、佛塔的伽蓝，皆湮灭于岁月暮色中，风轻云淡。唯有文化活着，一帖青史活着，活在上古的记忆里。

一个人的龟兹，绝非国王的、大唐都督的龟兹，尔辈皆走马灯似的，你唱罢了我登场，唯有古人鸠摩罗什和今人季羡林御风登上云端。

云上偶像。庙里菩萨。七岁小和尚鸠摩罗什从天上宫阙飘然而下，将金色袈裟往肩上一抛，蓦然回首，最后留恋一瞥投向表妹——龟兹国王的女儿，然后登上马车，向王城之北雀离（今苏巴什）大寺走去，剃度出家，彼乃龟兹王妹与印度相国之子，生于贵胄之家。因母亲笃信小乘佛教，便注定其一生将献于佛前，坎坷一世。彼一经入庙，梵呗声声，轻烟浮冉，却如星光闪耀，一天能诵经书一千偈，相当三万二千字。九岁时，彼与母亲过葱岭，涉恒河，至佛祖涅槃地，拜尼泊尔上师槃头达多为师，三年后学成归国，彼已在佛学、哲学、逻辑学、声韵学、语文学、医学、历算、星象和工艺、技术达到精深造诣，令龟兹国王垂青不已。二十岁时，龟兹国王举办一大法会，令鸠摩罗什与一位西域高僧辩法，殊不知对手竟然彼之老师，一个月下来，老师完败，鸠摩罗什名声大振，被龟兹国王奉为国师。每逢其主持大法会，西域三十六国国主皆肥马高车而来，亲临龟兹雀离寺，跪于佛前，让其踩着膝盖，登上法座，讲经说法，众国王皆膜拜不已。龟兹国因了鸠摩罗什，而雄视西域。

一个僧人的西域，引起了汉地皇帝注视。前秦皇帝苻坚对鸠摩罗什仰慕不已，彼挟淝水之战余勇，受车师前首领和龟兹王弟所邀，出兵西域。彼对麾下战将吕光云，破龟兹城池，朕不要金银财宝，宝马美女，只掳国宝即国师鸠摩罗什。果然，吕光万里远征，大胜而归。只掳鸠摩罗什而去，并逼其还俗，破戒，与幼小玩伴表妹，国王之女结婚。并囚禁于凉州城，译经十七年。后江山易主，后秦皇帝将彼接入长安，举行盛大入城仪式，令其率五千弟子译经。彼七十岁圆寂于产县草堂寺。身后，却留下万千经卷。

我有幸，在敦煌，在京畿，浏览过黄庭坚和康熙皇帝正书鸠摩罗什译的《大金刚经》，一点一画，一撇一捺之中，皆现古代汉语与白话韵律之美，宗教之美，梵语声声，令人如痴如醉。

还有那位山东青年季羡林，跨洋过海，在德国巧遇吐火罗文，方知乃故国西域之语，遂投于德国天才学者西克教授门下，对这门混杂梵语、巴利语之佛教天书展开学习研究，终一人得道，独尊天山，睥睨西域，盖无人出其左右矣，成为继往圣绝学之一代大师也。

翌日上午，吾等出库车城，往城北，驶向天山南麓之雀离大寺，行四十余里，抵当下称之为苏巴什大寺遗址，岁月沧桑，宗教轮回，几经盛衰沉浮，兵燹毁寺之后，终成一片残垣断壁。大寺经塔旧址之上，白云还是昨天之云朵，可祥云不在，漠风依旧尖啸掠过，却无风铎悠然，东寺和西寺隔着宽阔的干涸河床，苍烟犹在，清泉已经不复。万僧随鸠摩罗什诵经之盛景风化为青史碎片，唯有那耸入云天之经塔和半壁寺墙，与天山同在。一阵漠风过后，梵香，梵呗，长号，晨钟暮鼓，仿佛从历史深处响起，敲在每个到龟兹旅人的心上，依旧令人沉静，觉悟无常，物我皆忘。

葱岭在上

此行中国作家丝绸行之终点，乃喀什。而我最神往之处，却是葱岭，心慕三十载矣，颇想驱车叶城，登上界上达坂，在海拔五六千多米雪山之巅，在其貌不扬之垭口处，蹦三蹦，大声疾呼，我来了！看是否与西藏感觉与反应一样。

日暮时分，抵南疆重镇喀什，一问方知，此地离塔什库尔干县、离葱岭仍有三四百公里，将近一天行程。只好止步于喀什，葱岭不可去兮，唯有遥望。余对葱岭之迷恋，始于西藏。转遍西藏神山圣湖之后，唯有一条最艰难西天取经之道，西方探险家称为最具挑战性的户外之旅，横亘于巴基斯坦、阿富汗、塔吉克斯坦及中国的葱岭，久久吸引了我之目光。

葱岭，古称不周山，《山海经·大荒西经》记载："西北海之外，大荒之隅，有山而不合，名曰不周。"《淮南子·天文训》则对不周山解释更具想象力："昔共工与颛顼争为帝，怒而触不周之山，天柱折，地维绝。天倾西北，故日月星辰移焉；地不满东南，故水潦尘埃归焉。"

汉朝以降，不周山便称葱岭。斯为喜马拉雅山、昆仑山、喀喇昆仑山、天山及兴都库尔山接壤处，神山列列，雪峰苍茫，大纵谷撕裂崇山峻岭，因岭上多野葱或山崖葱翠而得名。塔吉克语，则称其为帕米尔，意即世界屋脊。至大清国末季，葱岭渐次在人文地理语境中消失，代之为帕米尔高原。

葱岭葱绿。我情有独钟，源于阅读。东晋法显《佛国记》，玄奘《大唐西域记》，还有后来走过葱岭西方探险家马可·波罗、斯文·赫定，在其《马可·波罗游记》《亚洲腹地的旅行》皆对此地作过精彩描述，令我，掩卷不忘。新世纪又一个千年，当我携女儿在世界最高峰珠穆朗玛大本营踯躅半日，不忍离去之时，遂将目光投向葱岭之上世界第二高峰乔格里峰，期冀一睹奇崛。

是夜，我下榻于喀什宾馆，一夜耿耿难眠，半睡半醒，迷迷糊糊，眼前掠尽是一帧帧葱岭风光与踽踽独行之地史学家，彼或僧，或官，或将，或卒，或冒险家，或文物大盗，兀立葱岭，俯瞰神山，褐色僧袍一袭，镀金铠甲一副，飘荡于葱岭之上。

法显走出长安城的时候，是东晋隆安三年。

彼将这个远行西域的时间，记为"岁在己亥"，意思说这年的天干纪年应为己亥吧，而时节恰是秋风四起时。后秦的都城有点衰败了，落叶萧萧长安道，万里悲秋，古城墙上箭镞犹在，伤痕累累。自入东晋十六国年代，五胡乱华。百年之间，长安城已有前赵、前秦、西燕、后秦四个小王朝在此建都。皆一个个短命王朝，长的三十多载，短的二三年间，你唱罢了我登台，拥兵自重，有盔甲便可称王。兵燹战乱，喋血杀戮，年复一年，百姓惨遭涂炭。唯有到佛祖座下寻求温馨和解脱。驿道上朔风萧然，瘦马夕阳，一派风尘滚滚。而他的目光却投向万里之外的葱岭。

西天之路迢遥，迤逦走来，法显九死一生，过河湟，入罗布泊，越塔克拉玛干，终抵西域佛教之都于阗王国夏坐之后，前方葱岭在其视野中城垣般地崛起。

葱岭之东有六个国家，法显一行翻越葱岭，跋涉二十五天，皆是小乘佛教之地，此地山寒，早晨起来满地清霜，已经与汉地明显不一样了，不种稻菽、麦穗，物种也有不尽相同。唯有竹子、石榴和甘蔗见过，显然离故乡越来越远了。

我伫立葱岭之巅，鸟瞰满目高山峻岭，沟壑纵横，崖岸高绝惊险，山巅岩石峭然，壁立千仞。临近峭壁，就会头晕目眩，想要往前走的话，甚至连放脚的地方都没有。崖壁下面有一条河流，叫新头河。过去有人顺着山势在绝壁上凿出石阶，以作为通路，一面临壁，一面却是万丈深渊，总共有七百石阶。胆战心惊地爬上石阶之后，轻轻踩着悬在上空的大索渡过河，河两岸相距有八十步宽。这里是殊方绝域，彼惊叹，甚至汉朝的张骞、甘英也都没有到达啊。

然，百年之后，大唐名将高仙芝及身后只有两万余官军抵达了。

那天，龟兹大唐安西四镇节度使辕门前，接过节度使夫蒙灵詧递过来的壮行酒，高仙芝和出征将士豪饮而下。彼跃身上马，抽出挂在铠甲上佩剑，往西域天空一指，剑光划破了晴空，湛蓝天幕上顿时伤痕累累。高仙芝的剑锋所指，便是当时世界上堪与大唐比肩的信奉穆斯林为国教的大帝国——大食。

高仙芝太熟悉西域这片土地。少时便随父亲高舍鸡入安西从军，辗转河西走廊与河湟一带。虽然流淌着高句丽的血脉，可却仰慕大汉帝国青年将军卫青、霍去病，十七八岁便在这块土地上建功立业，马踏飞燕、马踏酒泉。宁做百夫长，不为一书生，封他一个万户侯，那才是人生的最高境界。大唐的高天厚土，真乃放飞雄鹰之域，不管华族，东南夷，还是西北胡，只要有真本事，就可以在这里找到自己飞翔的天空。

少年从军行，一踏进安西都护府龟兹，高仙芝便热血沸腾了。因其骁勇果断，善于骑射，二十岁拜将，不到而立之年，已官至安西副都护、四镇都知兵马使。

一将功成万骨枯，并非浪得虚名。高仙芝初啼试剑，是天宝初年，达奚诸部叛乱，波及黑山以北，直至碎叶城大部分地区（又称素叶城、索虏城，即大唐诗仙李白的出生地）。唐玄宗诏令安西四镇节度使夫蒙灵詧前去平叛。夫蒙灵詧派高仙芝率两千精骑自副城向北，直抵葱岭之下迎击叛军。达奚部因行军劳顿，人马皆疲，夜间宿营时，被高仙芝部攻破，尽为唐军所杀，一仗出名。

西域战事，远在天外，可大唐开国至今，经贞观、开元之治，已显盛世气象，乃世界唯我独大之帝国，无人敢于挑战。西域三十六国，也尽握在大唐王朝掌中，帝国依托安西、北庭（今新疆吉木萨尔北破城子）所辖各军镇，焉耆、龟兹、疏勒、于阗等二十个西域小国，皆俯首称臣，进贡不断。

偏偏葱岭之上，有两个国家欲挑战大唐的权威。一个是小勃律（在今克什米尔西北部，都城孽多城，今吉尔吉特），另一个大勃律（今克什米尔中部一带，都城巴勒提斯坦）。前者原为唐属国，是吐蕃通往安西四镇的战略要津。吐蕃赞普把公主嫁给小勃律王苏失利之为妻后，小勃律国遂归附于吐蕃，吐蕃进而控制了西北各国，因此"西北二十余国皆臣吐蕃"，中断了对唐朝的朝贡。唐玄宗尚未沉溺云裳霓衣舞之中，仍励精图治，对挑战大唐地位，决不容忍，屡出重拳。天宝六年（747年）三月，玄宗皇帝下诏，命安西副都护、都知兵马使、充四镇节度副使高仙芝为行营节度使，率兵万余人，征讨小勃律。

高仙芝与前几任大唐将领不同，彼充分了解斯地之地理、气象和大地构造，葱岭分东、中、西三部，东帕米尔以山为主，乃葱岭高地，海拔皆在六千一百米以上，山体浑圆，河谷地带却宽而平坦，海拔三千六百九十米—四千二百米。唐军行军欲穿越东帕米尔，且翻越海拔七千五百六十四米青岭（慕士塔格山）。一个冷兵器时代，靠马匹和步行，其难度可想而知。高仙芝却从容应对，一是行军时间的选择上，彼避开天寒地冻之冬季，而选三至十月份为进军时间；对于长途奔袭，此乃兵家之大忌，因远离大后方支撑，粮秣为最大难题，高仙芝让每个士兵都准备私马，专驮粮草。再一个是在行军时，注意隐蔽，出其不意。

春天来了，天空中头雁掠过，高仙芝仰望天空，对节度使夫蒙灵詧说，天时地利，万事俱备。中丞，可以出发了！

那天清晨，夫蒙灵詧站在安西节度使点将台，为高仙芝出征送行。

壮行酒喝过后，唐军将土碗一摔，在中亚时空中，中国历史上一位伟大将军登台。彼长剑一挥，直指葱岭之上的小勃律国。于是，一万多名唐军出龟兹，一路向西，幕中判官封常青记下了一段驿程：经十五日至拨换城（今新疆阿克苏），又经十余日抵握瑟德（今新疆巴楚），再经十余日至疏勒（今新疆喀什），眼前葱岭横亘千里，寒山暮雪。然唐军挥师南下，马蹄声碎，从容踏上葱岭，开始千山寂静、唯我独行帕米尔高原艰难行旅，万里奔袭。每名唐军士兵骑于马上，后边却有私马相随，后勤粮草在规定的时间内都能得到保障；高仙芝专择平坦宽阔的山间谷地行军，使唐军的困难降至最低。经过二十余日漫漫长征，唐军到达了葱岭守捉（今新疆塔什库尔干塔吉克自治县）。然后再次向西，沿兴都库什山北麓西行，又二十余日抵播密水（今阿富汗瓦汉附近）。唐军继续驰马而行，再经二十余日到达特勒满川（今瓦罕河）。

时，夏天悄然而至。河谷里吹来阵阵暖风。高仙芝将麾下战将召进中帐，摊开地图，云，此乃打仗的好季节啊，安西唐兵分三路，剑指连云堡。

高仙芝一战出名，威慑西域，也在唐皇心中留下深刻印象。玄宗拔擢高仙芝为鸿胪卿、摄御史中丞，代夫蒙为安西四镇节度使，成了名符其实的中亚总督。

一千年已矣。英国冒险家斯坦因三度走过帕米尔高原，勘察了一千年前唐军行军路线，惊叹不已，"数目不少的军队，行经帕米尔和兴都库什，在历史上以此为第一次，高山插天，又缺乏给养，不知道当时如何维持军队的供应？即今现代的参谋本部，亦将束手无策。"又慨叹道："中国这一位勇敢的将军，行军所经，惊险困难，比起欧洲名将，从汉尼拔，到拿破仑，再到苏沃洛夫，他们之越阿尔卑斯山，真不知超过若干倍！"

葱岭苍苍，雪水泱泱，我离葱岭仅一步之遥，却失之交臂，想此去经年，道友张鸿远行西域，彼行车途中，给我发微信，称正在西天取经路上，我答曰，代我看看葱岭，张鸿君按下车窗，投目处，恰好正体汉字镌刻于焉：葱岭。彼大惊，巧合啊。连忙复我，我此时正在葱岭之上哦，彼停车拍照，感叹不已。葱岭在上，天若有情，云上的日子，彼还会再等我另一个千年吗？此番爽约，只在几步之间，却意味了却夙愿的时刻一天走近也。

　　葱岭，我会再来的，我在梦中，对着喀什城，对着葱岭，大声喊道。

原载《中华儿女》杂志2015年10—12期

诗文里的徽州

刘　琼

————————

　　"欲识金银气，多从黄白游。一生痴绝处，无梦到徽州。"每个人的心中都有不能实现的梦，这种欠缺感在当时是痛楚，在事后便是美感，比如汤显祖。

　　生在四百年前一个江西小城，却被我们念念不忘，从"扬名""立万"的角度，汤大师倘若地下有灵，该是何等满足？但汤显祖生前怀有不能为常人道的若干不满足，所以写出《临川四梦》。从这"四梦"，淘气的今人又繁衍出若干逸事野史。若无逸事，做人还有何意趣？好吧，且不说野史，说说正史。四百多年前，汤显祖僻居临川一隅，窗对"柳色青青""花光灼灼"，挥笔写下无缘痴绝的徽州梦，不料想竟成为后人关于徽州书写和徽州向往的诗歌符号。临川距离徽州不足六百公里，虽需车马劳顿，何以竟不能往？好事者望文生义，推说汤显祖潦倒一生，临终恨恨不绝，因无"黄白"做旅资，所以不能踏足徽州。这样的解文是典型的不学无术。汤显祖何以不能至徽州，今人虽无法知悉，但至少可以肯定一点，即用赋比兴抒情表意，乃诗歌本事，也是诗人的本能。

作为诗人的汤显祖写这首诗时，显然起用了一贯的浪漫主义写作技法，先从"黄（黄山）白（齐云山）游"起兴，到"无梦到徽州"递进铺陈，用"梦"这个汤式典型意象，书写对美好事物极度向往之情。此处，这个极度向往之美好事物，便是水墨徽州。

清康熙六年（1667），正式撤销江南省，将其分为安徽、江苏两省。安徽是因其江北有安庆，江南有徽州，取二地之首字而称安徽。我从小生活的芜湖夹在安庆、宣州与徽州中间，小的时候，常站在江边看扯着风帆的货运船压得低低地从青弋江驶进长江，船上堆着簇青的毛竹和山笋，从山里来的船老大说的话一句也听不懂，山里便成为许多疑问。这个山里，便是汤显祖心向往之的徽州。

山环水绕的徽州固然长路崎岖，却非生在深山人不知。

早在唐宋两朝，徽州的美名凭借文人墨客的诗文不胫而走。诗文传播最得力者，应属平生最喜欢游山玩水又懂传播表达的李白李青莲，根据《李白全集编年注释》初步统计，李白一生游历安徽多达十余次。从时间上看，自诗人二十岁"仗剑去国，辞亲远游"，江行初经安徽，到晚年六十多岁至安徽南陵投亲，终因"此间乐"，不思归，埋骨当涂青山脚下。从地域范围上，诗人先后到过皖北、皖中、皖西和皖南，涉及亳州、和州、庐州、宣州和歙州。尤其是地处江南的宣州，诗人往来最多、盘旋最久，当时宣州所属诸县均留下诗人流连忘返的足迹。在李白现存的一千首左右的诗歌中，能够考证出来的就有二百多首诗在安徽写的。

从青山驱车，不到一小时，即"碧水东流至此回"的开阔楚江。再驱车两小时，便是"相看两不厌，唯有敬亭山"的敬亭山。从敬亭山出发，半小时车程便是桃花潭……水墨江山，显然激发了诗人的滔滔诗情。书生人情一张纸，层层叠叠的诗句冠以李白的诗名，从盛唐流传到南宋、明清乃至今日——南宋以后，兼有徽商不遗余力的人际传播，徽州成为天下人的痴绝梦。

不同的文化地图上，徽州都会成为一种向往，起初只是水墨江山，后来是民居建筑、雕塑艺术、文房四宝。徽州的好，是无法排遣的好。生在徽州知道它本来就好，客经徽州看到它那出人意料的好。

碧水，郁林，黛瓦，飞檐，这些诗文里千百遍吟咏的物象，还是一等一地停留在时光里。就连大大小小的村落，姓名也被呼唤了几百年。一千年前也罢，今天也好，徽州都斯文得像诗文。

在"八分半山一分水，半分农田和庄园"的徽州，这一分水的地方，诞生了一种捕鱼设施，即在河流中间某个流速恰当的位置用木桩或柴枝、编网等横砌成栅栏，把水流拦截起来，鱼游至此彷徨不定之际，正好张网捕捞。这道堤坝因这种捕鱼功用，拥有了一个形象的姓名：鱼梁，比如鱼梁古埠，这是当年徽商出山最古老的码头。但鱼梁，比我们想象得还要古老。《诗经·邶风·谷风》里弃妇以愤恨口吻出现的一句"毋逝我梁"，在东汉《毛诗序》里注为"梁，鱼梁"。唐宋诗文里，鱼梁一词出镜率很高，比如李白有"江祖出鱼梁"（《秋浦歌十七首》），杜甫有"晒翅满鱼梁"（《田舍》），特别在南宋诗人陆游的笔下，鱼梁简直是专宠，"山路猎归收兔网，水滨农隙架鱼梁"（《初冬从文老饮村酒有作》）、"云开韩日上鱼梁"（《冬晴闲步东村有故塘还舍》）、"我归蟹舍过鱼梁"（《湖堤暮归》）、"处处起鱼梁"（《稽山行》）、"绿树暗鱼梁"（《追凉小酌》），难以一一而足。

由鱼梁，我甚至想起了浮梁。浮梁一地，今人考证为江苏西景德浮梁镇。"商人重利轻离别，前日浮梁买茶去"，白居易的《琵琶行》里琵琶女痛恨的浮梁，乃市茶之地。明清以来茶叶买卖基本被徽商垄断，而景德镇恰是古徽州的紧邻，今天，景德镇麾下的婺源又是当年徽州最基本的成员。由此，可以推测，琵琶女所嫁商人大概是某一徽州茶商，"前日浮梁买茶去"，说的也是徽州地界的事。"浮梁"，本义河水中凸起的堤坝，成为地名应是后来的事。

又比如黟县南屏村，这个始建于元明年间的古村，因村南有一道屏障似的南屏山而得名。提到南屏，我们想到了南屏晚钟。虽然全国有许多曾经叫南屏的地方，最有名者还数杭州的南屏晚钟，但我更愿意相信，这个词始发源于徽州。徽商出山，沿新安江往东，杭州是最繁华的落脚处。也是从绩溪上庄走出去的红顶商人胡雪岩，走到杭州，把买卖做大了，以至今人误其为杭州人氏。杭州城里前三十年还特别著名的张小泉剪刀，它的创始人张小泉也是从新安江摆渡出去的徽州人。徽商进了繁华闹市，除了带去城里人喜欢的各种山货，也带去了浓浓的乡音，包括移情别用的地名。

又比如堂樾和甘棠。想到了什么？当然是《诗经》的《国风·召南·甘棠》。"蔽芾甘棠，勿剪勿伐，召伯所茇。蔽芾甘棠，勿剪勿败，召伯所憩。蔽芾甘棠，勿剪勿拜，召伯所说。"甘棠即棠梨。这首诗记录的是西周贤相台伯的故事。台伯为了推行文王政令，深入基层，在一棵甘棠树下办公。台伯"三贴近"的作风深得民心，台伯走后，在百姓的自觉维护下，那棵甘棠树枝繁叶茂、清阴历历，人称"堂樾"或"唐樾"，樾即树荫。此即典故"甘棠遗爱"的由来。"甘棠遗爱"也作"召公遗泽"，意在颂扬贤明仁爱的朝政。典故原发地陕西岐山刘家塬村今有召公祠，祠内有甘棠树以及当年慈禧太后和光绪皇帝避难至此题赐的"甘棠遗爱"匾额。甘棠远荫是岐山八景之一。

地名也是文化。远隔崇山峻岭的徽州，从陕西一个典故化出两个地名，沿用至今，其间古意开枝散叶，与青山绿水水乳交融。甘棠属于太平，是太平最大的镇，今天的太平属于黄山区。太平设县于唐天宝四年，县名来自《庄子·天道》中的"太平，治之至也"。宋乐史在《太平寰宇记》里说："以地居（宣城）郡东南僻远，游民多结聚为盗，邑人患之，因安抚使奏，非别立郡邑，无以遏此浇竟。时以天下晏然，立为太平县。"环太平县的那条碧水也叫太平湖。据史载，太平立县不久就爆发王万敌领导的农民起义，为加强治理，朝廷又割太平九乡新置旌德县，"冀其邑人从此被化"，而能"旌德礼贤"。这些记载与唐代宪宗时的宰相李吉甫在《元和郡县志》的记录一致。永治是执政者的愿望。太平才是天下人的愿望。

徽州人对于生为徽州人，有着异乎寻常的自觉，他们对徽州是"与有荣焉"，只念"生死相依"。李白的诗歌固然令人浮想不已，但毕竟是客居的创作，是游历的心境，少了些植入血液的深情。"故园东望路漫漫，双袖龙钟泪不干"，还是胡适这句诗入心入肺。至于在江西和安徽两省之间几番进出的婺源，近一百年来不断地发起"返徽"运动，便是例证。当年蒋介石政府出于"剿共"需求，于1934年将徽州的老成员婺源划入江西，后因婺源民众不断发起返徽运动及同乡胡适等人奔走努力，抗战胜利后的1947年重新划回徽州。但仅仅两年之后，新成立的中华人民共和国又将婺源划入江西。半个多世纪过去了，今天的婺源人还坚称自己是安徽人。

面对这样的坚持，不知为什么，我想到了徽州驴。

原载《泰山晚报》2016年8月10—20日

能不忆江南

李　舫

———————

江南好，

风景旧曾谙；

日出江花红胜火，

春来江水绿如蓝。

能不忆江南？

"天城，在哪里？"

冷峻的风，从黑黢黢的空中刮过，沿着犬牙交错的高耸檐廊，掠过清凌凌的湖面，悄然降落在夜的深处。

这是公元1492年的秋风。

这一年，在中国是弘治五年，大明王朝经历了奸佞当道、万马齐暗的成化一朝，抖落了一路的风尘，舔舐着满身的伤口，正在喘息着，低回着，观望着，等待期许已久的辉煌。他们也许并不知道，令人兴奋的弘治中兴即将到来，因为一个少年的诞生，这些年、这些事，注定被写入厚厚的史册。

这个叫作朱祐樘的皇帝已经22岁了。5年前，在位23年的父亲驾鹤西归，老皇帝给他留下一个糟糕无比的烂摊子。国丧之后，不到17岁的少年朱祐樘无奈地扛起了大明王朝这副沉甸甸的江山。他即位初期便遭遇天灾人祸，黄河发大水，陕西闹地震；5年过去了，天灾人祸依然不断，广西古田壮族农民起义，贵州都匀苗民起义，件件都是麻烦事。

他是明朝16个皇帝中的第9个，大明王朝的国运刚刚行进到半程，便已千疮百孔。未来，在岁月的古井里，静静地等候着他，像等候着一个力挽狂澜的巨人。很多年以后，历史，这个慈祥严厉又睿智的老人给了他一个赞许的称号：明孝宗，而这少年确实不曾辜负过他肩负的这个江山。他宽厚仁慈、勤于政事、励精图治，一次次为濒危的王朝扭转乾坤。这一年，他又要出场了。

秋，早已在不知不觉间来临。夜幕四合，夜凉如水，空落落的树林里寂静无声，倦鸟早已归巢，鼎沸的人声随着坠落的夕阳消失在黯淡的夜色里。草地上一些新黄代替了旧绿，枯叶捧着薄薄的露水，静静地散发着潮湿的气息。银杏树小扇子般张开的叶子开始由翠绿转成金黄，在夜色中熠熠发光，随即飘然四散，铺就了一地灿烂的碎金。

这是一个平平常常的秋天。夜将要走到尽头，黑而且凉。启明星那如水波跳跃的音符，如常般照亮着无数后来者的征程。在地球的另一端，欧洲的史官谨慎地记录下这个日子——1492年10月12日。

两个多月前的8月3日，意大利航海家哥伦布带着87名水手，驾驶着"圣马利亚"号、"平特"号、"宁雅"号3艘帆船，离开了西班牙的巴罗斯港，开始远航。

海上的生活沉闷单调，水天茫茫，无垠无际。过了一周又一周，水手们沉不住气了，吵着要返航。就是在这样艰难的旅途中，哥伦布率领3艘帆船，经过两个多月的航行，前方仍然是漫长的黑暗。

10月11日，哥伦布看见海上漂来一根芦苇，他高兴地跳了起来！有芦苇，就说明附近有陆地！果然，这天夜里10点多，他们发现了前面有隐隐的火光。第二天拂晓，水手们终于看到了一片黑压压的陆地，全船发出了欢呼声。

哥伦布开心极了。那时候，充满迷信色彩的欧洲，大多数人认为地球是一个扁圆的大盘子，认为海洋的尽头有魔鬼守候着，再往前航行，就会到达地球的边缘，帆船就会掉进深渊。然而，只有哥伦布坚信，海洋的尽头是一片新土地。现在，他终于用事实证明了那些传说的虚妄不经。

1492年的天空布满钢铁般的倒刺，一个伟大的时代等待着云开雾散。月牙从一团淡淡的云层后透出氤氲的白光，雾气不知不觉地包围过来，像一枚枚急驰的子弹，在海面上、在每个人的身上铸就了一层冰凉而透明的盔甲。

此时此刻，哥伦布的内心洋溢着难以言表的喜悦，因为他坚信自己已经到达了亚洲的东部沿海，坚信自己不久就可踏上梦寐以求的黄金之路——中国。

哥伦布出生于意大利的热那亚。他从小最爱读《马可·波罗游记》，从那里得知，中国、印度这些东方国家十分富有，简直是"黄金遍地，香料盈野"，只要坐船向西航行，东方的财富就唾手可得。于是便幻想着能够远游，去那诱人的东方世界。

这其实是一次横渡大西洋的壮举。在这之前，谁都没有横渡过大西洋，不知道前面是什么地方。

哥伦布也不知道。他努力控制住自己激动的情绪，站在船头，目光越过茫茫的海面，投向远方的海岸线。

他在寻找什么？

一座城市，一座马可·波罗所说的世界上最为雄伟、壮丽的城市——天城。找到了这座城市，就找到了传说中的中国！"天城，在哪里？"哥伦布自问。他满怀憧憬，甚至想象自己跨越天城里成千上万座石桥去见中国皇帝的场面……此时此刻，他浮想联翩，他不知道这座城市在哪里，在中国政治与文化中的地位，不知道它在历史上举足轻重的分量——那个时代，西方对中国了解得太少太少了。他不知道这里的百姓长什么样子，说什么语言，如何作息劳动，他不知道自己将面对什么，将看到什么，他不知道的还有很多很多。他不知道，是的，他一定不会知道，这座天城的中文名字就是——

杭州。

"岩石，岩石！汝何时得开！"

然而，哥伦布错了。

10月12日，哥伦布带领3艘帆船，终于踏上了新大陆。他认为，这毫无疑问是他找寻已久的亚洲。但是，他错了，这是美洲。那时的人们根本不知道在欧洲与亚洲之间，还存在着一个美洲——哥伦布更是压根儿连想都没想到过。

不需要再讨论——究竟是人找到了世界，还是世界找到了人。哪里有比这更亘古的传说、更痴迷的寻觅？哪里有比镌刻在人们心头更永久的仁望？苍茫的大海上，哥伦布播撒的种子已化作满天繁星，可是，怀揣着梦想的欧洲，同着四处寻找这梦想的哥伦布，又一次失望地发现，存在于他们的想象中的那个遥远的中国、那个遥远的天城，仍然是一个无比遥远的梦。

天城——杭州，几乎是可以认定是唯一曾经无数次托梦给西方、让整个欧洲为之迷醉的中国城市。

史学家从残存的史料推测，西方人将杭州称为天城，源于"上有天堂，下有苏杭"这句谚语，口口相传中的天堂，毫无疑问就在中国。

可是——杭州，在哪里？天城，在哪里？

中国，又在哪里？

中国与欧洲，分别位于欧亚大陆的东西两端，相距遥远中间还有崇山峻岭、江河湖海、戈壁沙漠。公元前6世纪在地中海地区诞生了辉煌的古代希腊文明。至少在公元前5世纪，中国所产的丝绸、茶叶已经远销到古代希腊文明的中心——雅典。尽管如此，以希腊为中心的西方，仍然对中国文明一无所知，甚至在很长一段时间，他们坚信居住在世界最东方的居民就是印度人。

公元前2世纪后期，西方人通过横贯中亚的陆上"丝绸之路"获悉，在遥远的东方有一个盛产丝绸的民族"赛里斯"；公元1世纪中期，西方人又通过海上"丝绸之路"得知东方有一个被称为"秦尼"的国家。最初，他们认为，这是两个不同的国家，古希腊科学家托勒密的《地理学》则支持了这种误判。在他的著作中，托勒密言之凿凿地写道：

从欧洲最西端越过大西洋向西航行，距东亚并不遥远。在东亚地区有"赛里斯"和"秦尼"两个国家。赛里斯在北部，被群山环绕，这里有几条大河，它的都城是赛拉城，其经、纬度分别是177°15′、37°35′，赛里斯的东面是未知的土地，它的南面则与秦尼接壤。秦尼的东面及南面都是未知的土地，西面与印度相邻。秦尼都城的位置是经度18°40′、南纬3°。秦尼的南部濒临一个"大海湾"……秦尼的海岸线沿着秦尼湾不断地向南延伸，跨过了赤道，最后与印度洋以南一个不知名的大陆相连，秦尼的著名港口城市卡蒂加拉就位于赤道以南的秦尼湾边，而这块不知名的巨大陆地西端又与非洲相连。这样，印度洋实际上是一个被陆地包围的内海。

托勒密对于中国的论述，长期影响了欧洲。就在整个欧洲为托勒密所误导、在一片黑暗知识的黯淡背景中屡屡冲破迷雾努力寻找中国的时候，有且只有一个名字，在他们的梦想中从未动摇，那就是作为"人间天堂"的天城杭州。

秦朝设县治，隋朝筑城郭，吴越建王城，南宋立国都，往事和传奇在数千年的日日夜夜中流转，层层叠叠积淀在这片土地上，累积在这座古城里。光阴像一只又一只惊慌失措的鸟，箭一般地飞向高空；然而，大地和古城却神态自若，列祖列宗在这里繁衍生息，子子孙孙在这里绵延赓续——这是一群人的力量，也是一座城的力量；这是一群人的魔法，更是一座城的魔法。

找到了杭州，就找到了中国，就找到了天堂。

西方寻找天城的行动轰轰烈烈，找到天城的故事却是悄无声息——

13世纪中期，法兰西国王路易九世的一名随从鲁布鲁克从君士坦丁堡出发，横穿黑海，在克里米亚半岛上岸，一路东行，经过俄罗斯南部草原，进入蒙古高原，终于抵达中国。中国文化令他啧啧称奇，他在日记中写道："他们用一把像漆匠用的刷子写字；他们在一个方块里写几个字母，这就形成一个字。"他试图继续向南方行进，找到长生不老的"蓬莱仙境"，然而，他失败了，但值得庆幸的是，他第一次将杭州的信息带到了欧洲，这些信息间或道听途说、真真假假，间或模糊不堪、以讹传讹，比如他说，中国有一座城市，城墙是用白银砌的，城楼是用黄金造的，而这座城市，就是古希腊和古罗马传说中的那个以丝绸著称的"赛里斯"。

半个多世纪后，一名意大利的传教士鄂多立克离开他的家乡诺瓦，从波斯湾乘船前往印度，又从印度经海路抵达中国，最后经过广州、泉州、福州最终到达杭州。此后，他沿着大运河来到北京，出河西走廊，沿着陆路"丝绸之路"到达西亚，最后返回故乡。他的身体在长途旅行中累垮了。去世前，他在病榻上将沿途所见所闻记录成书，不吝用最美的语言描述杭州："它是全世界最大的城市，确实大到我不敢谈它。它四周足有百里，其中无寸地不住满人……城开十二座大门""城市位于静水的礁石上，像威尼斯一样有运河，它有一万二千多座桥""男人非常英俊，肤色苍白，有长而稀疏的胡须；至于女人，她们是世上最美者。"

1338年，居住在法国南部阿维尼翁的教皇派出一个使团来到中国，其中一个成员马黎诺以非凡的热情记录了杭州："中国是世界上最美丽的国家，国土最为辽阔，人民最为幸福。此国有一个著名的城市，名为杭州。""此城最美、最大、最富，在现在世界上的所有城市中，它是最为神奇、最为富贵、最为壮观的城市。没有见过此城的人，都认为简直难以相信，还以为讲述者在说谎。"

16世纪末，意大利传教士利玛窦来到中国，这个被大学者李贽赞誉为"到中国十万余里""凡我国书籍无不读"的虔诚教徒，着手绘制很多种影响了整个世界的中文世界地图，"明昼夜长短之故，可以契历算之纲；察夷折因之殊，因以识山河之孕"，利玛窦将其中最重要的一幅命名为《坤舆万国全图》，作为呈献给中国皇帝的礼品。在这幅气势磅礴的地图上，杭州相当准确地被标注在北纬30°的位置。

16世纪始，从大西洋绕过非洲通往东方的新航路被开辟出来，越来越多的欧洲人来到中国东南沿海，他们逐渐认识了中国，认识了杭州。在近代西方工业化以前，以丝绸、茶叶为代表的产品在国际市场具有相当的诱惑和竞争，这是中国文明辉煌的一页，也是世界近代文明的开始。然而，令人遗憾的是，此时的中国开始实行闭关锁国的政策，严守明太祖"寸板不许下海"的禁令。更多深怀遗憾远眺这块神奇大陆的人，却从未有缘踏进中国，遑论杭州？他们在内心发出无限的感喟：这真是一个不可思议的国家，但为什么就是不愿打开国门拥抱世界呢？

1574年，意大利传教士范礼安描述"中国是个秩序井然的高贵而伟大的王国，相信这样一个聪隽勤劳的民族绝不会将使用其他语言和文化的朋友拒之门外"。但是，事实让他感伤。他远渡日本，遥望中国，大声呼喊：

"岩石，岩石！汝何时得开！"

"那么，光荣应该属于中国！"

一去楼台三十里，不知何处觅神州？

几场大雨之后，又一轮酷热卷土重来，那种秋雨霏霏、野草疯长的湿漉漉的日子已经很遥远，很朦胧，风干的往事因潮湿重新舒展开来——岁月是那么短，思念却总是那么长。

摩肩接踵的人潮、美丽的湖光水色，逶迤苍茫的群山，是人间的海市蜃楼是天堂的红尘景象，灯火家家市，笙歌处处楼。8000年前，跨湖桥人凭借一叶飘摇风浪的小舟、一双满是厚茧子的大手，创造了璀璨的跨湖桥文化，浙江文明史从此上推1000年。5000年前，良渚人在"美丽洲"繁衍生息，耕耘治玉，修建了中华第一城，创造了灿烂的良渚文化。而今，这座有着8000年文明史、5000年建城史的天城，骄傲地向着生命的晨曦、向着饱满的成熟走去，她的目光星辉聚敛，她的身姿摇曳生香，她的脚步坚毅稳健。明朝田汝成编纂的《西湖游览志余》记载："自六蜚驻跸，日益繁艳，湖上屋宇连接，不减城中，其盛可想矣。"东南形胜，三吴都会，端的是钱塘自古繁华，端的是天城长盛不衰！

数千年来，这座叫做天城的古城，傲岸地俯视着接踵而至的拓荒者、朝拜者、淘金者、筑梦者、远征者，他们兴师动众而来，兴师动众而去。在朝圣的故事里，杭州是——有无数个前世、却是唯一可以今夜枕梦的城市。在游子的梦呓中，杭州是——人人尽说江南好，游人只合江南老，绿水碧于天，画船听雨眠。在乡朋的宴席上，杭州是——为我踟蹰停酒盏，与君约略说杭州；山名天竺堆青黛，湖号钱塘泻绿油。在远方的客人不辞万里的驱驰中，杭州是——一叶扁舟泛海涯崖，三年水路到中华；心如秋水常涵月，身若菩提那有花。

时间行进到20世纪30年代，在遥远的不列颠群岛，年届不惑的英国生物化学家、科学技术史家约瑟夫·特伦斯·蒙特格马瑞·尼哈姆挽着他相交至深的中国女友沿着冰封的泰晤士河散步，他在日记本上用中文歪歪扭扭地写下了她的名字——"鲁桂珍"。他端详自己的杰作，发誓道："我必须学习这种语言。"接着，鲁桂珍为他取了个中文名字——李约瑟。

此后，这个有着中国名字的英国人由衷地对中国产生了兴趣，最后难以自拔地爱上了中国。出于对社会主义和中国的认知，李约瑟在激烈的反战情绪影响下，开始了他的中国研究。他在集中精力完成第二本著作——被称为"继达尔文之后真正具有划时代意义的生物学著作之一"的《生物化学与形态发生学》的同时，给英国的报刊写文章，到伦敦参加游行，并出版小册子，支持中国人民。1942年，李约瑟受英国文化委员会的资助来到中国，支援抗战中的中国科学事业。他访问了300多个文化教育科学机构，接触了上千位中国学术界的著名人士，行程遍及中国的十多个省。李约瑟认为，中国对世界文明的贡献，远超过所有其他国家，但是，所得到的承认却远远不够。

1948年5月15日，李约瑟正式向剑桥大学出版社递交了《中国的科学与文明》的"秘密"写作、出版计划。他提出，这本一卷的书面向所有受过教育的人，只要他们对科学史、科学思想和技术感兴趣；这是一部关于文明的通史，尤其关注亚洲和欧洲的比较发展；此书包括中国科学史和所有的科学与文明是如何发展的两个层面，由此，不仅提出著名的"李约瑟之问"，而且做出更杰出的"李约瑟之答"："如果真正要说具有历史价值的文明的话，那么，光荣应该属于中国。"

凡益之道，与时偕行。培根说过，黄金时代在我们面前，而不是身后。年轻的李约瑟一定未曾料到，这部卷帙浩繁的著作，不仅是中英文化交流的一个缩影，是世界文化互鉴的一个生动诠释，更是世界文明在交流、交融、交锋中走向黄金时代的伟大见证。

李约瑟用这部著作科学地证明了，中国的文明不仅是东方文明的典范，更应该是世界文明的重要组成；中国的光荣不仅属于中国，更应该属于全世界。1992年，为奖励李约瑟对于世界科技和世界文明的贡献，英国女王更授予他国家的最高荣誉——荣誉同伴者勋衔，这是比爵士更为崇高的勋号。

让我们随着时间前溯5个世纪，回到公元1492年。这一年，哥伦布发现新大陆，由此开始了欧洲的大航海时代，推动世界历史的现代化进程。这一年，一个叫做朱祐樘的少年迅速地成熟了，他的面庞依然稚气，他的内心却已无比强大。他在紫禁城漫步，沉思；回首，远望。年轻的皇帝，殚精竭虑，呕心沥血，努力尽毕生之力，推动沉重的王朝、肩负古老的中国，让她重新萌发生机，充满朝气地向前奔跑。

这是一个平平常常的秋天。夜将要走到尽头，黑而且凉。启明星那如水波跳跃的音符，如常般照亮着无数后来者的征程。

御史官铺展书卷，焚香研墨，谨慎地写下这一年的大事——明孝宗更新庶政，言路大开，凡是明宪宗亲信的佞幸之臣一律斥逐。孝宗嘉纳内阁大学士丘濬雅言，收集整理天下遗书。孝宗加总兵官，给总兵长印关防。刑部尚书彭韶等奏请问刑条例之裁定，孝宗从之。吏部尚书王恕提议停纳粟例，以免贪财害民之事由是而生，孝宗停之。洪武盐法渐坏，权贵专擅盐利，官商勾结，孝宗改开中纳米为纳银。吏部主事蔡清上言曰，贤者必用，不肖者必去，功必赏，罪必罚，此乃纪纲之大要，孝宗准奏……于是吏部尚书万安、礼部侍郎李孜省、僧人继晓等，或杀、或贬、或逐出京师；获罪较轻的或贬官放逐，或流放边地，或孝陵司香。大量起用正直贤能之士。同时，更定律制，复议盐法，革废一应弊政。

这一年的天城，正在数不清的困厄中挣扎。杭州府志载：杭州春二月，大旱；夏六月，大风雨，西山水发，大雨害稼；冬十一月、十二月，又大水，城墙崩坏，街市可乘舟而行。与此同时，仁和县虎灾数年，民饥而难。少年皇帝悯恤众生，赈济灾民，安抚百姓，并着令杭州府免征一年税粮，百姓终于得以喘息，安生。

一时间，政治清明，经济繁荣，百姓富裕，朝野称颂。

英国计量经济学家麦迪森在其出版的《中国经济的长期表现》《世界经济千年史》为这个值得回味的时代开列了一串长长的数字：公元1600年，中国经济占世界经济GDP的29.2%，而在同样的时期，欧洲各国的情况分别是法国4.7%、意大利4.3%、德国3.8%、英国1.8%。无独有偶，美国历史学家彭慕兰在他的著作《大分流：欧洲、中国及现代世界经济的发展》提出：何以中国尤其是江南的富庶一度为世界所忽视？他用比较的方法得出的结论令人深思：中国文明一直保持在世界领先位置，它内在的活力恰是这种文明样式赓续绵延的动力，如何让这种动力成为世界文明继续前行的力量，这需要骄傲的西方反思。

昨天的天城——江南好，风景旧曾谙；日出江花红胜火，春来江水绿如蓝。

今日的杭州，今日的中国，抖落风霜，扬鞭奋蹄，努力找回欧洲两千余年的憧憬，找回古老东方永远不老的情怀、永远不曾变凉的热血，找回这个世界回家的识路地图。

拿破仑征战沙场数十年，创造了无数军政奇迹与文化辉煌。回顾自己的一生，他意味深长地说，世上有两种力量：利剑和思想；从长而论，利剑总是败在思想手下。诚哉斯言。

几度梦里回天城，教人怎不忆江南？

原载《光明日报》2016年8月26日